녹채
鹿柴

인적 없는 빈 산
들리는 건 사람의 말소리 울림뿐
석양빛은 깊은 숲 속까지 들어와
다시 푸른 이끼 위를 비추네

空山不見人
但聞人語響
返景入深林
復照青苔上

그림자호

影湖

그림자 호수 5

이정현 新무협 판타지 소설

초판 1쇄 찍은 날 § 2005년 3월 5일
초판 1쇄 펴낸 날 § 2005년 3월 15일

지은이 § 이정현
펴낸이 § 서경석

편집장 § 문혜영
편집책임 § 최하나
편집 § 장상수 · 이재권 · 한지윤

펴낸곳 § 도서출판 청어람
등록번호 § 세1081-1-89호
등록일자 § 1999. 5. 31
어람번호 § 제2-0541호

주소 § 경기도 부천시 원미구 심곡1동 350-1 남성B/D 3F (우) 420-011
전화 § 032-656-4452 팩스 § 032-656-4453
http://www.chungeoram.com
E-mail § eoram99@chollian.net

ⓒ 이정현, 2004

ISBN 89-5831-453-2 04810
ISBN 89-5831-309-9 (세트)

그림자호수

影湖

Fantastic Oriental Heroes

이정현 新무협 판타지 소설

5

◆ 인륜(人倫)과 천륜(天倫)

黃昏片月滿
地碎陰淸
絶投非枝向
疑有致
無奈
腐脣燈
難折

도서출판
청어람

목차

◆제1장◆ 광기

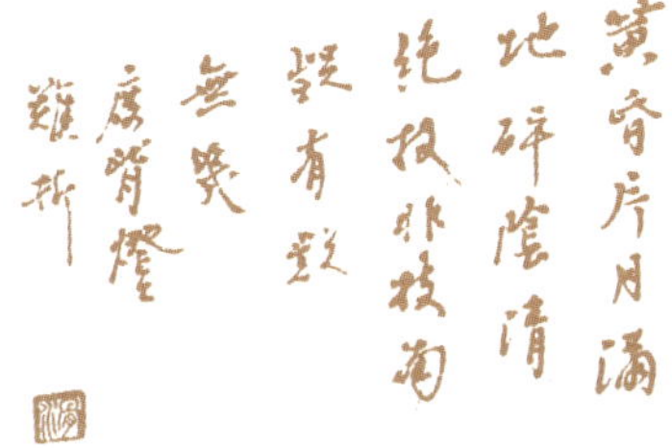

"크아아!"

사내는 엄청난 괴성과 함께 유유객에게로 다가갔고 그렇게 생각된 순간 이미 그의 창은 유유객의 몸을 찌른 상태였다. 놀라운 빠르기였으나 유유객의 몸은 역시나 잔영만 남은 채 사라져 버린 후였다. 그때 사내는 망설이지 않고 창을 뒤로 내밀어 찔렀다.

카캉!

쇠가 부딪치는 소리가 나면서 사내의 몸이 잠시 주춤거렸다. 그의 뒤에는 유유객이 서 있었는데 손바닥으로 창첨(槍尖)을 막아서 생긴 반동에 의한 것이었다.

광인의 몸이 재빠르게 뒤로 돌 때 유유객은 다변하는 얼굴에 이가 보일 정도로 시린 미소를 지으며 그의 몸보다 더 빠르게 손을 내밀었다.

쾅!

카카캉!

손과 창이 부딪치자 그 힘의 반동에 의해 광인은 몸이 삼 장이나 물러났으며 입에서는 희미한 핏줄기가 흘렀다.

"쿡쿡, 이봐, 날 죽일 수 있다는 말, 거짓이었나?"

"크으!"

광인은 흐르는 피를 닦을 생각도 하지 않은 채 빠른 보법으로 그를 향해 다가가 무질서하게 창을 찔렀다. 그러자 엄청난 수의 창형 강기가 눈 깜짝할 사이에 유유객을 뒤덮었다. 하지만 유유객의 신형은 이미 이십 장이나 뒤로 물러나 있는 뒤였다. 정녕 인간이 낼 수 있는 움직임의 속도를 벗어나 있었다.

광인은 그의 갑작스런 이동에 잠시 움찔했지만 어느새 창형 강기는 사라져 있었고 이어 자신의 허리를 크게 젖혀 창을 강하게 던지기 위한 시늉을 했다. 상체가 앞으로 휘며 그의 손에서 벗어난 창이 빛살같이 날아가 피할 틈도 없이 유유객의 몸을 꿰뚫었다.

"꽤 멋진 수법이었는데… 후후!"

그는 그렇게 말하면서 광인을 비웃었지민 뭔가 이상함을 느끼고는 몸을 급하게 이동시켰다. 그와 동시에 그가 있던 자리를 무해창이 번개처럼 다시 지나가고 있었다. 하지만 완전히 피하지 못했는지 유유객의 겨드랑이 부분의 옷이 너덜너덜해져 있었고 주위의 천이 피로 물들었다.

"후후후, 네 마누라를 죽였을 때처럼 해봐. 너무 힘을 못 쓰는 것 아냐? 하나같이 피하기 쉽잖아."

"크… 크… 으아아아!!"

광인은 유유객의 말에 머리를 쥐어뜯으며 괴성을 질렀다. 그러나 발광은 그리 오래가지 않았고, 그 발광이 끝나자마자 거의 발작적으로 손을 앞으로 내밀었다. 그러자 그의 옆에 떠 있던 창이 그가 가리킨 방향, 즉 유유객이 있는 곳으로 날아갔다.

창이 유유객의 몸을 가르는 순간 그의 몸은 사라졌다가 어느새 원래 있던 자리의 조금 앞에 나타났다. 그 찰나 내밀어져 있던 광인의 손이 움찔거렸고, 유유객의 몸은 무언가 거대한 철벽에 부딪쳐 팅겨지듯 빠르게 뒤로 날아갔다.

"크윽!"

유유객은 예상치 못한 충격에 미처 피하지 못하고 뒤로 날아갔지만 관영호와 도운영처럼 중상은 입지 않은 듯 입가에 희미한 핏줄기만 흘러내릴 뿐 그 외에는 멀쩡해 보였다.

"후후, 갑자기 그런 공격을 할 줄은 몰랐는데?"

그의 절묘한 움직임으로 광인의 방금 전 공격이 자신에게 미치는 힘을 크게 줄였음을 광인은 알기나 할까? 그의 말에 광인은 눈을 더욱 사납게 빛내며 두 손의 검지를 앞으로 내밀었다.

쩌적!

대기가 갈라지는 믿기지 않는 소리가 울려 퍼지며 유유객이 있던 위치가 광인의 지력에 의해 강력한 흔들림이 일어났다. 그 누가 지공으로 대기마저 흔들릴 위력을 낼 수 있겠는가!

하지만 유유객은 믿지 못할 신법으로 어느새 사내의 앞으로 다가와 비릿한 미소와 함께 그를 향해 손을 내밀었다.

"크악!"

광인은 가슴을 쥐어 잡으며 뒤로 날아갔지만 그의 옆에 있던 창은 창강을 뿜은 채 가공할 회전을 하여 대기를 뒤틀면서 유유객을 꿰뚫었다. 공격을 당하면서도 집요하게 공격하는 그였다.

"읏!"

그는 광인의 갑작스러운 반격을 보고 창을 향하여 손을 내밀었다. 창은 그의 일 장 앞에서 무언가에 막힌 듯 멈추었지만 강력한 반동으로 그는 뒤로 밀리고 말았다.

이내 몸을 멈춘 그는 창을 강력히 튕겨낸 후 광인을 보았다.

"……!"

광인은 어느새 날아가던 몸을 멈추고 그를 향해 손가락을 내밀고 있었다.

펑!

"우욱!"

유유객은 피를 뿜으며 뒤로 날아갔고 그를 따라 광인은 손가락을 움직였다. 그러자 공중에 떠 있던 창이 빠르게 날아가 그를 꿰뚫으려 했다.

"크크!"

유유객은 피를 머금은 입에 기괴한 미소를 지으며 자신을 향해 날아오는 창을 바라보았다. 이 정도 피하는 것은 그에게는 아주 쉬운 일이었기에 곧 반격을 하려 했다. 그때 유유객은 검지를 내민 한 손이 하늘을 향해 들어 올려지는 것을 보았다.

"이런!"

그는 살짝 당혹스런 표정을 지었지만 표정과는 달리 몸을 움찔거리더니 그 자리에서 사라져 버렸고, 그와 동시에 광인의 손이 그를 향해 내려졌다. 유유객의 신형이 사내의 오 장 뒤에서 소리없이 나타나는 순간 광인은 손을 내민 채로 자신의 뒤를 향해 번개같이 몸을 돌렸다.

"큭!"

"크악!"

두 사람은 동시에 비명을 지르며 뒤로 튕겨 날아갔다. 그러는 중 유유객의 신형이 갑자기 사라지더니 광인의 곁에 나타나 옆구리를 장(掌)으로 찍어버린 것은 창졸간에 일어난 일이었다.

"끄으……."

그의 몸이 날아간 곳은 입구가 있는 쪽이었다.

"큭큭! 아직 부족해! 좀 더 광기를 내란 말야!"

그가 몸을 가누지 못하고 날아가는 광인을 향해 다시 손을 내밀자 광인은 뭔가에 감전된 듯 전신에 경련을 일으키며 더욱 빠르게 바닥으로 떨어져 내렸다. 그곳에는 많은 사람들이 입구가 무너져 우왕좌왕하고 있었다.

땅에 무참히 떨어진 그는 충격으로 입에서 피를 한 사발이나 허공으로 쏟아내었고 그와 동시에 발작적으로 몸을 일으켰다.

"크으으!"

"꺄아!"

"뭐, 뭐야?!"

사람들은 갑자기 하늘에서 떨어진 사내의 광기 서린 모습에 두려워하며 사방으로 달아나기 시작했다. 사방의 혼란스러움에 사내는 괴기스러운 신음성을 멈추고 본능적으로 창을 한 손에 꼬나 쥐더니 사방으로 흩뿌렸다.

"아악!"

"악마다!"

"저자가 천주님을 죽인 걸 봤어!"

"크아아!!"

사람들의 비명과 외침이 사내의 광기 서린 외침과 섞이며 사방이 아수라장이 돼버렸다. 사내는 미친 듯이 사람들을 향해 창을 다시 휘두르며 피를 자아내고 있었다. 그의 광기는 어느새 유유객에게서 초인천의 사람들에게로 돌려진 것이다.

"큭큭, 좋아. 그렇게 하는 거라니까."

유유객은 멀리서 사내를 지켜보며 기분 좋게 중얼거리다 시선을 뒤로 돌려 관영호와 도운영 일행을 바라보았다.

"……."

다변하는 얼굴에 맺힌 미소가 자신들을 향해 있음을 안 일행은 불안한 표정으로 그를 볼 수밖에 없었다. 정녕 그의 믿기지 않는 천외천의 무공은 경외감마저 들 정도였다. 관영호와 도운영을 손짓 한 번으로 큰 중상을 입힌 광인과의 싸움에서 우세를 보인 그였지 않은가.

"도망가지 않나?"

"……."

"큭큭, 기회는 지금뿐이야."

그는 그렇게 말하고 나서 일행 앞으로 다가갔다. 그의 신형이 갑자기 사라지더니 바로 일행 앞에 원래 있었다는 듯이 나타나자 유아빈을 비롯한 다섯 사람은 놀랄 수밖에 없었다.

"당신은 누구 편인가요? 우리를 어떻게 할 거죠?"

유아빈은 정신을 잃고 있는 관영호의 상체를 잡고 있다 바닥에 놓으며 몸을 일으켰다. 눈가에 맺힌 희미한 눈물 자국은 그녀를 애처로워 보이게 했다.

그런 애처로움이 보이지 않는 듯 유유객은 그녀를 향해 비릿한 미소를 보이고는 쓰러져 있는 두 사람에게로 시선을 돌렸다.

"아가씨도 좀 더 살다 보면 알겠지만 사람과 사람의 관계는 명확하지가 않아. 큭큭!"

그는 쓰러져 있는 두 사람을 향해 다가가 두 사람의 이마에 손을 대었다.

"무슨 짓이냐!"

이문수는 대노한 표정으로 소리쳤다. 평소의 모습과 크게 다른 지금의 그를 도운영이 봤다면 엄청 놀랐을 정도로 지금 그의 표정은 진지했다.

"이, 이봐, 자네… 죽고 싶어 환장했나? 그냥 죽은 듯이 있게."

전구삼은 두려움에 질린 표정으로 이문수의 팔을 잡아당겼지만 그의 몸은 요지부동이었다.

"아무리 사형을 도와줬어도 넌 그자와 한패다! 어서 손을 떼라!"

"저런, 이미 손을 대고 있잖아. 해코지를 했다면 벌써 했을 텐데… 어떡하지?"

"으……."

이문수는 상대방을 약 올리는 듯한 그의 여유로운 말투에 분노하면서도 어찌하질 못했다. 자신이 무얼 해도 상대방에겐 아무것도 아님을 잘 알고 있었기 때문이다.

"후후. 똑똑하군, 동방의 청년."

"……."

이문수는 사내가 어떻게 자신을 알고 있는지 의문이 들었지만 사내의 미소 짓고 있는 하얀 이를 보고는 그를 외면해 버렸다. 유유객은 그

가 자신을 외면하자 미소를 거두고 정신을 잃은 두 사람에게로 시선을
돌렸다. 이내 그의 손에서 희미한 빛이 나기 시작했다.

"음……."

이문수를 비롯한 다른 네 사람은 신비한 광경에 넋을 잃었다.

"저건… 소생술 같군."

단소변이 불확실하다는 투로 말하자 고안주는 깜짝 놀란 표정으로
그를 돌아보며 말했다.

"사형, 그건 전설 속에서나 나오는 것이잖아요."

"모르겠어. 단지 떠오르는 것은 그것뿐이야."

단소변이 고개를 설레설레 저으며 시선을 다시 유유객에게로 돌렸
을 때 그의 손에서 나던 빛은 사라진 상태였고 유유객은 자리에서 일
어서고 있었다.

"잊혀진 것을 알고 있다니 제법 박식한데? 하지만 난 소생술이란 건
몰라. 큭큭, 효과는 비슷하겠지만."

그의 말은 크게 다친 두 사람을 어떤 방법인지는 몰라도 치료했다는
말이 되기에 유아빈은 그 진위 여부를 떠나 놀라우면서도 이상한 생각
이 들었다.

'분명 적인데… 왜 치료를 해준 거지?

유유객의 시선이 갑자기 그녀를 향하자 그 순간 유아빈은 가슴이 뜨
끔했다.

"……?"

"아가씨, 아까도 말하지 않았나? 사람 대 사람의 관계는 정말 애매
모호하지. 적아의 경계가 모호하니까. 아니, 어려운 말은 그만두지. 잘
난 척은 사절이니. 하하하!"

“…….”

그의 말보다는 자신의 마음을 읽힌 것에 크게 놀라는 유아빈을 뒤로 하고 유유객은 몸을 돌려 광인이 계속 날뛰고 있는 것을 확인한 뒤 관영호를 보았다.

“일어나면 저 산으로 피해. 곧 이곳은 철저히 무너질 것이니까.”

“왜 저 사람을 막지 않는 거죠?”

유아빈의 물음에 사내는 돌연 섬뜩한 미소를 지었다. 그 미소를 본 유아빈은 도무지 상대의 행동과 생각을 이해하기 힘들었다.

“저 녀석은 나와 한패니까.”

“이해할 수 없어요.”

“큭큭, 이해할 필요 없어. 이해로 풀어질 것들이라면 세상은 이렇지 않아. 굉장히 편했겠… 크윽!!”

“아아!!”

말을 하던 유유객의 왼팔이 너덜너덜하게 찢어지며 사방으로 피가 튀었다. 일행은 삼십 장가량 떨어진 곳에서 오른손 검지를 들어올린 채 자신들을 향해 허공을 걸어오는 사내를 볼 수 있었다.

“저런, 정신을 조금 차린 건가? 그럼 안 되지.”

그는 비릿한 미소를 지은 후 번개같이 우장(右掌)을 그에게 내밀었다. 광인의 손가락이 유유객을 향하자 사내의 바로 앞에서 붉은 기운이 잠시 빛처럼 작렬하더니 사라져 버렸다.

“후후, 어떤가? 즐거웠나?”

그의 나지막한 목소리가 그 거리에서도 들렸는지 웅후한 소리가 주위를 울렸다.

“덕분에.”

"호오, 그런 대답도 할 줄 알고 제법 인생을 알아가는군."

"그래서 이번엔 답례를 하겠다."

이제 둘 사이의 간격은 십 장으로 좁혀져 있었다. 하늘에서 내려다보고 있는 사내와 올려다보고 있는 유유객. 둘 사이의 팽팽한 긴장감이 주위에 만연하기 시작했다.

"네 이름이… 아, 현무태였지, 현무태. 너와 난 같은 편이란 것을 잊지 마라. 큭큭."

"내 이름을… 함부로 부르지 마라……."

현무태의 표정이 조금 일그러지자 유유객은 기이한 미소를 지으며 입을 열었다.

"왜? 네 마누라만 알고 있던 그 이름. 그래서 네 마누라만이 불러주던 그 이름을 내가 말하니 역겨운가 보지?"

"…으… 흐흐……. 그 따위에 넘어갈 것이라고 보나?"

"이런, 심리전으로 받아들였다면 정말 미안하군."

―현 가가.

"……."

아름다운 여인의 목소리가 갑자기 현무태의 뇌리를 강타했다. 너무나 익숙한, 그리고 돌연한 여인의 목소리에 잠시 멍해져 있는 그의 모습을 본 유유객은 매우 만족스럽다는 표정이었다.

―현 가가, 오직 나만의 남자, 내 남편. 가가의 이름을 아는 것은 나 하나로 족해요.

“으으……!”

현무태는 뇌리를 울리는 그 소리에 눈에 띄게 몸을 떨고 있었고 눈에서는 눈물이 주르륵 흘러내리고 있었다.

“큭큭, 그 한마디에 넌… 네 이름을 아는 사람 모두를…….”

“그만 해!!”

엄청난 소리가 주위를 진동시켰고 그 소리에 여기저기서 충격을 받은 사람들의 비명 소리가 들려왔다. 하지만 유유객이 있는 쪽에는 아무런 영향도 끼치지 못했다.

“세상에…….”

“미쳤군……!”

현무태의 뇌리를 울리던 말은 여섯 사람에게도 들리고 있었던지 현무태가 자신의 이름을 아는 모두를 죽였다는 말을 듣고 놀랄 수밖에 없었다.

“으아아아!! 난 미치지 않는다!”

머리를 쥐어뜯으며 고통스러워하는 현무태의 전신에서 다시 붉은 기운이 용솟음치더니 그 기운은 그의 등 뒤에 떠 있는 무해창 안으로 스며들어 갔다. 기운들이 모두 스며듦과 동시에 무해창은 빠른 속도로 유유객을 향해 날아갔고, 유유객의 신형도 창을 향해 날아갔다.

“피해라!”

유유객의 음성이 여섯의 뇌리에 파고들자 그 소리에 정신을 차린 여섯 사람은 아직 의식을 잃고 있는 두 사람을 업고 황급히 산으로 달려갔다.

유유객의 손이 무해창과 부딪치자 무해창의 전신에서 붉은 창강이

헤아릴 수 없을 만큼 많이 쏟아져 나와 유유객의 전신을 감쌌고, 유유객은 꼼짝없이 짓이겨질 것 같았다.

창강이 그의 몸을 감싸는 순간 유유객의 몸은 꺼지듯 그곳에서 사라져 버렸고, 이어 그의 몸은 눈 깜빡할 순간에 현무태의 오 장 옆에서 나타났다.

"피하다니… 제법이군."

분한 듯 으르렁거리는 현무태였지만 크게 놀라는 표정은 아니었다. 그러나 여전히 웃고 있는 유유객의 몸에는 여기저기 상처들이 심하게 나 있었다.

"이런이런, 광동(光動)에 간섭을 가하다니 역시 생사초월이군. 큭큭!"

"날 이따위 일로 쓰려 했단 말인가? 아직도 그 멍청한 생각을 버리지 못했단 말인가? 이런 치졸한 방법을 쓰면서까지?"

"글쎄, 멍청한 생각인지 아닌지는 함부로 판단하기 힘들겠지?"

"……."

"이제 끝이다."

"……?"

"큭큭큭! 넌 여기서는 악마라는 걸 잊지 마라. 그렇게 많은 사람들을 흔적도 없이 죽여놓고……."

"……!"

"후후."

유유객의 손이 품 안으로 들어갔다 나오자마자 한줄기 빛살이 현무태를 향해 날아갔고, 그것은 어느새 그의 미간 앞까지 다다랐다.

"흡!"

놀라운 반사신경으로 허리를 뒤로 젖힌 현무태는 그 하얀 빛살이 크고 빠르게 포물선을 그리며 다시 자신에게로 오자 손을 앞으로 내밀었다.

카캉!

그의 검지에서 뻗어나간 힘이 빛살을 멈추게 하자, 그 빛살의 정체가 드러났다.

비도(飛刀). 한 자루의 비도는 현무태가 내뻗는 힘을 뚫기 위해 강한 빛을 내뿜기 시작했다.

위이잉!

비도가 강렬한 회전을 하며 힘의 흐름을 방해하는 순간 유유객의 품에서 소리없이 비도 한 자루가 큰 곡선을 그리며 현무태의 등 뒤를 찔러갔다.

카카캉!

그 비도는 어느새 나타난 무해창에 의해 날아가 버렸다.

"큭큭, 정말 끝이 나질 않는군."

"……."

현무태의 표정은 조금씩 굳어갔다. 비도가 자신을 압박하는 힘이 점점 강해지고 있었기 때문이다. 비도에서 가해지는 힘은 끝없이 계속해서 강해져 갔고, 이내 그의 신형이 허공에서 조금씩 아래로 내려오기 시작했다.

"……?"

어느 순간, 갑자기 비도에서의 압력이 사라지더니 비도는 현무태의 힘에 의해 부서져 버렸다.

"이제 곧 초인천의 사람들이 널 공격할 거다. 큭큭."

“이걸 노렸던 것이냐?”

“물론.”

“가능하다고 보는가? 내가 피해 버리면 되는 것을.”

“가능하게 해야지.”

“……?”

유유개의 자신감 서린 말에 현무태는 불안감을 느꼈다.

“날 죽일 수 있다고 했지?”

“…….”

“나도 물론이다.”

그는 품에서 비도 한 자루를 꺼내 들었다.

“난 말이 아니라 직접 보여주지. 그 가능성을, 이렇게.”

“크윽!!”

자신도 모르는 사이 현무태는 심장에서 피를 흘리며 땅으로 떨어졌다. 어느새 그의 심장 깊숙이 비도가 박혀 있었다.

“으음.”

유유객의 손은 비도를 잡고 있던 모양 그대로였으나 손에는 비도가 없었다. 마치 원래 비도가 심장에 박혀있었던 것처럼 찰나의 순간에 벌어진 일이었다.

“아, 말실수를 했군. 우리는 서로를 죽일 수 없다는 것을 깜빡했어. 널 죽일 수는 없지만 지금처럼 힘을 크게 빼놓을 수는 있다고 말을 바꿔야겠지.”

“이건… 대체……?”

“어때? 신기하지? 큭큭큭!”

“…….”

"이제 이곳을 빠져나가기 쉽진 않을 거다. 큭큭."

"후후, 이기적인 자."

"맞아. 난 이기적이다, 그것도 아주. 으하하하!"

그는 대소를 하며 현무태를 향해 장을 내밀었다. 현무태는 상태가 전 같지 않아 피하지 못하고 적중당해 피를 쏟으며 하염없이 뒤로 날아갔다. 엄청난 힘에 가격당한 현무태는 전(殿) 밖을 넘어 사람들이 있는 곳까지 날아갔다.

"크윽!"

떨어지려는 찰나 몸을 웅크려 몇 바퀴 회전해 힘을 감소시킨 그는 입에서 피를 뿜으며 쓰러질 듯이 지면으로 내려왔다.

"크으… 아까 그것은 뭐였지? 비도가 내 심장에 꽂힌 것을 느끼지도 못했다!"

그는 심장에 꽂혀 있는 비도를 거칠게 뽑아 땅에 내동댕이치고는 선 채로 잠시 운기를 시도했다.

"음…….'

생사초월의 힘을 지닌 그라도 이번 일격은 꽤나 충격을 받은 듯 안색이 창백해져 있었다.

─아아아!

그가 고통을 참으며 다시 신형을 날리려 할 때, 그의 뇌리에 갑자기 소리가 울려 퍼졌다. 그것이 무엇인지 짐작한 그는 자신도 모르게 온몸을 부르르 떨었다.

"으으!"

─아아! 학!

가슴을 격동시키는 여인의 신음 소리에 그는 표정을 일그러뜨렸다.

─음, 좋아.
─헉! 헉! 주, 주인님!

"으아아아! 그만 해라!!"
현무태의 머리 속을 울리는 소리는 잊을 수 없는 추악한 장면들을
선명히 떠오르게 하고 있었다. 다른 남자 아래서 환희의 몸부림을 치
고 있는 미녀. 그 자극적인 장면은 그에게 욕정을 일으키는 것이 아니
라 고통에 의한 광기를 불러일으키고 있었다.

─아악!
─헉!

절정에 지쳐 쓰러지는 두 남녀의 모습을 창밖에서 보고 있는 젊은
사내의 두 눈이 광기로 번들거리는 순간 현무태의 몸에서도 사위를 질
식시킬 듯한 광기를 쏟아내기 시작했다.
"크아아아! 모두 죽어라!!"
그의 신형은 부상을 입은 와중임에도 높이 솟아올라 사람들이 있는
곳으로 날아갔다.
콰아앙!!

무해창이 사방을 날아다니며 사람들 사이를 휘저으며 살육을 자행했고, 현무태의 손가락이 향하는 곳에는 강렬한 폭발이 일어나 사람들을 폭사시켰다.

"으아악!"

"살려줘!!"

아비규환이었다. 끔찍하게 살해된 시체가 쌓여갔고 두려움에 찬 사람들은 너나 할 것 없이 사방으로 달아나고 있었다. 무공을 익히고 있는 자들은 목숨을 걸고 현무태에게 달려들었지만 모두 무해창의 날카로운 창강에 무참히 찔리고 베일 뿐이었다.

"큭큭! 약해 빠진 녀석."

유유객은 비릿한 미소를 지으며 간군학을 한 번 쳐다본 뒤 몸을 돌려 관영호 일행이 사라진 쪽을 바라보았다.

"가자. 우리도 이곳을 나가야지."

"저자는 어떻게 할 거요?"

"광기가 풀리고 나면 알아서 찾아오겠지. 날 죽이려 하겠지만… 아까 봤듯이 저 녀석은 나의 상대가 안 돼. 하하하하!"

그의 유쾌한 웃음은 곧 사방을 가득 채우는 듯한 괴성과 비명 소리에 묻혀 버렸지만 간군학은 그의 웃음소리가 지금처럼 섬뜩한 적이 없다고 생각했다.

"궁금한 게 하나 있는데… 왜 저자는 그 단도 하나에 우리의 명령을 듣는 것이오?"

"그 단도로 마누라를 잔인하게 찢어 죽였지만 집착에 가깝도록 사랑했던 그 마음이 어디 가는 것은 아니지. 원래 우리 같은 놈들은 집착이 유달리 강하거든. 크크크, 그 죄책감에 견디다 못해 저놈은 단도를 마누라의 분신으로 생각하게 된 것이야. 마누라 말은 기가 막히게 잘 듣는 공처가였지. 크하하하!!"

"음……."

"지금은 애증과 집착이 범벅되어 뭐가 뭔지 알 수 없게 되어버렸지만, 큭큭, 그래서 말을 들을 수도 있고 통제를 벗어날 수도 있는 미친놈이지."

그가 그 말을 끝으로 신형을 움직이자 간군학도 내공을 끌어올려 그의 뒤를 따랐다.

"헉! 헉!"

정신없이 산 위로 달려가던 여섯은 험한 산세에 금방 지쳐 버렸다. 특히 단소변은 관영호를 업었고 이문수는 도운영을 업고 있어 험한 산세와 더불어 체력 소모가 극심했던 것이다. 또한 무공을 모르는 전구삼을 고안주가 허리에 끼고 경공을 썼기에 그녀 역시 단소변과 이문수 못지않았다.

그에 반해 전구삼은 매우 행복했다. 고안주 같은 미녀에게 안긴 채 바람을 맞으며 올라가는 동안 그의 콧속으로 향기로운 고안주의 체취가 흘러 들어와 그를 취하게 하고 있었던 것이다.

'우헤헤.'

그의 표정은 솔직했다. 넋 나간 표정으로 코를 벌름거리고 있는 것이 얼마나 행복한지를 여실히 보여주고 있었다.

"사, 사형……."

고안주는 심하게 지친 기색으로 단소변을 애타게 불렀다. 사실 지친 것보다는 전구삼을 안고 있다는 것 자체가 매우 싫었다.

“사매, 조금만 더 참자. 그 괴물 같은 자가 뒤따라올 수 있기 때문에 조금 더 가야 해.”

말은 그렇게 해도 지친 것은 마찬가지인 그였고 자신의 연인이 고통스러워하는 것에 마음마저 불편했다. 물론 그녀의 마음을 잘못 이해한 것이지만.

“이제 쉬는 것이 어떠오?”

이문수가 달리던 것을 멈추자 일행도 멈추고 그를 보았다.

“몸을 무리하게 부담 줄 필요는 없을 것 같소. 어차피 그자들 정도의 실력이라면 우리를 따라잡기란 매우 쉬울 것이니 차라리 근처에 숨어서 두 분이 깨어나는 것을 도와줍시다.”

“저분 말이 맞는 것 같아요. 그리고… 그 사람은 우리 적도 아니었으니 설령 우릴 따라온다 해도 해치진 않을 것 같아요.”

서문설이 돕고 나오자 단소변은 고개를 끄덕여 동의하며 관영호를 조심스럽게 땅에 놓았다.

“어서 놔요, 이 색한!”

전구삼이 끈질기게 자신의 허리를 두른 팔을 놓지 않자 고안주는 소리를 지르며 그의 등을 몇 대 때렸다.

“아이구!”

고통에 전구삼이 자신도 모르게 팔을 놔버리자 그의 상체는 맥없이 땅에 부딪쳐 버렸다.

“아이구야! 정신이 없어서 멈춘 줄도 몰랐단 말이오!”

전구삼이 궁색한 변명을 해댔지만 고안주는 여전히 화난 표정으로 그를 바라볼 뿐이었다.

어이없는 광경에 실소를 한 일행은 일단 숨을 장소부터 찾았다. 하지만 마땅한 은신처가 없자 할 수 없이 그나마 숨을 만한 곳인 큰 바위의 뒤쪽에서 휴식을 취하기로 했다.

"오빠가 어서 깨어나야 할 텐데……."

유아빈은 관영호의 곁에 앉아 안타까운 눈빛으로 잠든 것같이 편안히 눈을 감고 있는 그의 얼굴을 보았다.

그런 유아빈의 모습이 너무 아름다워 잠시 넋 나간 듯 바라보던 이문수는 애써 외면하며 자신의 사형인 도운영을 보았다.

'욱! 토할 것 같군. 제길.'

아름다운 미인의 얼굴을 보다 사형의 느끼한 얼굴을 본 그는 인상을 찌푸릴 수밖에 없었다.

'그냥 여기서 쓱?'

잠시 위험한 생각을 한 그였지만 이내 보는 눈이 많다는 것을 깨닫고는 고개를 가볍게 저었다.

'그냥 이대로 일어나지 말길.'

그는 악질적인 저주를 퍼부은 뒤 주위를 살펴보다 관영호를 보게 되었는데 곧 그의 눈은 흥미의 빛을 띠었다.

'사형만큼 강한 자였어, 보통 인간은 이룰 수 없는 경지에 이른.'

'하지만 그런 두 사람을 손짓 한 번으로 이긴 광인은 또 얼마나 강한 것이지? 그리고 그와 대등한 결투를 보인 얼굴 많았던 자는?'

세상에는 강자가 상상할 수 없을 정도로 많다는 말을 뼈저리게 실감한 그는 피식 웃으며 하늘로 고개를 들었다.

'태양천의 일에 끼어들었다가 얽히고설켜 버렸군.'

"오빠!"

"관 공자!"

유아빈과 서문설의 외침에 이어지려던 상념은 끊겨 버렸지만 그는
관영호가 깨어났음을 알 수 있었다.

'사형은?'

그는 고개를 황급히 도운영에게로 향했다. 아니나 다를까, 도운영도
깨어나려는지 눈이 살짝 떨리고 있었다.

'쩝……'

이문수는 아쉬운 입맛을 다시며 도운영을 쳐다보았다.

유아빈은 관영호의 눈이 스르르 떠지자 기뻐하며 그의 얼굴에 손을
갖다 대었다.

"오빠, 괜찮아요?"

"따뜻하구나, 네 손."

"괜찮냐고 묻는데 무슨 말을 하는 거에요?"

유아빈은 활짝 웃으며 그의 얼굴로 자신의 얼굴을 조금 더 가까이
가져갔다.

"무적이던 오빠가 이렇게 맥없이 쓰러지다니……."

"후후."

관영호는 쓰게 웃으며 천천히 상체를 일으키고는 그녀의 머리를 쓰
다듬어 주었다.

"괜찮느냐? 굉장히 위험했을 텐데."

"얼굴이 끊임없이 변하던 사내가 우릴 도왔습니다."

단소변이 대답하자 관영호는 의외의 사실에 의문을 품을 수밖에 없
었다.

"그 사람… 대단했어요. 이상한 능력으로 오빠와 저 사람을 치유해
주고 그 광인과 대등하게 싸우기도 했죠."

“음……..”

관영호의 표정은 침중해질 수밖에 없었다. 그런 강자가 둘이나 있다는 것은, 그것도 좋은 의도를 가지지 않은 자들이었으니 결코 좋은 의미는 아니었다.

‘상관없을지도 모르지만… 상관있을지도 모르지 않은가? 그들은 분명 초월경의 고수일 것이다, 나와는 이질적인.’

“대체 날 보며 무슨 생각을 한 거냐, 이놈아?”

“아무 생각도 안 했다니까요! 대체 왜 이러십니까?”

작은 소란이 도운영과 이문수 사이에서 일어났지만 일행은 두 사람의 말을 알아들을 수가 없었다. 둘은 모국어로 말하고 있었기 때문이다.

“흥! 네 표정은 분명 뭔가를 생각하고 있었다! 그것도 매우 음흉한 무언가를!”

“……..”

이문수는 아예 상대하기도 귀찮다는 듯 그를 외면해 버리고 말았다.

“이놈이?”

도운영은 한껏 인상을 찌푸리며 이문수의 뒤통수를 째려봤지만 그는 끝까지 도운영을 무시하며 관영호가 있는 곳으로 걸어갔다. 한껏 선하게 미소 지으며 다가간 이문수는 관영호의 눈을 본 순간 몸을 흠칫거렸다.

‘눈이 저렇게 가라앉아 있다는 느낌을 주다니… 신비롭군.’

“괜찮습니까?”

“괜찮소. 저 사람은?”

“제 사형입니다. 튼튼한 사람이니 걱정하지 않으셔도 될 겁니다. 하하.”

“…….”

관영호는 미미하게 웃으며 도운영을 보았다. 때마침 도운영도 관영호를 보고 있었기에 두 사람의 시선이 마주치게 되었다.

“…….”

“…….”

두 사람이 말이 없자 이문수가 끼어들었다.

“사형, 지금 뭐 하시는 겁니까? 안 어울립니다.”

“분위기 깨네.”

도운영은 시큰둥한 표정으로 관영호의 시선을 피하고는 곁눈질하며 그에게 말했다.

“당신도 초월경 같던데…….”

“…….”

관영호가 아무 말도 없자 도운영은 다시 말을 걸었다.

“우리와 싸운 그자도 초월경이었을 거라 생각하오.”

“나 역시 그렇소.”

“…….”

“…….”

관영호의 반응이 그다지 신통치 않자 도운영은 대화를 길게 끌고 나가기란 글렀다고 생각했다.

“사형, 이제 휴식도 취했으니 어서 이곳을 피합시다.”

“피하긴 왜 피하냐? 쫓아오면 이번에야말로 확실히 내 실력을 보여줄 테다. 흐흐.”

도운영은 음산한 표정을 지어 보이며 혀를 날름거렸다.

“사형…….”

이문수는 질린 표정으로 그를 보다가 이내 몸을 돌려 버렸다. 그 얼굴 많은 사내가 원망스러워지는 그였다.

'치료 못하게 막을걸.'

"천주님, 어떻게 하실 겁니까?"

"피하는 것이 좋을 것 같소. 우리 모두가 덤벼도 이기지 못할 것이니."

"초월경에 이르렀다는 사람이 쉽게 승부를 피하는 것이오?"

도운영이 그의 말에 반박했지만 관영호는 잠시 대답을 미루고는 자리에서 일어났다.

"글쎄, 그것이 승부일지……."

"설혹 승부가 아니더라도 패배를 시인하는 것 아니오!"

"당신은 그런 생각을 가지고 있지만 난 적어도 필요치 않다고 생각하는 싸움은 굳이 나서지 않으려는 사람이오."

"뭐야?! 그러고도 네가 무인이냐?"

결국 도운영의 괴팍한 성격이 폭발하며 반말이 튀어나왔다.

"무인이라고 다 그렇게 하라는 법은 없소."

아무리 문도의 문제라 해도 어릴 적부터 엄격한 규율 아래서 자란 그였기에 도무지 관영호의 사고를 받아들이기 힘든 모양이었다.

"무인이면 패배에 굴하지 않고 불의를 보면 그냥 지나치지 않는 게 당연한 것이다. 그런데 넌 그것을 버렸구나."

"……."

"그것도 초월경에 이르러 힘에 대한 책임을 져야 하는데도 말이다."

"끝나지 않을 가치관 싸움은 원치 않소. 우린 지금 떠날 것이니 당신은 알아서 하시오."

"흥! 그럴 순 없다. 불의를 보고도 그냥 지나치는 것 또한 불의이니 그냥 둘 순 없지!"

"사형, 왜 그러십니까? 저들은 나쁜 사람들이 아닙니다!"

"그렇다고 좋은 사람 같지도 않아."

"그렇다고 무작정 핍박하는 것은 정말 사형답지 않은 행동이군요. 평소에 말씀하시던 말들, 그리고 행동들은 지금의 것들과 너무 판이합니다."

"이게 정말 판 깨네?"

도운영은 맥이 빠져 버렸다는 듯 최대한 얼굴을 찌푸리며 이문수를 째려보았다. 갑자기 달라진 그의 분위기에 이문수는 의아해할 수밖에 없었다.

"음? 아, 사형은 그럼?"

"조용히 해, 임마!"

이문수는 도운영의 의도를 깨닫고는 실소를 금할 수 없었다.

'유치하긴.'

그와 대결을 하고 싶었기에 일부러 그런 말을 하며 도발했음을 눈치 챈 이문수였다.

"이제 피하는 것은 늦은 것 같소."

관영호의 말을 도운영은 쉽게 이해할 수 있었다.

"사제야, 두 사람이 오고 있다. 아마 우리를 도와줬다는 그 이상한 녀석 같군."

"넷?!"

"후후, 멀리 가지 않고 이곳에서 놀고 있었군. 내가 언제까지나 너희 들을 도와줄 것이라 생각했나 보지?"

일행의 귓가로 소리가 울려 퍼지더니 이내 두 사람의 신형이 경사

진 산 아래에서 숫아올랐다. 날렵한 신법으로 일행들 앞에 착지한 두 사람은 바로 유유객과 간군학이었다.

"음……."

단소변은 초인천에서 보았던 유유객의 공포스러울 정도의 몸놀림과 무공이 생각나 신음성을 흘릴 수밖에 없었다.

"그 광인은 어떻게 되었소?"

"아, 그 녀석? 심장에다 자그마한 도를 박아줬지. 큭큭큭!"

"아!"

일행은 경악할 수밖에 없었다. 그의 말이 사실이라면 광인은 죽은 것이나 다름없었기 때문이다.

"너도 초월경을 이룬 자인가? 하지만 초월경을 이루었을 때 느껴지는 공명이 없군."

"그런 것을 군이 알 필요가 있나? 후후, 너희들을 어떻게 할지 고민해 봐야겠군. 못 봤다면 몰라도 본 이상 심각하게 생각해 봐야겠는걸?"

그가 가볍게 미소 지으며 말하고 있었는지라 장난인지 진심인지 구분하기 힘들었다.

"흠, 하지만 실력 차가 너무 나기 때문에 재미가 없지."

"흥! 그건 그자의 예상치 못한 무공에 당한 때문일 뿐이지. 이번엔 결코 아까와 같은 꼴불견은 없을 것이다!"

"큭큭, 그래? 그럼."

그의 말의 여운이 채 가시기도 전에 유유객의 신형은 원래 그곳에 있었던 것처럼 도운영의 옆에 서 있었다.

"헛!"

도운영은 자신도 모르는 사이 옆에 나타난 유유객을 보고 크게 경악했지만 이내 무인의 본능적인 몸놀림으로 뒤로 물러나며 그를 향해 활시위를 튕기는 시늉을 했다.

그 일촉측발의 순간에 유유객의 신형은 환영처럼 옆으로 움직였고, 도운영은 동시에 그를 향해 다시 시위를 튕겼다.

퉁!

"흠!"

유유객은 자신의 내부를 진탕시키는 소리에 잠시 움찔했고, 덕분에 푸른빛 강기가 팔을 스쳤다. 피가 분수처럼 튀었지만 유유객의 몸은 꿈쩍도 하지 않았다.

"큭큭, 재미있군. 내 움직임을 조금이나마 읽기도 하고."

"아주 무시하면 안 되지."

"큭큭큭, 큭큭! 하하하하!"

"……?"

일행은 갑자기 앙천대소를 터뜨리는 유유객을 의아한 표정으로 보았다.

"대체 무슨? 윽?!"

도운영은 갑자기 찾아오는 고통에 오른쪽 옆구리를 본능적으로 부여잡으며 무릎을 꿇었다.

"으윽! 뭐, 뭐야?"

그의 옆구리에서 피가 흐르기 시작했다.

"하하하하! 정말… 옆구리에 칼이 깊숙이 들어갔다 나온 줄도 모른 채 열심히 움직이는 꼴이란……. 내장이 크게 상했을 거야. 쑤시면서 내가중수법을 썼거든. 큭큭큭큭."

그의 기괴한 웃음소리가 주위에 울려 퍼졌다. 다른 일행은 이 기막힌 장면에 할 말을 잃고 멍한 표정으로 유유객을 바라볼 뿐이었다.

“…….”

관영호는 침중한 기색으로 앞으로 걸어나왔다. 자신과 비슷한 실력을 가졌을 것이라 생각한 도운영은 제대로 된 공격도 못한 채 어이없이 중상을 당했다. 자신 역시 마찬가지로 허무하게 당할지도 모르지만 일단 시도는 해봐야 했다.

‘무의계(無意界)…….’

요원한 무의의 끝 자락. 그의 몸에서는 항거할 수 없는 미지의 힘이 흘러나오기 시작했다. 그 힘에 맞부딪치는 자는 그 끝없는 구렁텅이에서 헤어나오지 못하리라.

“호오!”

유유객은 제법이라는 듯 감탄사를 냈지만 여전히 여유로워 보였다.

관영호의 손이 연기처럼 유유객을 향해 내밀어진 순간 그는 자신이 어두운 무언가에 갇혔다는 느낌을 받았다. 그리고 조여오는 섬뜩한 기운. 그것은 검형을 띤 알 수 없는 힘이었다.

‘무의, 깨달았나? 큭큭, 하지만…….’

자신의 몸을 압박하여 짓누르고 갈기갈기 베어버릴 듯한 기운을 무시하고 손을 들어올린 유유객은 장(掌)을 관영호를 향해 내밀었다.

“우욱!!”

관영호는 자신의 배가, 아니, 온몸이 터질 듯한 고통과 함께 입과 코에서 피를 쏟아냈다.

“오빠!”

무의계의 신비한 힘이 유유객의 전신을 마지막까지 조여드는 순간 그의 신형은 순식간에 사라져 버렸다.

“아아…….”

고안주는 관영호와 유유객 사이에서 알 수는 없지만 엄청난 힘이 오고 갔음을 느낄 수 있었다. 그런데 그 결과는 관영호의 명확한 패배. 두려움이 절로 밀려왔다. 아까 그 괴물 같던 광인보다 더욱 두려운 존재인 것이다.

‘그래, 저자는… 발작하지 않았을 뿐 그 광인과 똑같아. 그래서 더 무서워.’

“사매!”

단소변은 고안주의 몸이 떨리는 것을 보고는 그녀의 몸을 가볍게 안아주었다. 전구삼은 이미 나무 뒤에 숨어서 벌벌 떨며 효험있는 신을 있는 대로 불러대며 기도하고 있었다.

“부처님, 관우님, 토지신님, 산신이시여! 으으으!”

“후후후, 제법이지만 아직이야. 날, 아니, 현무태만큼이라도 되려면 최소한 두 번은 더 강해져야 해.”

그는 그렇게 홀로 중얼거린 뒤 간군학이 있는 곳으로 걸어갔다.

“가자. 이제 재미없어. 큭큭큭.”

유유객은 관영호에게로 고개를 살짝 돌려 본 후 이내 미련없이 몸을 날려 어디론가 사라져 버렸다.

“오빠! 괜찮아요? 오빠!!”

“후후, 쿨럭! 괜찮다. 내상이 크지만… 곧 회복할 수 있어.”

“으아! 내 옆구리! 그 자식! 두고 봐라!! 으으… 이 짓밟힌 자존심!”

“사형, 그만 소리치세요. 배에 힘주니까 피가 계속 흐르지 않습니까!”

“제길, 이렇게 처참하게 진 것은 처음이다. 허탈하군.”

“하지만 그자는 너무 대단했습니다. 그렇게 강한 자는 두 번 다시 만나기 힘들 정도로.”

“…….”

갑자기 도운영은 말없이 진지한 표정을 지었다.

“음?”

이문수는 이상하다는 듯이 그를 쳐다보았지만 이내 고개를 저으며 관영호 일행에게로 걸어갔다.

“…….”

도운영은 자신의 사부가 해준 말을 떠올리고 있었다.

“…이런 경지에 오르는 자체를 역천이라고 말하고 싶다. 왜냐고? 무(武)란 결국 깨달음이다. 하나… 초월경은 힘으로 무(武)를 완성시킬 수 있는 여지가 너무 많다. 잊지 말거라. 무는 깨달음이다. 그리고 깨달음에는… 끝이 없다!”

‘고로 무(武)는… 끝이 없다.’

도운영은 이 생각을 끝으로 상념에서 벗어났다. 어느 정도 고통은 줄어들었지만 꽤 깊은 내상이라 일주일은 걸려야 나을 것 같았다. 그것보다 더 깊은 상처는 또다시 요원한 무의 세계에 대한 아득함을 깨달은 것이었다.

‘제길, 이 일은 잊고 이제 본래 목적을 위해 가야겠구나. 더 멀어졌지만 시간은 충분하다.’

도운영은 그 끝을 알 수 없는 서쪽 하늘로 고개를 돌렸다.

“좋은 경험을 했어. 흠…….”

◆제2장 ◆ 두 개와 하나

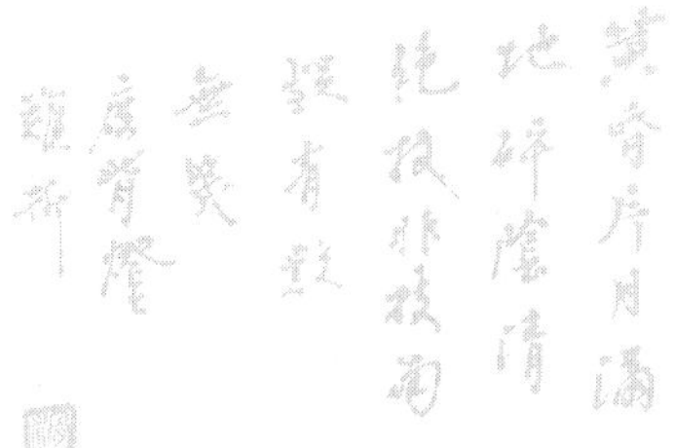

"정말 우리와 길이 같은 건가요? 호호!"

유아빈은 맑게 웃으며 관영호를 쳐다보았다. 닷새가 지난 지금 관영호의 내상이 완벽하게 나아 기분이 좋은 그녀였다.

도운영과 이문수는 우연인지 일부러인지는 몰라도 가는 길이 관영호 일행과 같았다. 일부러 따라오는 것이 아닌가 하는 의심도 드는 유아빈이었지만 좋은 게 좋은 것이라고 생각하며 의심을 지워 버리는 그녀였다.

그녀의 웃는 모습을 훔쳐보던 이문수는 자신도 모르게 한숨을 쉬었다. 그녀의 너무나 아름다운 붉은 머리, 붉은 눈빛, 그리고 붉게 빛나 세상을 태워 버릴 듯한 요염한 미소(그는 그렇게 느꼈다), 모든 것이 눈부셨던 것이다.

'제길, 우리 사형보다 조금 멋있는 분위기를 가졌지만, 아니, 사형보단 훨씬 낫군. 그래도 나보다 잘생긴 것도 아니고 그렇다고 나보다 성격이 좋은 것도 아닌 것 같아. 뭐… 무공은 나보다 엄청 세겠지.'

이문수는 쓸데없이 이런 저런 생각을 하며 걷다가 도운영이 자신을 가만히 쳐다보고 있는 것을 알아챘다.

"흠흠!"

이문수는 두근거리는 마음을 애써 진정시키려고 헛기침을 몇 번했다. 저 악마에게 속마음을 들키는 날에는 자신의 인생이 끝일지도 몰랐다.

"으흐흐……."

도운영의 음산한 웃음에 아차 한 그였지만 태연히 응수하기로 했다. 어디 한두 번 당하는 일인가?

"후후후. 왜 그러십니까, 사형?"

"흐흐. 아니다, 아무것도."

"……?"

"흐흐흐."

마지막 음산한 웃음을 끝으로 도운영은 시선을 돌렸지만 이문수는 끝내 찜찜한 기분을 벗을 수가 없었다.

"관 공자, 이제 어떡할 건가요? 그때 그 일."

서문설이 초인천에서 있었던 일을 말하고 있음을 안 관영호는 고개를 끄덕이며 말했다.

"신경 쓰이는가 보오? 하지만 그 일은 생각지 않아도 좋을 것 같소. 그자들이 어떤 목적으로 그런 것인지는 알 수 없지만… 예측으로는 오패천에게 타격을 주기 위해 그런 것이라 생각되오. 하지만 지금은 그 일을 잊어도 좋을 것 같소."

"하지만 오패천주 중 관 공자를 제외하고는 모두 죽었어요. 관 공자의 예측대로라면 그들은 관 공자도 죽였어야 할 텐데……."

"후후, 원래 사람 사이의 일은 정말 알 수 없소. 그 어떤 방향으로든 말이오."

"오빠, 오빠가 한 말… 그때 그 사람도 오빠와 비슷한 말을 하면서 오빠와 저분을 치료했어요. 정말… 그건 생각이 늙은 사람들이 하는 말인가 봐요. 오빠가 말한 것을 보면 말이에요. 호호호호."

"후후."

"그럼 그 사람도 꽤 생각이 늙었겠네요?"

"호호호, 아빈 말이 맞아. 괜찮은 추리네."

서문설은 어느새 걱정스런 표정을 지우고 웃고 있었다. 그런 둘을 기분 좋게 구경하던 단소변은 관영호에게 다가가 조용히 이야기했다.

"그럼 일단은 저희 겁황천에는 위험이 없을 것이라고 보시는 겁니까?"

"아니오. 오히려 더욱 위험할지도 모르오. 우리는 그들을 잘 모르지만 그들은 우리에 대해 매우 잘 알고 있는 것 같소. 그런 만큼 겁황천의 전력이 건재하다는 것도 알고 있을지도……. 가까운 날은 아니더라도 분명 겁황천을 위협할 날이 올 것이오."

"음, 그러면 속수무책으로 당할 수만은 없지 않습니까?"

"방법은 하나, 옮기는 것이오, 그들이 찾기 힘든 곳으로."

"……."

"좋지 않은 방법인 것 같소?"

"아닙니다. 제 눈으로 똑똑히 봤으니 피하는 것이 상책임을 잘 알고 있습니다. 하지만 겁황천 내에 있는 그 많은 사람들을 설득하기는 힘들 것 같군요.”

“음······.”

“그럼 오빠가 설득해 보세요. 오빠라면 할 수 있을 거예요.”

“흠.”

“어머? 싫어요? 그래도 명색이 겁황천주인데다 저의 아버지도 거기 있는데······. 오빠한테는 그, 그거잖아요. 호호.”

유아빈은 쑥스러운 듯 얼굴을 살짝 붉히며 차마 장인이라는 말을 붙이지 못했다.

“하하하, 알겠다. 아빈이 그렇게 말하니 빼기가 힘들구나.”

관영호는 유아빈의 그런 모습이 굉장히 사랑스럽다 느끼며 유쾌하게 웃었다.

“호호! 단 오라버니, 어때요?”

“그래, 최고구나! 허허허!”

단소변은 어이가 없는 듯 고개를 설레설레 저으며 헛웃음을 흘렸다.

“거의 다 와가요, 오빠와 나의 보금자리.”

“그래, 반 시진도 채 안 남았구나.”

전구삼은 초인천의 일이 끝나고 바로 도망치듯이 어딘가로 사라져 버렸고, 도운영과 이문수와도 한 시진 전에 헤어진 관영호 일행이었다.

“오빠랑 나간 첫 여행, 그런대로 좋았어요. 호호.”

관영호의 등에 업혀 있는 그녀는 그의 등에 얼굴을 비비며 행복해했다. 요즘 들어서, 정확히 말하자면 그가 사마진영과의 중원행 후부터는 이런 식으로 애정 표현을 많이 하는 유아빈이었다. 관영호도 그것을 느끼고 있었고 또 담담히 받아들이고 있었다. 둘 사이에는 굳이 말을 하지 않아도 서로에 대한 감정적인 교류가 확고했던 것이다.

'민망하군.'

쓴웃음을 짓는 그였다. 외양만 그럴 뿐 실제 나이는 몇백 살이나 되는 그가 젊고 아름다운 여인과 확고한 신념으로 사랑하고 있다는 것에 간혹 익숙하지 않은 느낌이 들었다. 아마 평생 이런 마음으로 살지도 모른다고 생각하는 관영호였다.

"음? 천주님, 저길 보세요."

고안주가 자신들이 가고 있는 왼쪽 편을 가리켰다. 고개를 돌린 관영호는 멀리서 두 사람이 자신들 쪽으로 달려오고 있는 것을 볼 수 있었다. 공명은 조금 전부터 느꼈지만 설마 자신들 쪽으로 올 것이란 생각은 하지 못한 관영호였다.

"저들은……?"

"천주님, 아는 사람입니까?"

관영호 외에는 아무도 두 사람의 얼굴을 볼 수 없었기에 시선은 그에게로 몰렸다.

"그 두 사람이오. 도운영과 이문수."

"어머? 또 우리를 따라오는 것 아니에요?"

"글쎄다."

"우연히 같은 길일지도 모르죠."

서문설의 말에 관영호는 고개를 끄덕이며 말했다.

"아마 그럴 것이오. 저쪽도 우리를 알아차린 것 같은데 잠시 기다리는 것이 좋겠소."

"음? 정말이에요?"

유아빈이 놀란 표정으로 묻자 이문수는 고개를 끄덕이며 말했다. 왠지 기분이 좋아 보이는 그였다.

"그렇습니다. 우리도 이 근방에 볼일이 있습니다. 그럴 줄 알았으면 같이 갈 걸 그랬습니다. 하하!"

"맞아요. 그나저나 정말 우연이네요. 동방에서 오신 분이 이런 곳에 볼일이 있다는 것이 말이에요."

"그렇습니다. 우리들도 보통 인연은 아닌 것 같습니다."

그는 유아빈을 향해 싱긋 미소 지어 보이고는 고개를 돌려 도운영을 보았다.

"그렇지 않습니까, 사형?"

기분 좋게 웃고 있는 이문수를 안쓰럽다는 듯 쳐다보던 도운영은 기어코 한마디 하고 말았다.

"불쌍한 놈."

"네? 그, 그게 무슨 말입니까?"

"아니다, 사제야. 그나저나 유 소저, 이 근처에 봉분 같은 것이 있소?"

"네? 봉분요? 무덤 같은 건… 이 옥문관에 많지 않나요?"

질문의 방향을 바꿔야 함을 느낀 도운영은 혼자 중얼거렸다.

"음, 장로들이 보았다는 그 별은 이곳이 분명하지만 정확한 위치는 파악이 불가능하니……."

"네? 뭐라고 말씀하셨어요?"

"아, 다시 물어보겠소. 혹시 이곳 중원에서 천궁자라 불리는 사람을 알고 있소?"

"……?!"

유아빈은 도운영의 질문에 의혹 반 놀람 반으로 관영호를 쳐다보았다. 뭐라고 대답해야 할지 몰랐기 때문이다.

"옛날에 그렇게 불리운 사람이 있었소."

관영호가 그렇게 대답하자 그는 고개를 끄덕이며 잠시 뭔가를 생각하는 듯하더니 입을 열었다.

"천궁자는… 믿을지 모르겠소만 우리 민족이었소. 그리고 우리 극궁문(極弓門)의 문도였소."

"아!"

서문설은 도운영의 말에 놀라며 흥미를 가지기 시작했다. 그녀도 무림인인만큼 그 유명했던 천뢰상인과 천궁자의 결투를 알고 있었다. 신비했던 천궁자의 출신에 대한 말이 언급되었으니 관심이 가지 않을 수 없었다.

"그런데 믿지 못할 일이 벌어졌소."

관영호와 유아빈은 도운영의 말을 들은 순간 그가 무슨 말을 할지 눈치챌 수 있었다.

"천문을 본 한 장로가 말하길 '그가 살아났고 다시 죽었다' 고 했소. 그래서 오랜 이야기 끝에 진상을 확인하자는 것으로 결정이 났고 이렇게 나와 사제가 천문이 가리킨 장소로 온 것이오."

"……."

서문설을 비롯한 단소변과 고안주는 신기한 이야기에 매우 흥미로운 기색을 띠고 있었다. 하지만 관영호와 유아빈은 그 일이 자신들과 직접 관련있는 것이었기에 단순히 흥미만을 가질 입장은 아니었다.

"우리를 따라오시오. 천궁자의 무덤으로 안내해 주겠소."

"……."

　도운영과 이문수는 몸을 돌려 걸어가는 관영호의 뒷모습을 보고 동시에 고개를 돌려 시선을 맞추었다.

　"가보자. 일이 생각보다 쉽게 풀릴지도 모르겠구나."

　"…그렇게 해서 그와 나는 싸우게 되었고 결과는 보는 것처럼이오."

　관영호는 말을 길게 하지 않았다. 그저 천궁자가 바라던 일이었고 사마진영 또한 바랐기에 그는 부활했고 진정 살아난 것은 관영호 자신에 의한 것이라고 알려주었다.

　"그래서 그 사마진영이라는 여인이 천궁자의 모든 것을 이어받았고. 그런데 그녀는 어디에 있소?"

　"자신의 길을 갔소."

　"……."

　관영호의 애매모호한 대답에도 그는 아무런 의문을 표하지 않았다. 황량한 사막, 불어오는 바람, 그 쓸쓸한 정경 위에 덧붙여진 다섯 개의 무덤, 그리고 그 앞에 서 있는 일곱 사람의 모습은 그 분위기만큼이나 아련함을 가져다 주는 광경이었다.

　그중 봉분 바로 앞까지 나와 서 있는 도운영은 생각에 빠져 있는 모습으로 무덤 한곳에 시선을 고정시키고 있었다. 그는 어느 것이 천궁자의 무덤인지 묻지 않았다. 그에게 중요한 것은 과거의 인물인 천궁자에 대한 안위나 죽음이 아니라 바로 멸각궁을 가지고 있는 사람의 행방이었다.

　"자신의 길이라……."

　도운영은 고개를 들었다. 사막의 하늘은 왜 유난히도 파란 것일까. 그는 마음이 편안해져 그대로 주저앉아 잠들고 싶은 욕망을 억누르며 몸을 돌렸다.

'나의 목적은 문보를 되찾아오는 것이다. 세 가지가 모두 모여야 극궁문은 오랜 염원을 풀 수가 있다.'

"내가 어떻게 했으면 좋겠소?"

느닷없는 도운영의 알 수 없는 질문에 아무도 대답하지 않았다. 그도 굳이 답을 원한 것은 아닌 듯 이내 말을 이었다.

"그가 어떤 무공으로 당신을 상대했는지 확신은 서지 않지만 아마 본 극궁문의 삼대절기 중 극궁천멸(極弓天滅)일 것이오. 그의 패배는 상관하지 않지만 긍지 높은 극궁문의 절기가 약했다는 인식은 남기고 싶지 않소."

도운영은 희미하게 웃으며 관영호를 바라보았다. 명백한 대결 신청이었다.

"알겠소."

관영호가 고개를 끄덕이자 유아빈은 걱정스런 표정을 지을 수밖에 없었다.

"오빠……."

"아빈, 괜찮아."

서문설은 그녀의 어깨에 손을 얹으며 그녀를 바라보았다. 초점이 없는 듯하여 묘한 백치미를 풍기는 그녀의 눈이 유아빈에게는 묘하게도 믿음을 주었다.

"……."

유아빈의 입가에 맑은 미소가 맺히자 서문설 역시 따라 미소를 지었다.

"흠… 피차 선수끼리 오래 끌 필요는 없고 딱 세 번의 공격을 하겠소."

도운영은 심각한 분위기를 바꿔 기분 좋게 웃으며 말했다.

"다들 물러서시오."

관영호의 말에 다섯은 신속히 몸을 날려 사구 쪽으로 자리를 옮겼다.

"자리를 이동했으면 하오."

"알겠소. 남의 집을 부수면 그것만큼 미안한 것도 없지."

둘은 신형을 날려 무덤에서 멀어졌다. 둘은 사구에 서 있는 다섯 사람의 곁을 지나 사구 아래쪽으로 내려갔다.

"하하, 자꾸 시비를 걸어서 미안하오. 하지만 우리의 대결은 서로에게 이득이 될 것이란 생각이오."

"나 역시."

관영호의 전신에서는 서서히 위압감이 흘러나오고 있어 충분히 싸울 준비가 되어 있는 듯했다.

"흠, 솔직히 말하면 슬슬 의지가 약해지고 있소. 패배란 것, 그것도 어이없고 자존심 상하는 패배를 연이어 당하니 나의 목적에 대한 의지가 상실되어 가는 기분이오. 사제 놈 앞이라 함부로 약한 척은 안 되니……."

"……."

관영호는 그의 심정을 이해하는지 아무 말 없이 고개를 끄덕였다.

"……."

도운영도 그 말을 끝으로 웃는 낯을 고쳐 진지한 표정으로 바꾸었다. 동시에 그의 몸에서 항거할 수 없는 엄청난 기운이 솟아오르며 희미한 푸른 기운이 그의 백회혈에서 하늘로 솟구쳤다.

관영호는 전신을 압박해 오는 그 힘에 잠시간 놀랐지만 이내 이상한 느낌을 받았다.

'이상하군. 하나인데 하나가 아닌 느낌이다.'

느낌은 둘째로 치더라도 그 공명 정도는 상상을 불허했다. 오래전 마교주의 힘이 도운영에 비하면 많이 부족하다는 느낌을 줄 정도로 강력한 공명이었다.

'하지만 마교 교주는 정말 강했다. 이해가 가지 않을 정도로. 그것을 보면 공명이 모든 것을 말하는 건 아님이 분명하다.'

내공을 쓰지 않고서는 자신을 압박하는 힘을 견디기 힘들 정도가 되었음을 느낀 그는 생각을 멈추고 혈영천마공을 시전했다.

"흠, 마공?"

"공격하시오."

관영호가 그렇게 말하자 그의 몸을 감싸던 검붉은 기운은 온데간데없이 사라져 버리고 뭐라 형용하기 힘든 힘이 흘러나오기 시작했다.

도운영은 자신이 마치 심연의 바닥으로 내동댕이쳐지는 기분을 맛보며 긴장으로 땀을 흘릴 수밖에 없었다.

'제길, 뭐야?'

도운영의 몸이 움찔거리더니 이어 그의 백회혈에서 솟아올라 떠돌던 푸른 기운은 마치 기다렸다는 듯 화살 모양의 강기로 변해 거대한 파도처럼 관영호를 향해 밀려갔다. 그것은 극궁문에서는 극궁천멸로 불리는 무공으로 천궁자가 사용했던 천궁천멸(天弓天滅)과 흡사했다.

숨이 막힐 듯한 장관. 관영호는 마치 알고 있었다는 듯이 동시에 손을 앞으로 내밀었다. 천천히, 하지만 그것은 일 수유의 순간이자 아득한 억겁이었다. 그의 손은 파도 같은 푸른 화살 강기에 의해 가려진 도운영의 시야에 들어왔다.

'으읏!'

도운영은 순간적으로 찾아온 무력감에 하마터면 운용하던 내공의 흐름이 끊길 뻔함을 느꼈다. 그 순간 주위를 밝히는 혈광(血光).

콰아아앙!

폭발 후에 찾아온 것은 사위를 잠식할 정도로 거대한 모래바람이었다. 분노한 듯 비산하는 모래폭풍이 주위를 삼킬 듯이 퍼져 나갔고, 그 속에서 사위를 밝게 비추는 푸른 섬광이 하늘을 향해 솟아올라 갔다.

"극궁잔멸!!"

이문수는 자신들에게 느껴지는 거대한 압력에 불편함을 느끼고 있다가 하늘을 치솟는 푸른 섬광을 보고는 자신도 모르게 소리쳤다. 그의 손에는 벌써부터 흥분으로 인해 땀이 느껴지고 있었다.

하늘로 솟아올랐던 푸른 섬광은 이내 급격히 각도를 꺾으며 아래로 빠르게 내려갔다. 관영호는 푸른 섬광이 꺾이는 순간 빠르게 품에서 꺼내 든 비도를 하늘로 날렸다.

'회(回)! 폭(爆)!'

비도는 이내 엄청난 회전을 하며 강력한 기운을 품고 푸른 섬광을 향해 날아갔다.

"아!!"

사구 쪽에서 구경하던 사람들의 입에서 순간 경악성이 터져 나왔다. 내려가던 푸른 섬광 하나가 갑작스럽게 폭죽이 터지듯 폭발하며 수많은 섬광으로 변해 버린 것이다.

"……!!"

그 증가된 힘에 비도는 먼지가 되어 사라져 버렸고 수많은 섬광은 아름다운 폭죽이 힘있게 산화하며 땅으로 비산하듯 관영호를 항해 쏟아져 내려갔다.

"아름다워!"

고안주가 자신도 모르게 내뱉은 감탄사였다. 그만큼 그 광경은 웅장하고 아름다웠다. 하지만 그 속에 잔인한 죽음이 내포되어 있다는 것을 누구보다 절실히 느끼고 있는 관영호였다.

'피하긴 늦었군.'

그는 품에서 비도 두 개를 꺼내 들고는 그대로 날렸다.

'가능할 것이다. 혈룡(血龍)!'

천천히 솟아오른 두 개의 비도는 순식간에 엄청난 크기의 혈룡으로 변하며 주위를 진동시켰다. 열 자 길이의 거대한 혈룡은 그 거대한 입을 벌리며 섬광과 강렬한 빛을 내며 부딪쳤다.

파아앗!!

푸른 빛과 붉은 빛이 주위를 밝게 비추자 사람들은 그 빛의 눈부심에 본능적으로 눈을 감고 말았다. 그것은 관영호와 도운영도 마찬가지였다.

아무런 저항 없이 두 힘이 깨끗이 소멸해 버리자 사막은 이내 폭풍전야와 같은 고요함을 되찾았다.

도운영은 손에 쥐고 있는 작은 단궁을 가슴 앞으로 든 채 그를 향해 날아갔다. 탄신영(彈身影)의 수법으로 퉁기듯 순식간에 그의 이 장 앞으로까지 쳐들어간 그는 단궁을 관영호를 향해 던졌다.

"……!!"

의외의 공격에 관영호는 허리를 뒤로 힘껏 젖혔고, 단궁은 빠른 회전을 하며 그의 얼굴 위를 지나갔다. 하지만 이미 그 순간 도운영은 그를 향해 시위를 당기는 시늉으로 시형 강기를 날렸다.

퉁!

강력한 음력(音力)이 관영호의 내부를 진탕시켰지만, 이미 대비한 관영호는 몸을 강하게 회전시키며 오른쪽으로 이동했고 그가 있던 자리에는 구멍이 뚫렸다.

'무형시(無形矢)!'

천궁자가 쓰던 무형시였다. 활이 없어도 쓸 수 있으며, 볼 수도 느낄 수도 없다는 전설의 경지. 무형시는 활을 쓰는 사람이라면 누구나 이루고 싶어하는 경지였다.

땅에 착지한 그는 품에서 비도를 꺼내 그를 향해 던졌다. 그때 그의 뒤에서는 날아가던 단궁이 맹렬히 회전하며 그를 향해 다가왔다.

도운영이 비도를 향해 시위를 당길 때 관영호는 단궁을 피하기 위해 가벼운 몸놀림으로 뒤로 재주넘기를 했다.

땅!!

쇠가 부딪치는 소리가 나며 비도는 땅에 떨어졌고, 관영호를 맞히지 못한 단궁은 계속 날아가 도운영의 손 안으로 가볍게 들어갔다.

이 모든 상황은 눈 깜짝할 사이에 일어난 일이었기 때문에 사구에서 구경하던 이들은 감탄을 금치 못하였다.

둘은 숨 막히는 순간을 놓치기 싫은 듯 일차적인 공수가 오간 후에도 바로 이어 공격을 가했다. 선공은 도운영이었다. 도운영은 그를 향해 단궁으로 다시 무형시를 날렸고 관영호는 놀랍도록 빠른 몸놀림으로 가볍게 피해 버렸다. 예전에 천궁자와 대결을 하던 때와는 크게 달라진 모습이었다. 힘을 개방하지 않고서도 무형시를 피할 수 있게 된 것이다.

“…….”

도운영은 무형시를 가볍게 피하는 그의 모습에 놀라긴 했지만 곧 놀람을 가다듬고 재차 공격을 가했다. 소리도 없고 아무런 기운도 없으며 보이지도 않는 화살. 하지만 마치 약속이나 한 듯이 관영호는 무형시를 피해냈다.

“놀라워!”

이를 보고 있던 이문수는 크게 놀랐다. 그 또한 무형시가 어떤 것임을 알았기에 무형시를 지치지 않고 쓰는 그의 사형에게나 또 그것을 가볍게 피하고 있는 관영호에게도 놀란 것이다.

계속 피하기만 하던 관영호도 가볍게 장력을 날림으로써 공격을 시작했다. 그의 장력은 무형시에 가볍게 소멸되었지만 멈추지 않고 천마장을 연이어 시전했다. 도운영은 그의 패도장력에 놀라며 빠른 손놀림으로 여러 번 단궁의 시위를 당겼다. 그러자 보이지 않는 무형시가 날아가 천마장과 부딪치더니 아무런 충격 없이 소멸되어 버렸다.

“…극궁천멸(極弓殘滅)을 쓸 때도 그랬지만 당신의 장력은 정말 대단하군. 그들의 주 무공인 빙령인(氷靈印)에 못지않은 장공이오.”

“빙령인?”

“아, 그런 것을 쓰는 문파가 있소. 통일신라에.”

“…….”

“뭐, 어쨌든 본 문의 삼대무공으로는 당신을 이길 수는 없을 것 같소. 아직 극궁염라를 쓰지는 않았지만 써볼 필요도 없이 막히겠지.”

“…….”

“마지막 방법이 있지. 당신뿐만 아니라 모든 무인에게 통용되겠지만 어떤 무인이든지 자신이 이루고자 하는 궁극의 경지가 있지 않겠소.

나 같은 경우는, 아니, 나의 사부도 포함되겠지만 활을 쓰는 자치고 무엇이든 뚫을 수 있는 화살을 쏠 수 있는 경지에 이르기를 원한다오. 그것을 결국 이루었소. 무적시(無敵矢). 말 그대로요. 난 그것을 사부에게 이어받았소."

만약 그런 것이 있다면 그 누가 막을 수 있을까? 창과 방패에 관한 이야기로 인해 생긴 '모순'이란 말이 생각나는 관영호였다.

"참고로 난 사부님의 내단을 먹은 자요. 그리고 나 자신의 내단도 있지."

"……!"

관영호는 그 놀라운 사실에 그제야 왜 그렇게 이상한 공명을 느꼈는지 알 수 있었다.

"이 두 힘을 받을 수 있을지는 두고 보면 알겠지."

그의 두 손이 가볍게 시위를 퉁기는 시늉을 하자 그의 한 자 앞에서 검지 길이만한 화살 모양 강기가 생겨나더니 앞으로 날아갔다. 그것은 빠르지도 느리지도 않은 적당한 속도로 물 흐르듯 자연스럽게 날아갔다.

관영호는 무형시보다도 못해 보이는 화살형 강기를 보며 왠지 모를 섬뜩함을 느꼈다. 그것은 본능.

'위험하다!'

관영호는 왼쪽으로 몸을 움직여 그것을 피했다.

투웅!

가볍게 울리는 듯한 느낌으로 활시위 퉁기는 소리가 울리자 관영호의 주위에서 공기의 흔들림이 생겼고, 이내 그의 신형 역시 흔들렸다.

"우엑!!"

　관영호는 자신의 내부를 진탕시키는 음에 그만 참지 못하고 피를 쏟아냈다. 하지만 그것으로 인해 제자리에 주저앉아야 할 상황은 아니었다. 날아오던 화살형의 강기가 방향을 선회해 그를 위협하고 있기 때문이었다.

　관영호는 내상을 입은 와중에도 위험을 느끼고 유유서행으로 오 장을 움직였다. 그리고는 번개같이 화살형 강기를 향해 혈영천마장을 시전했다.

　우르르릉!!

　사위가 진동할 정도로 강력한 장공이 화살형 강기를 향해 날아가 이내 부딪쳤지만 장공은 마치 종이가 찢어지듯 가볍게 찢어졌고 화살형 강기는 아무런 저항도 없었다는 듯 섬뜩한 미소를 지으며 유유히 관영호를 향해 다가갔다.

　그다지 빠른 속도가 아닌데도 불구하고 어느새 일 장 앞까지 다가온 화살에 관영호는 유유서행으로 좌로 오 장을 이동했다. 물 흐르듯이 자연스러운 보법에 누가 봐도 감탄하겠지만 화살은 오히려 비웃듯 자연스럽게 곡선을 그리며 그를 따라 꺾었다.

　관영호는 저 화살이 말 그대로 무적시일지도 모른다고 생각하며 방법을 강구하기 시작했다.

　'화살 자체보단 그것을 사용하는 사람!'

　생각과 행동은 동시에 이루어져 몸을 번개같이 그에게 날린 순간,

　투웅!

　"우엑!!"

　관영호 같은 고수가 엄청난 타격을 입을 정도의 소리라면 그 위력이 얼마나 강한지는 충분히 상상할 수 있었다. 피를 쏟으면서도 생각나는

건 무적시 같은 강력한 화살을 조종할 뿐만 아니라 그에 버금가는 절대적인 음공을 동시에 구사한다는 것이 과연 가능한가였다.

하지만 실제로 벌어지고 있는 일이고 이대로 당할 수만은 없는 노릇이었다. 몇 번만 더 저 끔찍한 음공에 당한다면 다시는 일어나지 못할 것만 같았다.

'개방해야겠군.'

꺾인 허리를 간신히 편 그는 몸에 넘쳐흐르기 시작하는 무한의 힘을 느끼며 화살형 강기를 향해 번개같이 무한역도구(無限力道球)를 날렸다. 주먹만한 크기의 구는 모래바람을 일으키며 방향을 바꾼 화살형 강기와 그대로 정면으로 부딪쳤다.

"아!!"

멀리서 유아빈의 경악성이 들려왔다. 화살형 강기가 마치 종이를 뚫듯 아무런 저항도 없이 무한역도구를 뚫어버렸기 때문이다.

투웅!

"크웃!"

관영호는 다시 울린 활시위 소리에 몸을 비틀거렸지만 화살형 강기가 지척까지 날아온 것을 보고 고통을 참으며 유유서행의 신법으로 오히려 화살형 강기를 향해 다가가 옆으로 피한 뒤 계속 전진했다.

그리고 도운영이 시위를 다시 퉁기는 행동을 하려 하자 지체없이 그를 향해 무한역도구를 시전했다. 무한역도구가 엄청난 속도로 도운영의 지척까지 다가가자 그 순간 도운영의 손은 단궁의 시위를 퉁겼다.

투웅!

"우엑!"

"으윽!!"

관영호는 허리를 앞으로 꺾으며 다시 피를 쏟아냈고, 도운영은 예상치 못한 빠른 속도의 무한역도구를 미처 다 피하지 못하고 왼쪽 다리를 스치고 말았다.

"크으, 다리가 마비되는군. 제길."

도운영은 재빨리 허벅지의 혈도를 눌러 왼 다리에서 퍼지려는 지독한 마비 현상을 막아버렸지만 그래도 느껴지는 고통에 눈살을 찌푸릴 수밖에 없었다. 왼 다리는 아예 움직일 수가 없었고 전신에서 느껴지는 은은한 마비 증세에 손가락도 쉽게 움직이기 힘들었다.

'제길, 미치겠군.'

속마음과는 다르게 그는 여전히 화살형 강기를 유지시키고 있었는데 그것은 여전히 관영호를 위협하고 있었다.

관영호는 두 번이나 자신의 내부를 진탕시킨 음공에 많이 지쳐 있었지만 여전히 자신을 위협하는 화살형 강기를 그냥 둘 수는 없었다.

"……."

평온한 신색으로 무의의 끝 자락을 잡은 순간 화살형 강기는 움직임을 멈추고 부르르 떨더니 이내 소멸하고 말았다.

"으음……."

그의 입가로 피가 흐르고 있었다. 무리해서 무의를 시전하는 바람에 내상이 심해진 것이었다. 하지만 그는 거기서 멈추지 않고 도운영을 향해 다시 무한역도구를 날렸다.

파아앗!!

모래가 사방으로 비산하면서 길을 만들어 날아오는 무한역도구를 도운영은 물고기가 물 밖으로 솟아오르는 것처럼 탄력있는 몸놀림으로 피했지만 무한역도구는 마치 알고 있었다는 듯 바로 방향을 선회하여 도운영에게 쳐들어갔다.

“이런!”

도운영은 당황하며 빠른 속도로 활시위를 당겨놓는 행동을 했다. 그리곤 다시 무적시를 만들어 무한역도구를 향해 쏘았다.

부딪치려는 순간 무한역도구는 놀랍게도 화살형 강기가 지나갈 길을 만들어주려는 듯 반으로 갈라지더니 곧 두 개의 구로 변해 아까보다 더 빠른 속도로 도운영의 전신을 향해 날아갔다.

“으헉!”

갑작스런 사태에 경악한 도운영은 번개같이 몸을 땅바닥에 엎드렸고, 도운영을 맞히지 못한 두 개의 무한역도구는 모랫바닥에 부딪쳐 버렸다.

쿠아아앙!!

모래가 하늘로 치솟더니 곧 그것은 사방으로 비산하며 아래로 떨어지기 시작했다.

“멋져!”

“정말!”

유아빈과 서문설은 자신들도 모르게 감탄사를 토해냈다. 치열한 전투였음에도 태연히 아름다움에 감탄사를 토해내는 두 여인의 모습에 황당한 이문수였지만 자신 역시 장엄한 광경에 속으로 감탄사를 내고 있었다. 단소변과 고안주도 마찬가지였다.

“읍! 퉤퉤퉤!”

하지만 모래비를 고스란히 맞을 수밖에 없었던 도운영은 고개를 세차게 저으며 정신없이 침을 뱉어냈다.

“호호호호!”

"하하하!"

긴박한 결투였지만 도운영의 우스꽝스런 꼴에 사구에 있던 다섯 사람은 웃음보를 터뜨리고 말았다.

"으우……."

도운영은 사구 위에 다섯 사람, 특히 이문수를 쏘아본 뒤 시선을 돌려 관영호를 째려보며 말했다.

"의외로 장난을 좋아하나 보오. 봐줘서 고맙긴 하지만."

그의 말에 관영호는 입가의 흐르는 피를 훔치며 웃었다.

"후후, 당신이야말로 한 번 더 음공을 시전할 수 있었을 텐데?"

그의 말에 도운영은 조금 놀란 표정을 짓더니 이내 고개를 설레설레 저으며 말했다.

"아무튼 비긴 걸로 칩시다. 의지가 새록새록 돋는구려."

"……."

관영호는 슬며시 웃으며 사구 쪽을 쳐다보았다. 다섯 사람은 이미 사구의 반 정도를 내려와 있었다.

"그 공에 스치고 하마터면 기절할 뻔했소. 끔찍하더군. 정면으로 맞았다간……."

도운영은 혀를 길게 빼 물며 장난스런 표정을 지었다. 표정은 그랬지만 아직도 몸이 찌릿찌릿하고 있다는 것은 아무도 모를 것이다.

"후후후, 당신의 음공도. 내가 피를 세 사발이나 쏟아냈으니… 물론 무적시는 말할 것도 없겠지."

"오빠!"

"관 공자!"

"천주님!"

관영호를 부르는 세 가지 명칭이 사막을 울려 퍼지며 네 사람이 그를 향해 다가왔다.

"사형! 으하하하!"

웃어 보이려 했던 도운영은 마치 비웃는 듯한 대소를 하며 자신을 향해 달려오는 사제의 목소리를 듣고 결국 한껏 찌푸린 표정을 지어낼 수밖에 없었다.

'저걸… 아까 싸울 때 실수한 척하며 쓱 할걸.'

하지만 알기나 할까.

'그냥 그 공 맞고 편히 주무시지.'

그 상황 당시 이문수의 생각을.

[모월 모일. 맑음.

오랜만에 쓰는 일기. 얼마 만인가? 참으로 많은 일이 있었다. 수개월간의 일을 이 작은 일기장에 쓴다는 것은—그것도 매일 쓴 것도 아니고 수개월이라는 간격이 있는데—불가능한 일이고 불필요한 일일 것이다. 그저 많은 일을 겪었다고 쓰는 것만으로도 충분하다.

도운영과 이문수. 둘은 중원으로 떠났다. 무엇 때문인지는 말을 해주지 않았지만 추측으로는 사마진영을 찾아 떠난 것이 아닌가 한다.

그 둘이 속해 있다는 극궁문. 도운영이란 인물이 있다는 것만으로도 충분히 가늠할 수 있는 집단이다. 더구나 천궁자란 희대의 무인도 그곳에서 무공을 배웠다지 않은가? 극궁문이 왜 천궁자의 흔적을 찾아 이곳까지 왔을까? 두 사람은 그 흔적을 이어 사마진영에게로 가고 있을 것이다.

아빈이 생각나는 대로 말했던 것이 기억난다. 천궁자는 문도의 반역자로 죄를 짓고 극궁문을 도망쳐 중원으로 온다. 그리고 뛰어난 무인으로 이름을 드높이고 다시 부활해 나와 싸운다. 극궁문의 장로가 천기를 읽으면서 우연히 천궁자의 부활을 알고 그 진위를 조사하기 위해 온다. 그리고 천궁자의 후예라 할 수 있는 사마진영을 잡기 위해 중원으로 간다.

쓴웃음이 나왔지만 그래도 그럴 만한 이야기이기도 하다. 사실을 알 수 없으면 상상이라도 해야 그 진실에 가까워지지 않겠는가?

도운영과의 잠시간의 결투에서는 놀라운 것을 발견할 수 있었다. 그는 타인의 내단을 먹음으로써 두 가지의 힘을 가지고 있었다. 자신의 사부의 능력을 받아 그 성질이 비슷하여 쉽게 알아챌 수는 없었지만, 무적시와 가공할 음공. 두 가지 능력은 기가 막힐 정도로 짝이 잘 맞는 것 같다.

내가 발견한 놀라운 것이란 건 어찌 보면 내게는 충격적일 수도 있는 일이기도 하다. 나의 무공 자체는 그의 무공보다 위였지만 그와 나의 실력은 막상막하였다. 그것은 그가 내단 두 개의 능력을 지녔고 나는 하나의 능력을 지녔기 때문이다.

그렇다면 난 그동안 헛수고를 한 것인가? 내게는 백색, 회색, 두 개의 내단이 있지 않은가? 그것을 먹었다면 난 지금보다 훨씬 강해졌을지도 모른다. 하지만 난 강해지는 것에는 욕심이 없다. 내가 '강(强)'이란 것에 목적이 있었다면 이 사실을 알기 전에 벌써 내단을 먹어버렸을 것이다.

추측컨대 아마 인체의 한계로 인해 내단을 먹을수록 점점 강해지는 것은 아닐 것이다. 당연한 것이지만 내단의 힘을 완전히 자신의 것으로 하는 데 오랜 시간이 걸릴 것이므로 결국 강해지는 데에는 딱히 이 길이 빠르다 느리다가 없는 것 같다.

이제 다시 나의 일상으로 돌아왔다. 항상 그렇듯 내 자리는 변함이 없다. 그 모습 그대로, 나 역시 그렇게……

모두 잠이 들었는지 고요한 숨소리뿐이다. 오랜 여정으로 지쳤기에 깊이 잠들길……. 오늘은 돌아온 기념으로 밤새 이 드넓은 사막을 지켜봐야 겠다.

공기의 흐름 없는 정적의 사막에서 유일하게 움직이는 것은 어둠뿐이다. 서서히 물러가는 어둠과 다가오는 새벽빛을 보며 난 또 하나의 편안함을 찾아야겠다.]

[모월 모일. 맑음.

단소변과 고안주는 해가 중천에 있을 즈음 떠났다. 아빈은 더 있기를 원 했지만 둘은 겁황천의 일에 마음 편히 있는 것에 힘들어하는 표정이었다. 반발이 클 것이 충분히 예상되기에 시일 내에 겁황천으로 뒤따르겠다고 둘 에게 다짐하고서야 그들은 마음 편히 떠났다.

얼굴이 계속하여 변하는 사내와 간군학. 그 둘은 대체 어디서 어떤 일 을 하는 자들일까? 무엇 때문에 그런 일을 하는 것이며 그 사내는 얼마나 강한 자인가? 만약 이 중원을 원하는 것이라면 그는 분명 그렇게 할 수 있 을 것이다.

겁황천은 초인천에서의 일로 알 수 있듯이 위험에 노출되었다. 이길 수 없는 싸움이라면 피하는 것이 상책이다.

만약 항복과 복종을 요구할 생각이 있었다면 그것을 말했을 것이다. 그 러나 그들은 그러지 않고 잔혹한 파괴만을 일삼았던 것이다.

오늘도 이런 저런 생각을 하면서 깨달은 것이 있는데, 그것은 이 내단 에 대한 일은 추측이 힘들다는 것이다. 더 정확히 말하자면 초월경에 대한 것들이다. 깨달았다고 말하기보다는 현실을 인정했다고 하는 것이 정확하 겠지.

초월경에도 마치 단계가 있는 듯 어느 순간 힘이 더욱 강해진다. 그러면서도 그것은 나의 무공과는 별개의 독립된 존재 같다. 즉, 내가 깨달은 '무의'가 나의 초월경의 힘을 더욱 강하게 해준 것은 아니다. 단지 그 힘의 조절, 즉 무한역도구를 더 자유롭게 쓸 수 있도록 해줬을 뿐이다. 하나 그것만으로도 충분히 나의 무공이 진일보한 것은 틀림없다.

초월경에 대한 이런 저런 생각을 하다 결국 헝크러져 고개를 젓고 말았다. 방금 전까지만 해도 생각하지 말자고 했는데 그새 해버린다.

아무튼 결론은 이대로 있자는 것이다. 풀리지 않는 의문이라도 결국 어떤 방식으로든 풀리게 되어 있다. 나보다 더 잘 아는 사람이 나타나 그 해답을 줄지도 모른다. 예컨대 그 얼굴을 가린 사내 같은…….]

[모월 모일. 맑음.

서문설과 이야기를 하다가 태양천에 왔던 다변인(多變人 : 얼굴이 많이 변한다는 의미로 썼음)에 대한 말이 나왔다. 그가 광인과 싸울 당시 나는 의식이 없었기 때문에 잘 모르지만 그 당시 둘의 싸움은 치열했고 인간으로서 발휘할 수 없는 상상의 무공을 보여주었다고 한다.

그녀의 이야기를 들어본 후 그중 가장 주목할 만한 점을 집어냈는데, 그건 그의 움직임이었다. 그의 움직임은 표현하기 힘들지만 굳이 말하자면 비정상이었다.

평범한 사람이 걷든 뛰어난 고수가 절륜한 신법으로 날아다니든 간에 움직임은 모두 선을 이룬다. 나 역시 마찬가지이다.

하지만 그 남자의 움직임은 뭐랄까… 그래, 점이었다. 그것이 가능한지 생각해 보았지만 답은 불가(不可)였다.

불가능하다. 인간이라면 점을 이루는 움직임은 불가능하다. 그는 분명 인간이기에 마치 점의 이동처럼 보여지는 선의 이동법을 사용하고 있는 것일지도 모른다. 아니, 그럴 것이다. 다시 한 번 말하지만 인간이 점의 이동을 한다는 것은 불가능하다.

갑자기 피식 웃음이 났다. 예전엔 이런 특이한 생각은 하지도 않았는데 색면인의 이야기에 갑자기 이런 생각이 난 것이다. 그러다 가능할지도 모른다는 생각이 드는 것은 왜 일까?

무(武)의 끝은 없다. 인간의 한계 또한 그 깊이가 무궁무진하여 역시 끝을 알 수가 없다. 점의 이동. 인간의 상식을 완전히 깨버리는 생각이다. 만약 그가 정말 그런 움직임을 익혔다면 그는 고금을 통틀어 가장 강한 자일 것이고 내가 생각한 것이 처음이라면 난 새로운 무의 길을 열 수 있는 가능성을 얻은 것이다.

아니, 내가 처음이 아니어도 상관없다. 난 이미 이 생각을 함으로써 새로운 길로 들어왔음을 느끼고 있다. 인간의 한계는 끝이 없다. 무는 인간이 익힌다. 그러므로 무의 한계는 없다.]

◆제3장 ◆ 겁황천으로

"이봐, 늙은이. 저것을 보라구. 동쪽 하늘이······."

"알고 있습니다."

"큭큭, 담담한데? 하긴 모든 것을 초월했으니 미련 같은 건 버린 지 오래겠지?"

"······."

탑이었다. 탑의 정상은 반경 십 장 크기 정도로 넓었고 그곳에는 몇 가지 물건과 옷가지들이 널려 있었다.

그리고 그곳에 있는 침상 위에는 한 사람이 누워 있었고 사람의 가슴 정도까지 오는 탑의 난간에는 백발백염(白髮白髥)의 노인이 하늘을 보며 서 있었다.

가벼운 바람이 불어오자 그의 수염은 부드럽게 하늘거렸다. 그에 걸맞게 노인의 얼굴 또한 세월의 흐름에 순화한 듯 매우 부드럽고 온화

해 보였다. 인자해 보이는 미소를 가진 평범한 노인 같았지만 연푸른
색의 옷을 입고 있는 그의 전신에서는 뭐라 설명할 수 없는 기운이 은
은히 흘러나오고 있어 결코 평범해 보이지가 않았다.

마가령무는 가벼운 미소와 함께 자리에서 일어났다.

"갈수록 웃기는군. 나한테서 등을 돌릴 때부터 알아봤지, 그놈은."

"누구보다 착한 심성을 가진 분이니까… 힘들어하는 겁니다."

"하하하, 그렇겠지. 그렇겠지……."

마가령무는 연신 고개를 끄덕이며 같은 말을 계속 중얼거렸다.

"그나저나 정말 괜찮은 거야? 위대하신 태양선인(太陽仙人)께서 대
가 끊겼는데 말야. 멀긴 해도 후손이지 않은가?"

그의 말에 태양선인은 너털웃음을 지으며 몸을 돌려 마가령무를 보
았다.

"허허허, 당신께서 그런 말을 하다니……. 절 생각해 주셔서 고맙습
니다만 전 정말 괜찮습니다. 그리고 완전히 끊긴 것은 아닙니다. 아직
둘이 남아 있습니다."

"큭큭, 그렇군. 하지만… 후후후!"

"……."

"가끔 노인네가 부러울 때가 있다니까."

"허허, 그렇습니까?"

"음, 넌 삶에 대해 아무런 감정이 없으니까. 흐흐, 난 점잖은 사람이
못 돼서 그런지 굉장히 심심하다, 삶이."

"그건 당신이니까 어쩔 수 없지 않습니까."

"그건 그렇다 치고, 그나저나 넌 왜 날 찾아왔지? 날 보기 싫어하는
네가?"

"허허허, 왜 그렇게 생각하시는지……. 이유없이 그냥 찾아온 것입니다."

"크크, 미쳤군. 네가 그런 말을 하다니 어울리지 않아. 왜, 그녀가 무슨 말을 하던가?"

"……."

마가령무의 말에 태양선인은 아무 말도 하지 않았다. 그저 동쪽 하늘을 하염없이 바라보기만 할 뿐이었다.

마가령무도 그의 대답을 굳이 원하지는 않는 듯 침상에 누워 그와 함께 하늘만 바라보고 있었다.

"…그녀가 그분을 못마땅해하고 계십니다. 그래서 당신께 이 말을 전하라고 하셨습니다."

"호오, 그래? 무슨 말?"

"미쳐 가는 녀석은 어서 잠재우라고. 동생의 일은 형이 알아서 해야 할 것이 아니냐고 하셨습니다."

"큭큭, 꽤 말을 순화시켜서 했군. 전언을 그대로 말하지 그래? 화끈한 욕들과 함께 말야."

"……."

"아무튼 그 일은 내가 알아서 한다고 그래. 한 번만 더 간섭하려 들면 내가 진짜 간섭이 뭔지 가르쳐 주지. 후후후."

"예, 알겠습니다."

"그나저나 너도 참 이상하군. 왜 그녀와 같이 있는지 말이야. 굳이 이런 말을 전할 사자 노릇을 할 필요가 있을까? 큭큭."

태양선인은 마가령무가 자신의 마음을 훤히 알고 있음을 알기 때문에 굳이 대답할 필요성을 느끼지 못했다. 그저 평온한 신색으로 하늘만 바라보고 있었다.

"심심하군."

"……."

곧 탑 위에는 적막한 침묵이 감돌기 시작했다. 둘은 이런 침묵에 항상 익숙해져 있었기 때문에 결코 어색하지도 불편하지도 않은 침묵이었다. 얼마나 지났을까.

"마가령무님."

탑 아래서 아름다운 여인의 목소리가 들려왔다. 이국적인 모습의 미녀 파루나호가 얼굴에 은은한 홍조를 띤 채 그를 불렀다.

"아, 공주님. 올라오십시오."

마가령무는 돌변한 태도로 말을 하며 태양선인이 있는 곳을 힐끗 보았지만 탑 난간은 어느새 텅 비어 있었다. 원래 아무도 없었던 것처럼.

"……."

마가령무의 입가에 묘한 미소가 서렸다. 누가 보았다면 극도의 두려움에 싸여 스스로 목숨을 끊고 싶은 마음이 들 정도로 공포스러운 마소(魔笑)였다.

'너희들도 결국은… 큭큭.'

[모월 모일. 맑음.

지금 내가 이 일기를 쓰고 있는 곳은 겁황천이다. 바로 오늘 나와 아빈, 그리고 서문설은 겁황천에 도착했다. 물론 겁황천이 다른 곳으로 이동해야 하는 것을 설득하기 위해서 온 것이다.

사실 그다지 심각하게 생각하지 않았었다. 그들을 설득하는 것이 어렵지 않으리라 생각했던 것이다. 그들은 철저히 힘을 숭상하는 자들이었기에 힘에 대해 누구보다 잘 알 것이고 그 차이를 느낀다면 현명하게 대처하리라 생각했던 것이다.

하지만 아니었다. 사람에게는 원래의 것을 지키려는 강한 본능과 애착이 있는 것이 분명하다. 하물며 수백 년간 이어져 내려오며 터를 일구며 살아온 이곳 겁황천의 사람들인데 오죽할 것인가.

일단 천주 아닌 천주인 내가 온 것이 그다지 환영할 만한 일은 아닌 듯했다. 반기는 눈치가 아니라 피하는 눈치였고 싫어하는 기색이었다. 당연한 일일 것이다. 잘살고 있는 그들에게 갑자기 나타나 그들의 천주를 죽이고 새롭게 등극한 나에게 좋은 감정이 생긴다는 것은 결코 쉽지 않은 일이다.

거기에 더하여 겁황천을 다른 안전한 곳으로 옮겨야 한다는 황당한 말을 하는 내가 더욱 마음에 들지 않을 것이다. 특히 팔장로란 자들에게는 더욱 그럴 것이다.

팔장로는 겁황천주를 보필하며 겁황천의 대소사를 일괄하는 자들이었는데 무공뿐만 아니라 자신들이 몸담고 있는 겁황천에 대한 자부심 또한 상당한 자들이었다. 그랬기에 그들은 얼마나 강한 자인지는 모르지만 단지 위험하다는 이유만으로 겁황천 자체를 이동시켜야 한다는 말을 받아들이려 하지 않았다.

하지만 그들이—오늘 본 사람은 다섯 사람뿐이었지만—초인천에서의 일을 제대로 믿지 않으려 하는 것이 문제이다. 믿기 쉽지는 않지만 목격자의 신분도 결코 만만치 않은 두 사람이 있기에 진지하게 생각해 볼 필요가 있다. 그러나 그들은 옮겨야 한다는 사실 자체를 받아들이려 하지 않고 있었다.

나에게 이런 일이 맞지는 않지만 아빈의 부탁도 있고 아주 남의 일도 아니기 때문에 어떻게든 설득해 볼 생각이다. 일단 어떻게 나갈지에 대한 생각은 하지 않았다. 며칠 지내다 보면 길이 열리지 않을까 한다. 급한 사람은 내가 아니라는 인식을 심어줄 필요가 있으니까 여유를 보여주는 것이 좋을 것 같다. 아빈도 나와 같은 생각을 가지고 있으니 별문제는 없을 것이다.]

관영호와 서문설은 각자 방 하나씩을 배정받았고 유아빈은 예전에 자신이 살던 곳에서 머물기로 했다. 유아빈이 관영호와 같이 있겠다고 하여 잠시간의 소란이 있긴 했지만 관영호가 좋게 말하자 사태는 금세 가라앉았다.

겹황천에 온 후 첫 번째의 아침이었다. 일찍 일어난 관영호는 이층인 자신의 방에서 보이는 겹황천의 풍경과 아침 햇살을 바라보는 데 시간을 꽤 보내고 있었다.

반 시진쯤 지났을 때 관영호의 예상대로 유아빈이 자신의 방을 찾아왔다.

"오빠!"

유아빈은 아름다운 미소를 지으며 관영호에게 다가왔다.

"왔느냐."

창가에 앉아 있던 관영호의 옆에 앉은 그녀는 그를 빤히 쳐다보았다.

"……."

다른 사람이라면 끝까지 무시할 수 있었지만 유아빈이라 그러지 못한 관영호는 쓴웃음을 지으며 유아빈에게 말했다.

"내 얼굴에 뭐가 묻었느냐? 계속 빤히 쳐다보고 그러느냐."

"그냥요. 오빠 없이 잤더니 오빠가 보고 싶더라구요. 그래서 이렇게 쳐다보는 거예요. 호호호."

유아빈은 자기가 한 말이 부끄러웠던지 얼굴을 살짝 붉히며 웃음을 띠었다. 그 모습이 너무나 아름답다고 생각한 관영호는 조금 어색한 미소를 지어 보이고는 다시 밖을 향해 고개를 돌렸다.

유아빈도 입가에 미소를 매단 채 관영호를 보다 이내 그를 따라 고개를 돌려 밖을 보았다. 표현은 하지 않지만 그의 따뜻한 마음을 유아빈은 충분히 느낄 수 있었다. 더 많은 것을 원하는 것은 관영호에게는 부담일지도 몰랐다. 언젠가는 그 이상을 해줄 사람이라 믿고 있었다.

'분명 나랑 결혼한다고 했잖아? 호호!'

행복한 상념이 그녀의 머리 속을 왔다 갔다 하고 있었다.

'사랑해요……'

생각만으로도 얼굴이 뜨끈해지는 그녀였다.

그렇게 시간이 얼마나 지났을까.

똑똑.

문을 두드리는 소리가 나며 유아빈의 행복한 상념에 금이 가버렸다.

"누구세요?"

유아빈의 물음에 밖에서 약간 당황한 듯한 여인의 목소리가 들려왔다.

"아빈이니? 나야, 설."

서문설이 방 안으로 들어오는 것을 본 유아빈은 그녀의 뒤에 단소변과 고안주가 있는 것을 보고는 반겼다.

"어머, 두 사람도 왔네요?"

"아빈 네가 이른 아침에 여기는 웬일이냐?"

단소변이 황당한 표정으로 묻자 유아빈은 그저 미소를 지어 보일 뿐 아무런 말도 하지 않았다.

'저럴 땐 딱 천주님을 닮았군. 말괄량이 천방지축이었던 아가씨가.'

단소변은 그렇게 생각하며 관영호에게 아침 식사를 하러 가자고 말했다. 아침 식사 후에 소개시켜 줄 사람 몇이 있기 때문이었다.

단소변과 고안주는 겁황천을 옮겨야 한다는 생각에 아주 적극적이었다. 무엇보다도 초인천에서 겪었던 공포스러운 일 때문이었다. 겁황천에서 자라나 겁황천의 무공을 배우고 겁황천을 위해 일한 둘에게 겁황천은 소중한 곳이었다. 그런 곳을 그 미친 사내에게 순식간에 잃을 수는 없었다. 대전을 쑥대밭으로 만들며 모두 죽여 버리던 그의 가공할 힘은 아직도 잊을 수가 없었다. 힘의 격차는 너무나 두드러졌다.

'반드시 옮겨야 한다. 그곳에서 겁황천은 훗날을 위해 도모해야 한다!'

겁황천주가 있던 대전은 결투로 무너졌었지만 지금은 아무 일 없었다는 듯이 멀쩡히 지어져 있다.

관영호도 일단은 천주였기 때문에 겁황천주가 기거하는 겁황대전에서 식사를 대접받았다. 식탁에 치려진 음식들은 하나같이 호화스러운 것들로 관영호로선 평생 동안 먹어보지 못한 음식들이었다.

'이런 사막에서 중원에서나 맛볼 수 있는 유명한 음식들이 나오는군.'

식탁에는 두 노인과 한 명의 청년, 그리고 한 명의 여인이 앉아 있었다. 두 사람은 관영호도 어제 본 팔장로 중 두 사람이었지만 나머지 젊은 두 남녀는 처음 보는 자들이었다.

"천주님을 뵈옵니다."

두 장로는 이장로 천사사(天邪師) 마병문(麻兵文)과 오장로 마병검(魔兵劍) 고문소(高雯昭)였다. 이들은 관영호를 천주로 인정한 자들로 예전에 전대 겁황천주가 죽은 뒤 관영호를 본 유일한 두 사람이었다.

"어제는 말씀을 드리지 못했지만 천주님의 기도가 일 년 전의 그때와는 판이하게 달라지신 것 같습니다. 경축드립니다."

천사사 마병문이 깊게 읍하며 진심으로 축하의 말을 건넸다. 마병문은 겁황천에서 두뇌의 역할을 하는 아주 놀라운 능력의 소유자였다. 그는 매우 뛰어난 판단력을 지니고 있었기에 관영호의 말을 듣고 바로 그를 지지하기로 마음먹었던 것이다. 그는 누구보다도 예전의 겁황천주의 능력을 알고 있었고 그를 이긴 관영호의 능력도 어느 정도는 알고 있었다. 하지만 지금은 예측 불가능한 경지에 있음을 느낀 그는 놀랍고 기쁜 와중에도 겁황천을 옮겨야 한다는 그의 주장에 또 다른 놀라움을 느끼고 있었다.

'겁황천을 옮겨야 한다는 것은 천주님의 능력으로도 그들을 막을 수 없다는 것이다. 그러므로 우리는 무슨 일이 있든 간에 옮겨야 한다. 살기 위해서는.'

이런 생각을 가지고 있는 그였다.

"……."

관영호는 고개만 끄덕이며 그의 말에 응답했다. 어찌 보면 굉장히 거만하게 보이는 행동이었지만 표정은 전혀 거만하지 않아 그렇게 생각하기는 힘들었다. 그런 그의 성격을 어느 정도 알고 있는 마병문은 고개를 끄덕이며 자신의 뒤에 서 있는 일남일녀를 돌아보았다.

"……."

두 사람 중 사십 초반 나이의 사내는 전 겁황천주의 일곱 제자 중 대사형인 겁황마군(劫荒魔君) 도철대(途鐵大)였고 이십 중반의 매혹적인 여인은 셋째 제자인 백안사요(白眼邪妖) 화성화(華星花)였다.

겁황마군 도철대는 일곱 제자 중 가장 강한 무공을 지닌 자로 차기 천주감으로 지목되고 있었다. 그는 자신의 사부를 죽이고 천주가 된 관영호를 그다지 탐탁지 않게 여기는지 바라보는 눈이 썩 곱지만은 않았다. 상대를 배려하는 인자한 인품을 가진 그도 사부를 죽인 자에 대해서는 마음을 절제하지 못했던지 노골적이진 않으나 그 심정을 눈빛에서 읽을 수 있었다.

백안사요 화성화는 칠제자 중 세 번째 제자로서 유아빈 못지않은 아름다움을 과시하는 여인이었다. 그 성숙함과 요요로움이 무르익어 주위를 압도할 정도였고 그녀의 아름다운 입술에는 매혹적인 미소가 걸려 있어 도도해 보였다. 특이한 것은 그녀의 별호대로 눈이 검은자위는 없고 흰자위만 있었는데 이상할 법도 하건만 전혀 어색하지 않고 오랜 세월에 익숙해져 아름다움을 한층 더 빛내고 있었다.

그녀는 막내 사매인 유아빈이 모든 것을 팽개쳐 버리고 쫓아간 관영호라는 사내에 대해서 은근한 관심을 보이고 있었다. 그것 때문만이 아니더라도 모든 것이 흥미로웠다. 자신의 사부를 이긴 놀라운 실력, 자신처럼 특이한 느낌을 주는 눈, 전혀 고수 같지 않은 풍모, 너무나 평범한 외모 등 이 모든 것이 부조화스러우면서도 평범했기에 흥미로웠다.

'어디에 아빈의 마음을 빼앗을 정도의 매력이 있는 것이지?

애당초 그녀는 관영호를 천주로 여기고 있는 것이 아니라 그저 흥미의 대상으로 여겼다.

곧이어 마병문에게 소개를 받은 두 사람은 형식적으로나마 그에게 인사를 했고 관영호도 이를 받아주었다.

"이제자와 육제자는 방랑기가 많은 분들이라 지금 성내에는 없습니다."

관영호는 고개를 끄덕이곤 말문을 열었다.

"만나서 반갑소. 이제 식사를 하는 것이 어떻겠소."

"맞아요, 이장로님. 어서 밥 먹어요. 배고파요."

유아빈이 어색한 분위기를 밝게 해주는 목소리로 말하자 마병문도 그녀의 모습에 가볍게 웃고는 고개를 끄덕이며 일행을 식탁으로 앉게 했다.

식사 후 빈 그릇이 치워지고 차가 올라오자 장내의 분위기는 다시 조용해졌다. 천주인 관영호가 별말없이 차만 마시고 있자 그저 어색할 뿐이었다. 유아빈도 장로들 앞이라 쉽게 이야기를 꺼내지 못하고 있었다. 그 침묵이 마음에 들지 않았는지 백안사요 화성화가 먼저 입을 열었다.

"천주님께서 무슨 말씀이라도 좀 하세요. 다들 기다리고 있답니다."

그녀의 말에 시선이 모두 관영호에게 집중되었지만 정작 관영호는 태평하기만 했다. 한 모금의 차를 더 마신 관영호는 간단하게 대답했다.

"할 말이 없소."

"킥!"

그의 대답에 서문설이 자신도 모르게 웃음을 터뜨리는 바람에 이상한 눈초리들이 자신을 향하자 민망함에 고개를 살짝 숙여 버리는 그녀였다. 하지만 그녀의 웃음으로 분위기는 아까보다 훨씬 나아졌고 이를 틈타 마병문이 입을 열었다.

"저는 천주님이 어제 말씀하신 말에 전적으로 동의합니다만 아쉽게도 이 생각에 동의하는 사람들은 극히 적습니다. 당장만 해도 대제자와 삼제자도 겁황천을 옮기는 것에 대해서는 반대하고 있습니다. 이런 와중에 천주님이 무언가를 제시해 주셔야 한다는 것입니다."

다른 사람들도 그의 말에 동의하는지 고개를 끄덕였다. 다시 시선은 관영호의 입으로 모아졌다.

"글쎄, 내가 할 말이라고 해봤자 똑같소. 겁황천을 새로운 곳으로 옮기라는 것이오. 위험이 닥치고 있고 이겨낼 수 없는 것은 명약관화한데 이렇게 찬성이니 반대니 하는 것이 무슨 소용이 있겠소. 반대하는 사람을 설득하는 일을 해야 한다는 것이 내게는 불필요한 일이오."

"하지만 다른 사람들의 입장도 생각해 주심이 좋을 듯합니다. 갑작스럽게 나타나서 본 천이 사라질지도 모르니 이를 위해 옮겨야 한다는 말씀을 하시면 당연히 혼란이 있을 수밖에 없고 반대하는 사람이 나타나게 마련입니다."

"맞는 말이오. 당연한 현상이겠지."

"……."

관영호가 아주 쉽게 자신의 말에 동의하자 마병문은 그만 할 말을 잃고 말았다.

"그럼……?"

"당연한 일이지만 나와는 별로 상관이 없소. 죽을 사람은 죽는 거고 살 사람은 사는 것이오."

"음……."

관영호가 마치 자신의 일이 아닌 양 냉정하게 잘라 말하자 사람들은 침음성을 흘렸다. 오장로인 마병검 고문소는 무언가 할 말이 있는 듯했지만 참고 있는 듯 입술이 실룩거리고 있었다. 하지만 터진 곳은 의외의 곳이었다.

"그것이 천주라는 직위를 가진 분이 할 수 있는 말씀이오?"

탁자를 세게 치며 소리를 지른 사람은 대제자 겁황마군 도철대였다. 웅후하고 신중해 보이는 모습을 상상할 수 있는 외모와는 달리 지금은 꽤나 분노한 표정으로 관영호를 바라보고 있었다.

"대제자께서는 진정하시오."

그의 외침이 터지자마자 마병문은 곧바로 그를 진정시키려 했지만 도철대는 한번 폭발한 성정을 삭이려 하지 않았다.

"그런 생각을 가지고 있는 사람이면서 왜 본 천에 와서 겁황천을 옮기라는 말을 하는 것이오? 차라리 오지 않는 것만 못하오!"

도철대의 말에 고문소는 물론 화성화도 고개를 끄덕였다. 죽어도 그만이라는 생각이면 굳이 여기에 와서 겁황천을 옮기라는 말을 할 필요가 없는 것이었다.

"후후, 난 단지 최소한의 예의를 차린 것뿐이오. 그리고 자신이 있다면 굳이 옮기지 않아도 겁황천은 잘 견뎌낼 수 있을 텐데 내 말에 흔들릴 필요는 없지 않겠소."

앞의 말은 상당히 무책임했지만 관영호의 태평한 듯하면서도 정곡을 찌르는 뒷말에 중인들은 할 말을 잃고 말았다.

"그것은 억지오!"

이 말을 한 것은 도철대가 아니라 고문소였다. 싸늘하면서도 은은한 분노를 담은 그의 목소리가 실내를 뒤덮었다. 처음에는 분명 지지의 의도를 가지고 있었지만 관영호의 무책임한 말투와 분위기에서 실망을 느긴 그렸기에 관영호의 말에 반박하고 있었다.

"그럼 내가 어떻게 했으면 하오? 내가 제시할 것이 아니라 반대하는 쪽에서 제시할 필요가 있을 것 같은데……."

"좋소. 이렇게 하겠소."

도철대가 관영호의 말에 바로 응답을 했다.

"천주의 압도적인 힘을 보여주시오! 그 힘을 보여주면서 이런 나의 힘으로도 이번에 올 혈겁을 막을 자신이 없다며 적의 위대함을 극대화시킬 수 있다면 나는 기꺼이 당신을 진정한 겁황천의 천주로 인정할 뿐만 아니라 겁황천이 옮겨질 수 있도록 모든 힘을 쏟겠소!"

"흠."

화성화도 듣고 보니 옳은지 고개를 미미하게 끄덕이며 사형의 말에 동의했다. 유아빈도 서문설도 도철대의 말이 옳다고 생각하며 관영호를 보았다. 그러나 관영호의 얼굴은 무표정이라 무슨 생각을 하고 있는지 알 수가 없었다.

'결국은 힘이구나. 그래, 무림은 힘이라는 원칙 하에 돌아가는 세계이지.'

"알겠소."

묘한 감정이 관영호의 마음을 스쳐 갔지만 어차피 의도한 바대로 되었으니 승낙을 했다. 꽤 쉽게 얻어낸 수확이라 다행이라 생각하는 관영호였다.

'단순한 격장지계(激將之計)이지만 훌륭하군. 격장지계가 아닌 듯하면서도 맞는 듯한 허허실실의 묘까지 숨겨져 있구나. 훌륭합니다, 천주.'

관영호의 의중을 알아차리고 있는 사람은 유일하게 마병문이었다.

겁황천의 두뇌라 할 수 있는 그의 천재적인 머리는 전체적인 대화에서 관영호의 의도를 알아챘던 것이다.

겁황마군 도철대의 영향력은 전 겁황천주가 죽고 새로운 겁황천주도 자리에 없는 상황의 겁황천에서 대단했다. 무공도 그렇지만 그의 인품, 통솔력 등 모든 면에서 지도자로서 손색이 없었기 때문이다. 가끔 불같은 성질은 그의 대쪽 같은 성격에서 파생하는 것이기 때문에 다른 능력으로 충분히 감안할 수 있었다.

그런 점을 모르는 관영호였지만 아무튼 훌륭하게 이야기를 이끌어 낸 그였다.

"그런데 명색이 천주인 내게 평어(平語)를 쓴다는 것은 맞지 않은 것 같소. 그것도 나중에 일이 끝나면 고칠 수 있도록 하시오."

관영호의 따끔한 일침에 평어를 쓴 몇몇 자들은 아무 말도 할 수 없었다.

겁황마군 도철대는 오전의 이야기가 끝나고 자신의 방으로 들어갔다. 그가 있는 건물 사십여 장 내로는 그의 허락 없이는 누구도 들어올 수 없는 곳이었다. 그것은 다른 칠제자들도 마찬가지로 서로가 하는 일에 대해서 철저히 비밀을 보장해 주는 체제가 예전부터 있어왔기 때문에 그런 것이었다. 그것이 겁황천에게 때로는 큰 사건을 만들기도 했지만 그만큼 겁황천을 강하게 한 체제가 되기도 했다.

매우 큰 규모인 그의 방에서 그는 긴 회의용 탁자에 앉았다. 태사의와 비슷한 자신의 자리에 깊숙이 몸을 묻은 도철대는 무언가를 생각하는 듯 한동안 아무런 움직임도 없이 정적 속에 묻혀 있었다. 일각쯤 흘렀을까? 문 두드리는 소리와 함께 목소리가 들려왔다.

"대제자께서는 계시오?"

그 목소리가 마병검 고문소임을 안 도철대는 말을 하지 않고 그냥 고개만 끄덕였다. 그러자 밖에 있던 자는 마치 그것을 봤다는 듯 문을 여는 것이었다. 여러 번 경험했는지 고문소는 자연스럽게 안으로 들어와 도철대가 앉아 있는 자리의 맞은편 의자에 앉았다.

수염이 없어서 그런지 나이보다 훨씬 젊어 보이는 그는 과묵한 표정을 여실히 보여주는 인상이었다. 누구보다 냉정하고 침착한 성격을 지닌 그임을 겁황천 내에서 모르는 사람은 없었다. 손녀인 고안주와는 매우 다른 모습이라 누구도 그와 그녀가 친족지간임을 짐작할 수 없을 정도였다.

"……."

그가 아무 말 없이 자신을 보고만 있자 눈을 감고 있던 도철대는 입가에 가벼운 미소를 지으며 말했다.

"왜 아무 말이 없으시오? 이야기가 새어 나갈 것은 걱정하시는 것이오?"

"그것이 아니오."

"……."

"대제자께서는 그자를 이용하려는 것 같은데 그게 쉽게 될 일인지 잘 모르겠소."

"근거는?"

"전 천주를 이겼다고는 하나 우리는 그자에 대해서 아는 것이 거의 없소. 막내 제자와 사제자, 오제자가 말한 것만 듣고 쉽게 판단할 문제가 아니오."

"하지만 오장로께선 이미 그를 천주로 인정하고 있지 않소?"

"겉으론."

"……."

"겁황천의 율법이 그러니 인정하는 것일 뿐… 내가 진정으로 인정
으로 그자를 인정했다면 그자라 하지 않고 천주님이라 불렀을 것이
오."

"하지만 분명한 건 오장로께서도 그를 필요로 한다는 것이지 않소?
그의 강한 힘이."

"금지된 힘을 사용하려는 그를 막아야 하니까. 지금으로서는 도무지
그를 막을 방법이 없소. 그건 대제자께서도 인정하고 있을 것이오."

금지된 힘이란 말이 나오자 무표정했던 도철대의 표정이 살짝 바뀌
었다. 그것은 경외와 두려움, 호기심 같은 것들이 섞인 복잡 미묘한 표
정이었다.

"그가 설마 금지된 힘을 사용하려고 준비하고 있는 줄은 꿈에도 몰
랐소. 설마가 사람 잡는다더니……."

고문소가 어두운 표정으로 말하자 도철대가 고개를 저으며 자리에
서 일어났다.

"이제 됐소. 난 지금이 분명 기회라고 생각하오. 앞이 보이지 않던
우리에게 지금의 천주가 나타났소. 우연이든 아니든 간에 그를 막을
수 있는 절호의 기회가 분명하오. 그가 우리의 바람대로 강한 자이
길……."

관영호가 성동격서로 기회를 만들어냈듯이 도철대 역시 그를 금지
된 힘을 쓰려는 자를 막기 위해 끌어낸 것이니 결국 서로가 필요에 의
해 계략 아닌 계략에 넘어간 것이다. 관영호가 그런 계략을 썼는지에
대해 도철대가 눈치챘는지는 그 자신만이 알 터이지만 그를 필요로 하

는 절실한 눈빛은 진심을 발하고 있었다.

"사저?"

관영호의 방에 있던 유아빈은 안으로 들어온 화성화를 보고 깜짝 놀라 자리에서 일어났다. 올 것이라고 전혀 생각지 않았는지 유아빈뿐만 아니라 같이 있던 서문설과 단소변, 고안주도 의외라는 표정으로 그녀를 바라보았다.

"왜 그렇게 놀라니? 호호, 아빈 사매가 보고 싶어 왔지."

"사저……."

유아빈은 누구든지 편하게 대하는 평소의 모습과는 달리 조금은 어려워하는 표정이었다. 그것을 알아챈 관영호는 무언가 사정이 있겠거니 생각하며 화성화에게 자리를 권했다.

"천주님을 뵈옵니다."

화성화는 다소곳이 몸을 숙여 관영호에게 인사를 한 뒤 자리에 앉았다. 그 모습이 도발적이기도 하고 얌전한 신부의 모습 같기도 하다고 관영호는 생각했다.

'특이하군. 어떻게 상반뇌는 느낌이 동시에 들 수 있는 것인지…….'

모두 자리에 앉자 잠시간 어색한 침묵이 감돌았다. 관영호는 그런 것에 개의치 않는 듯 침묵에 동화되어 가만히 있기만 했다.

"……."

그 모습을 본 화성화가 기이한 미소를 지으며 말했다.

"정말 조용한 분이시군요. 저번 천주님과는 많이 다르십니다."

"그렇소?"

관영호는 별거 아니라는 듯 간단히 대답했다.

“네. 하지만 생각하던 것과는 달리 굉장히 평범한 분이신 것 같군요.”

“…….”

“사저, 그래도 천주님인데 무슨…….”

유아빈이 의외로 민감하게 반응하자 놀란 건 오히려 관영호였다. 겉으로 표현하지는 않았지만 속으로는 꽤 놀란 그였다.

‘둘 사이가 안 좋은 것인가?’

그는 나름대로 그렇게 판단하고는 화성화에게 말했다.

“거두절미하고 할 말만 하시오.”

“어머? 의외로 직선적이시군요. 전 그런 분이 좋습니다. 호호호!”

그녀의 웃음에는 실로 농염한 색기(色氣)가 담겨 있어 같은 여자가 들어도 가슴이 뜨거워질 정도였다. 그녀의 노골적인 웃음에 네 사람은 눈살을 찌푸렸다.

“…….”

“난 어느 방향이든 간에 겁황천의 사람이에요. 어디든 간에 겁황천에는 좋은 일이니까요. 하지만 천주님이 개입하심으로 인해 좋지 않은 쪽으로 흘러 버리는 일이 없었으면 좋겠군요.”

관영호는 그녀가 한 말이 확실히 이해되지는 않았지만 한 가지는 알 수 있었다.

‘겁황천을 매우 사랑하는 여자군.’

그가 개입함으로써 무엇이 좋지 않게 흘러 버리는지는 알 수 없었지만 겁황천 내에 편이 나뉘어져 있을지도 모른다고 생각했다. 말을 들어보면 자신에 의해 생긴 것이 아니라 이전부터 있어왔던 것이 분명했다.

“화 사저, 혹시 그 일과 관련되어서 말씀하시는 것 같은데… 그것은 이제 상관없지 않나요? 천주님이 이렇게 계신데 말이에요."

고안주가 무언가를 알고 있는지 혹시나 하는 표정으로 화성화에게 조심스럽게 질문을 던졌다.

"호호호. 고 사매, 한 번만 더 생각해 봐. 물론 천주님이 계시지. 그럼 지금의 이런 대립도 전혀 필요가 없어. 하지만 지금의 천주님이 우리 겁황천에 영원히 머물러 있을 분이라고 생각하니?"

"그, 그건……."

"그렇기 때문에 난 그저 조심히 행동해 달라고 간청한 것뿐이야."

"하지만 간청하는 것 같지가 않아요, 화 사저. 천주님에 대해 예의를 갖추었으면 해요."

유아빈이 기분 나쁘다는 듯한 표정으로 화성화에게 말했지만 돌아오는 것은 화성화의 아름다운 웃음뿐이었다.

"호호호, 아직도 내가 미운가 봐? 내가 그렇게 싫은 거니? 그리고 유 사매야말로 천주님께 예의가 없는 것 같은데? 너무 가까운 거 아냐?"

"……!"

유아빈은 새빨개진 얼굴로 아무 말도 하지 못하고 그저 화성화를 노려보기만 했디.

"이제 그만 했으면 합니다, 화 사저. 천주님 앞인데 조금은 자중해야지요."

"……."

화성화는 아무 말 없이 묘한 미소를 지으며 단소변을 흘깃 쳐다보고는 이내 시선을 돌려 버렸다.

"아빈은 아직도 화 사저께 그렇게밖에 대하지 못하겠느냐."

단소변이 엄한 표정으로 유아빈에게 말하자 그녀는 아무 말 없이 고개를 푹 숙였다.

관영호는 그런 그녀의 모습을 처음 보았기에 안쓰럽기도 했지만 자신이 개입해 봤자 아무 도움도 안 됨을 알고 있었다. 희미한 미소를 짓던 그는 화성화를 보며 입을 열었다.

"그대의 말을 잘 이해했소. 신중히 대처할 것이니 그렇게 알고 있으시오. 그리고 내가 하는 일이 결코 겁황천에 문제될 것이 없다는 것을 알아주었으면 하오. 자세한 이야기를 듣지는 못했지만 대충 어떤 상황인지는 짐작이 가오. 하지만 그대들은 결국 중요한 일에는 딴전인 것 같군. 나의 말, 겁황천을 옮겨야 한다는 말에는 아무 관심이 없는 것 같소. 그렇지 않소?"

"……."

화성화도 그에 대해서는 할 말이 없는지 꿀 먹은 벙어리가 되어 있었다.

"다들 천주 자리에만 관심이 있지 겁황천이 위험에 처해 있다는 나의 말은 듣질 않고 있소. 다시 한 번 말하지만 겁황천을 옮기지 않는다면 모조리 죽을 것이란 내 말을 믿어야 하오. 그리고 천주가 되기 위해서는 천주에게 도전해 이겨야 한다고 알고 있는데… 그것이 겁황천의 법 아니오?"

"…맞아요."

화성화가 고개를 끄덕이자 관영호는 묘한 미소를 지으며 말을 이었다.

"그럼 나를 이겨야 하지 않겠소. 버젓이 천주가 여기 있는데 나를 없는 사람처럼 여기면 문제가 있지 않소?"

"맞습니다. 하지만 천주님의 개입이 그들에게 오히려 반감만 가질지도 모르겠군요. 그렇게 된다면 겁황천에 득이 될 것은 없지 않겠어요?”

관영호는 그녀의 말도 틀리지 않다고 생각했다. 그렇다고 자신의 말도 틀린 것은 없었다.

‘결국 받아들이기 나름이군. 세상에 ‘이것’이 있다면 ‘이것’을 받아들이는 사람이 있고 아닌 사람이 있으니……. 이런 것도 인생의 한 모습이지 않은가. 그들에게 억지로 강요할 필요는 없다. 그저 흘러가는 대로 지켜보자. 난 내 할 일을 한다면 결과는 자연스럽게 나올 것이다.’

관영호는 이렇게 생각하고는 화성화를 바라보며 가볍게 미소 지었다. 그의 미소에 화성화는 흠칫 놀랐지만 겉으로 표현하지는 않았다.

“받아들이기 나름이지. 흐름에 맡기지 않겠소?”

“…….”

화성화는 그의 말이 잘 이해가 되지 않았지만 이상하게도 그의 말이 옳은 것처럼 생각되었다. 아직 그녀는 만사의 흐름이 어떤 것인지를 알기에는 어린 나이일지도 몰랐다. 화성화는 잠시간 생각하다 자신도 모르게 고개를 끄덕였다. 그러고는 자신도 모르게 한 일에 속으로 깜짝 놀라고 말았다.

‘이럴려고 온 것이 아닌데…….’

그녀는 화사한 미모와 폭발할 듯한 육체의 염기(艶氣)와는 다르게 성격은 매우 거침이 없었다. 할 말을 하되 그냥 하는 것이 아니라 상대방을 상당히 기분 나쁘게 말을 할 수 있는 여자였고 결코 먼저 물러서는 법이 없었다. 그것은 전 겁황천주에게도 마찬가지였으며 겁황천 내에서는 누구라도 웬만하면 자신에게 한 수 물러주는 실정이었다.

그녀가 관영호에게 온 것은 조용히 물러나라는 것을 말하기 위해 온 것이었는데 오히려 자신이 설득당한 것같이 되어버린 것이다.

'뭐지? 왜 내가……'

그녀는 괜히 분한 마음에 관영호 옆에서 기분 좋은 미소를 짓고 있는 유아빈을 잠시 쏘아보았다. 하지만 그녀는 관영호의 등 뒤에서 혀를 쏙 내밀며 자신을 놀리며 승리자의 기분을 만끽하고 있었다.

'흥!'

그녀는 순간 속에서 뭔가가 꿈틀했지만 천주 앞이라 속내는 드러내지 못하고 조금은 굳은 표정으로 입을 열었다.

"그럼 천주님 말씀대로 하겠어요."

관영호는 자신이 무엇을 요구한 적도 없는데 자신의 말대로 하겠다는 그녀의 말이 조금은 우스웠지만 내색하지 않고 고개를 끄덕였다.

"참, 천주님, 육제자가 아마 내일 올 겁니다. 육제자가 오면 모든 제자들을 모아 천주님께 정식으로 인사를 드릴 예정입니다. 하지만 이제자는 연락이 안 된 지가 몇 년이 넘었기에 연락을 못했습니다."

"알겠소."

관영호는 단소변의 말을 듣고 자신은 아무런 필요성을 느끼지 못하는 일이라 생각했지만 상대방 쪽에서는 그것이 필요한 일일 것이라 생각하며 굳이 반대하지 않았다.

'아무래도 빨리 사막으로 가야 할 것 같군. 도무지 이곳 방식과 나의 생활 방식이 맞지가 않아.'

"이사형은 무엇 때문에 연락이 안 되는 거예요?"

"글쎄? 원래 방랑벽이 있어서 연락이 힘든데 이번엔 유독 연락이 안 돼 실종되지 않았나 생각될 정도야. 무슨 일이 있는지 걱정되기는 하지만 워낙 특이한 분이라서 말야. 뭐, 알아서 잘 돌아오겠지."

　단소변이 신경 쓰지 말라는 듯이 말하자 유아빈은 고개를 끄덕였다. 그에 화성화가 한마디 했다.

　"호호호! 너희들, 이사형에 대해 너무 모르는 것 아니야?"

　"무슨 말씀이십니까, 이사저?"

　단소변이 사람 좋은 낯으로 즐겁게 미소 지으며 화성화를 보고 물었다.

　"넌 좀 그만 웃어. 연인도 있는 남자가 왜 그렇게 여자 앞에서 잘 웃는 거니? 이사형은 너처럼 잘 웃기도 하고 사람들에게 잘 대해주기도 하지만 실제로 그 속내는 아무도 몰라. 너희들은 맞닥뜨릴 일이 그렇게 많지 않아서 잘 모를 거야. 하지만 난 알지. 여자의 직감이라는 것이 있잖아?"

　"그럼 위험한 분이시라는 건가요?"

　고안주가 그렇게 묻자 화성화는 묘한 미소를 지으며 그녀를 쳐다보았다.

　"글쎄, 오장로님께 여쭈어보지 그래?"

　그녀의 말이 이상했지만 아무 이유 없이 자신의 할아버지를 들먹이는 것 같아 기분이 나빠지는 고안수였다. 그녀의 마음이 어떻든 간에 화성화는 세상의 모든 남자를 녹여 버릴 듯한 매혹적인 미소를 지으며 관영호를 바라보았다.

　"호호호! 천주님, 이제자를 보셔야 할 텐데요. 굉장히 강한 사람이랍니다. 욕심 또한 큰 사람이고요."

　"……."

　관영호는 그녀의 말에 특유의 무표정으로 대답을 대신했다. 화성화도 그의 무표정에 신경 쓰지 않고 시선을 돌려 말을 이었다.

"아마 단 사제도 알 거야. 그렇지?"

"……."

단소변은 그녀의 말에도 여전히 바보같이 미소만 짓고 있어 고안주
와 유아빈은 그의 속마음을 읽을 수가 없었다.

"오빠, 오빠도 이사형에 대해서 알고 있나요?"

유아빈이 궁금한 듯 물었지만 단소변은 어깨를 으쓱할 뿐이었다.

"글쎄… 나는 잘 모르는데?"

"모른다잖아요, 이사저."

유아빈이 물고 늘어졌지만 화성화도 더 이상 아무 말도 하지 않았
다. 알 수 없는 미소만 짓고 있을 뿐이었다.

"……."

이들의 모습을 보고 있던 관영호는 속으로 쓴웃음을 지을 수밖에 없
었다.

'정말 인간사는 복잡하군. 어딜 가나 문제가 있단 말이야. 그래서 인
생이기도 하지만. 귀찮지만 피할 수 없는 것이 인생이겠지? 후후, 쭉 그
렇게 느껴왔지만 정말 우습군. 모든 일들이 아무 의미 없는 것들 같기
도 하지만 한편으로는 이런 것들이 모여서 인간사를 만들고 있으니.'

그는 자신이 어느새 사람들의 일에 대해 조금씩 멀어지고 있음을 느
꼈다. 이런 생각을 한다는 것 자체가 그 증거였다.

'정말 죽을 때가 된 건가? 아니면 너무 멀어지고 있는 것은 아닌가?
나도 사람인데…….'

그의 시선은 어느새 창밖을 향하고 있었다.

'빨리 끝내고 돌아가야겠구나. 다시 생각해 볼 문제야.'

◆제4장 ◆ 금지된 힘

黃昏片月滿
地碎瓊情
絶技非技南
無哭
廢骨爛
難折

너무나 어두워 어둠에 눈이 적응조차 되지 않을 정도였다. 빛 한 올 들어오지 않는 공간. 너무나 어두웠기에 방이 어느 정도나 큰지, 어떤 구조인지 도무지 알 수 없었다.

"새로운 천주……."

어둠 속에서 흘러나온 조용한 말 한마디는 그곳에 사람이 있다는 것을 알게 해주었다. 음영마저 보이지 않아 완벽히 어둠과 동화해 버린 사내. 갑자기 그 어둠 속에서 무언가가 반짝거렸다.

"……."

그것은 사람의 눈. 사위를 환히 비출 듯한 황금색의 눈동자였다. 어둠 속에서 귀기스럽게 빛나고 있는 그의 눈에는 아무것도 담겨 있지 않았다. 마치 무생물처럼 죽은 듯 어둠 위를 흐르고 있었다.

"금지된 힘이 이제 풀릴 때가 되었다."

그의 눈에서 희미한 감정선이 흐르더니 이내 사라져 버렸다. 다시 무생물처럼 변한 눈은 아무것도 없는 무의 공간을 응시하고 있었다. 그 색깔만으로도 충분히 귀기스러운 눈에는 생명마저 느껴지지 않아 더욱 공포스러운 느낌을 안겨주었다.

"그 힘을 갖게 된다면… 난 모든 것을 가질 능력을 얻게 된다."

금색의 눈은 다시 감겼고 어둠은 이제 완벽한 어둠으로 변해 버렸다.

오후의 햇살은 사막이었기에 더욱 강렬했다. 하지만 관영호가 있는 건물의 내부는 그와는 다르게 너무나 시원했다. 자신의 집과 비슷하다고 생각한 관영호는 어떻게 건물을 만들었을까 생각하고 있는 중이었다.

"오빠."

문이 열리면서 유아빈이 환한 얼굴로 그를 불렀다.

"오사저가 생각보다 빨리 도착했네요. 곧 오빠한테 인사드리러 올 거예요."

'이제자라는 사람민 빼고는 다 보는 셈이 되겠군.'

유아빈이 나가고 얼마 있지 않아 한 여인과 함께 방 안으로 다시 들어왔다. 길게 허리까지 늘어뜨린 장식 없는 수수한 머리카락에 화장을 전혀 하지 않았음에도 뛰어난 미인이라는 느낌이 드는 여인이었다. 새하얀 피부에 붉은 입술이 유난히 눈에 띄는 여인이었는데, 특이한 것은 그녀의 눈이었다. 눈에 초점이 없어 누가 봐도 바보 같아 보였기 때문이다. 비교하자면 서문설의 백치미는 아름답다였지만 그녀의 눈은 백치미보다는 정말 바보로 여기기 십상인 모습이었다.

하지만 관영호는 그녀의 눈에서 그것보다는 다른 것을 보고 놀랄 수밖에 없었다. 그 놀라움은 상당히 큰, 그리고 오랜만의 것이었다. 그 정도로 그는 놀라고 있었다.

'어떻게 저렇게 젊은 사람의 눈에서 초월의 의미를 담을 수 있단 말인가?'

흐리멍텅한 초점 안에 숨어 있는 그 의미를 관영호는 단 한 번 보는 것만으로 잡아낸 것이다. 그리고 그것만으로도 관영호는 충분히 그녀의 내재되어 있는 능력을 꿰뚫을 수 있었다.

'놀랍다. 이것이 진정 무의 천재들만이 이를 수 있는 경지인가? 어떤 경험을 했길래 이 나이에 이 정도의 성취를 보일 수 있지? 친구? 그래, 나의 친구가 그녀와 비견되는구나.'

머지않은 옛날 사라성에서 싸웠던 뇌운성과 오화란이 생각났다. 특히 오화란은 무언가에 어긋나 있는 듯했지만 그 성취는 상상을 불허했다. 하지만 지금 이 여인과 비교하면 오화란도 한 수 밀린다고 생각될 정도였다.

'그녀가 만약 극에 이르러 초월경에 다다를 수 있다면 정말 대단한 능력을 가지게 될지도 모르겠군.'

생각에 빠져 있는 관영호를 향해 그녀는 무릎을 꿇으며 고개를 숙이고는 인사하였다.

"황태미(黃太美)라 합니다."

여기로 와서 처음으로 정중한 인사를 받는다는 생각에 쓴웃음이 나는 그였지만 일단 궁금한 것부터 묻기로 했다.

"나이가 어떻게 되오?"

"올해로 이십이 세입니다."

“놀랍군.”

“……?”

관영호의 말은 여기까지였다. 유아빈은 관영호가 황태미를 향해 제일 처음 한 말이 나이를 물었다는 것이 신기했는데 마지막에 의미를 알 수 없는 말을 한 것도 이상했다. 그것은 황태미 역시 마찬가지로 단순한 대화를 통해 관영호라는 사람이 듣던 것과는 달리 결코 평범한 사람이 아님을 어렴풋이나마 느꼈다. 그것은 그녀가 여태껏 이루어온 자신의 감각이 말해 주고 있기에 확신하는 것이었다.

“황 언니는 무공을 거의 몰라요. 하지만 누구보다 순수한 마음을 지녔고 얼굴 또한 아름다워요. 그렇죠, 오빠?”

“그렇구나.”

“한 가지 흠이라면 이사형처럼 황 언니도 방랑벽이 있어서 자주 겁황천 밖으로 나간다는 거죠.”

“…….”

관영호는 아무 말 없이 그녀를 살펴보다 문득 한마디를 던졌다.

“인생을 무엇이라 생각하오?”

“…의미를 만들어가는 과정이라 생각합니다.”

“의미를 만들어가는 과정이라…….”

“예, 인생은 의미를 두어야 죽음에 있어 허무하지 않으니까요.”

그녀의 입가에 희미한 미소가 걸려 있었는데 정말 바보 같아 보였다. 하지만 관영호는 그 미소가 굉장히 아름답다고 여겨졌다. 인생을 인생답게 보는 자만이 가질 수 있는 미소라 생각했다.

“당신은 허무하지 않소? 그렇게 초월하고도?”

“…….”

관영호의 말에 황태미는 놀란 표정으로 그를 바라보다 이내 고개를
숙이며 말했다.

"네. 내 인생에 의미를 만들어가고 있기 때문에 허무하지 않습니
다."

관영호는 내심 감탄할 수밖에 없었다. 어떤 젊은이가 이런 질문에
간단명료하게 답할 수 있을까? 정말 오랜만에 느껴보는 감정이었다.

"흠, 만나서 반가웠소. 가보시오."

"네. 그럼 가보겠습니다."

그녀는 다시 한 번 인사를 한 후 방을 나갔다. 유아빈은 둘의 대화가
무엇인지 어렴풋이 감만 잡을 뿐 완전 이해하기는 힘들었는지 연신 고
개를 갸우뚱하며 귀여운 표정을 짓고 있었다.

"언니가 저런 깊은 생각을 가지고 있었던가요? 놀라워요."

"후후, 사람은 그 속을 알 수 없으니까 그런 것이란다."

"겁황천에는 창립 당시부터 전해져 내려오는 금기가 하나 있습니다.
아니, 전설이라고 해도 좋습니다."

천사사 마병문은 관영호의 방에서 그와 단둘이 탁자에 앉아 있었다.
저녁 무렵이었기에 노을은 파도가 되어 사막을 뒤덮고 있었고, 그 파도
의 끝은 관영호가 머무는 방의 창문을 통해 산산이 부서지며 방 안의
두 사람을 부드럽게 감싸고 있었다.

저녁 식사 후 마병문은 관영호와 긴히 할 이야기가 있다며 다른 사
람들을 물리고는 전설 하나를 꺼내었다.

"그것이 무엇이오?"

"그것이 정확히 무엇인지는 아직도 모릅니다. 다만 알려지기를 '금

지된 힘, 누구나 그것을 가질 수 있지만 누구나 그것을 지배할 수는 없다'라고 전해집니다. 그리고 '금지된 힘을 가진 자는 모든 것을 가질 수 있는 능력을 얻게 되는 것'이라고 합니다."

"음."

그런 것이 만약 정말로 있다면 누구나 한 번쯤은 탐내볼 만한 것이기도 했다.

"마지막으로 '하지만 힘은 결국 힘이니…'라는 말로 그 전설은 끝이 납니다."

금지된 힘, 누구나 그것을 가질 수 있지만 누구나 그것을 지배할 수는 없다. 금지된 힘을 가진 자는 모든 것을 가질 수 있는 능력을 얻게 되는 것. 하지만 힘은 결국 힘이니…….

"힘은 결국 힘이다. 뼈가 있는 말이군."

"하지만 무공을 익힌 사람이라면 누구나 빠져봄 직한 유혹입니다."

"이해가 가오."

"이 금지된 힘은 이디까시나 전설처럼 회자되어 내려오는데 그것이 무엇인지, 어디에 있는지는 아무도 모릅니다. 심지어는 그 힘이 우리 겁황천 내에서만 전해지는 전설인지 아닌지도 모릅니다."

"……."

"그런데 몇 년 전부터 금지된 힘을 얻기 위해 활동하는 것으로 추정되는 세력이 보이기 시작했습니다."

"누가……?"

"아직 확실한 것은 아닙니다. 심증은 있지만 아직 물증이 없는 셈이

지요. 이제자인 사령금안객(邪靈金眼客) 광무인(廣武寅)이 유력한 세력입니다."

"……."

"이제자는 공식적으로는 오늘 돌아온 육제자처럼 방랑벽이 매우 심한 것으로 알려져 있지요. 육제자보다는 이제자가 그 정도가 더 심하여 연락도 안 될 때가 많고 밖에 나가 있는 기간도 더 깁니다. 심지어는 죽었다는 소문이 들릴 정도이니 어느 정도인지는 가늠하실 수 있을 겁니다. 특히 요즘은 일 년 이상 소식이 끊긴 상태입니다."

"그것만으로 그를 의심하는 것이오?"

"물론 아닙니다. 이제 말씀드릴 것은 전대 천주와 저만이 알고 있었던 사실인데… 이제 지금의 천주님이시니 알려 드리겠습니다. 일곱의 제자를 받아들일 때부터 시작되어 온 일인데 그들이 사는 곳에는 천주와 저만 연락이 가능한 첩자라고 할까, 그런 이들이 각 제자들에게 심어져 있습니다. 어느 정도냐 하면 그들의 얼굴이 어떤지, 어디서 어떤 직책을 맡고 있는지는 전대 천주도 저도 모릅니다. 왜냐하면 그들을 기른 자들은 모두 죽었기 때문이죠."

"음……."

관영호는 내심 침음성을 흘리며 계속 이야기를 들었다.

"모두 전대 천주의 치밀한 성격 때문에 그런 것입니다. 원래 이 첩자를 둔 이유는 모두 이제자 때문입니다. 그것은 이제자를 제자로 들일 때부터 그의 출신에 문제가 있었기 때문입니다."

"어떤 출신이기에?"

"저희 겁황천은 매우 특이한 무공 특성상 무공에 상당히 개방적입니다. 내공 개념의 무공에 더하여 전통적으로 내려져 온 부적술과 주문도 포함되어 있습니다.”

그것은 관영호도 잘 아는 사실이었다. 자신만 해도 이미 겁황천주만
이 익힐 수 있는 무공을 익히고 있지 않은가?

“이제자는 동영의 한 도문(道門)에서 받아들인 제자입니다. 그런데
그 동영의 도문은 매우 기이하고 사이한 문파입니다. 믿기지 않으시겠
지만 흔히 말하는 귀신과 악귀를 쫓아내는 능력이 아니라 이 세상에
존재하는 괴이하고 기이한 물건이나 동물, 또는 이계의 생명체를 찾아
다니고 그것을 손에 넣는 것을 위주로 하는 곳입니다.”

“……”

관영호는 들으면 들을수록 신기한 마병문의 이야기에 어느덧 깊이
빠져들고 있었다. 이제자의 문제는 둘째 치더라도 마병문이 언급하는
동영의 도문이라는 것이 매우 흥미있었던 것이다.

“물론 그들은 악귀들을 쫓기도 합니다. 하지만 그것은 둘째의 일이
고 무엇보다 마치 전설이나 신화에서나 나올 법한 것들을 쫓는, 어찌
보면 허황된 꿈을 쫓는 자들입니다. 그런데 문제는 그들의 능력입니
다. 그들의 능력은 확실히 악귀만 쫓기에는 아까운 무언가가 있습니
다. 저도 그들의 능력에 대한 정보를 많이 모으지는 못해 자세히 알지
는 못합니다만 들려온 정보를 통해서 조금은 알게 되었습니다. 하나
그 정보도 이제 제가 말씀드릴 마지막 정보를 끝으로 더 이상 오지 않
게 되었습니다. 그 정보란 것은 그곳에서 습득한 것들 중에 겁황천의
전설과 관련되어진 것으로 짐작되는 문서가 있다는 것입니다.”

“흠.”

관영호는 고개를 끄덕였다.

“제가 이렇게 말씀드리는 것이 꼭 이 정보와 이제자의 일이 엄청난

연관성을 가지고 있다는 식으로 했지만 실상 그렇지가 않습니다. 이제자가 이곳의 제자가 된 일과 동영의 도문과의 일은 매우 복잡하고 연관성이 희미해 말씀드리기 힘들 정도입니다. 하지만 전대 천주는 치밀하고 완벽한 성격이었기에 이를 묵과하지 않고 처음부터 만약을 대비한 안배를 하신 겁니다. 다른 제자들에게까지 심은 것은 이제자가 혹시나 그들을 회유할 수 있는 가능성 때문이었습니다.”

“그래서 결국 그 기미를 잡은 것이오?”

“아닙니다. 거의 잡지 못했습니다.”

“……?”

거의 잡지 못했다는 말에 관영호는 의아해할 수밖에 없었다. 무언가 의미를 내포하고 있는 것 같다고 생각한 그는 계속 그의 말을 듣기로 했다.

“음, 너무나 일상적인 일이었기에 그냥 묵과할 수도 있지만 이 일은 잘못된 결정을 미리 내리고 본다면 가능성을 찾을 수 있습니다.”

“흠, 어렵구려. 계속 이야기해 보시오.”

“오늘 돌아온 백치소(白痴笑) 황태미 육제자는 다른 제자들에게 자주 무언가를 선물하는 특성이 있습니다. 그것이 사소한 것이든 무엇이든 간에 말이죠. 이상할 것이 없는데 오 년 전 그녀가 굉장히 아픈 적이 있습니다. 열흘 정도 아팠다고 했습니다. 그런데 이것을 공식적으로 밝히지 않고 쉬쉬해 버렸습니다. 사실 이런 일이야 아무것도 아닐 수 있습니다. 아픈 것을 밝히지 않는다고 의심할 필요는 없는 일입니다. 그리고 다음의 일도 이상할 것은 전혀 없습니다. 열흘 후 회복을 하고 나서 처음 그녀를 찾은 사람은 이제자였습니다. 그리고 이제자는 그녀에게서 무언가를 선물로 받았다고 합니다. 화려한 금합 안에 들어 있어 그것이 무엇인지는 알 수 없지만 이제지는 꽤나 기뻐했다고 합니다.”

마병문은 잠시 이야기를 끊고 숨이 차는 듯 가볍게 숨을 내쉬었다. 그리고 앞에 있는 차를 조금 들이키고는 다시 입을 열었다.

“일단 편의상 그녀가 아팠던 것이 병 때문이라고 하겠습니다. 이제자가 선물을 받은 뒤 며칠 후 그도 열흘간 아팠는데 역시 그녀처럼 쉬쉬해 버렸습니다. 그리고 석 달 뒤 이제자는 여행을 떠났고 지금까지 연락이 두절된 상태입니다. 그리고 최근 겁황천 내에서 우리 사람이 아니라고 판단되는 세력 하나가 아주 은밀히 움직이고 있는 것이 포착되었는데 의심이 가는 자가 바로 이제자 광무인입니다.”

“……..”

“물론 잘못된 결정인지도 모르지만 예전 상황을 보아 의심이 갈 만한 사람이 그라는 것입니다.”

“그럼 황태미 또한 의심해 볼 여지가 있군. 만약 그 금합이 금지된 힘이라면 그녀 역시 혐의가 가는 것인데 말이오.”

“그 금합이 금지된 힘일 수 있다는 것은 억측에 가깝습니다만……..”

마병문도 확신을 하지 못하는지 말을 잇지 못했다.

“한 가지만 묻겠소. 그녀는 무공을 알고 있소?”

“알기는 하지만 뛰어나지는 않습니다. 그 당시에도 그랬고 지금도 마찬가지로 그저 평범한 수준으로 알려져 있습니다. 제자로 뽑히기는 했지만 무공에는 큰 관심이 없는 듯했습니다.”

“음……..”

그는 마병문의 말을 듣고 황태미가 엄청난 고수라는 사실을 아는 사람이 거의 없을 것이라고 생각했다. 무공을 숨기고 있다는 것이 어쩌면 좋지 않은 의도를 가지고 있다는 말이 될 수도 있겠지만 자신이 보기에 그녀는 그런 사람은 아닌 것 같았다. 그것은 객관적인 판단은 아니었지만 자신이 여태껏 살아오면서 기른 사람 보는 눈에 기인한 것이라 거의 확신하고 있었다.

"일단 금지된 힘을 얻기 위해 활동하는 세력이 있다는 것은 신빙성이 있는 것이오?"

"그렇습니다. 확실한 증거가 있는 것은 아니지만 정황으로 보아 동영의 그 도문으로 추정되고 있습니다."

누가 가지려고 하는지는 관영호에게 중요하지 않았다. 힘을 추구하는 자는 목표 의식이 불순할 것이고 결국에 가선 파멸할 것이다.

"그들의 활동을 막지는 않소?"

"은밀하여 찾아내기가 쉽지 않습니다. 그들은 그들만의 특유한 은신술을 익히고 있어 언제 본격적인 위협을 가할지 확실하지가 않습니다. 더구나 겁황천 자체에 어떤 위해를 가할지에 대한 여부도 알 수 없습니다."

"그렇군."

예측할 수 없다면 어쩔 수 없이 기다리는 수밖에 없었다. 겁황천 내에서 활동을 하고 있는데도 찾기가 힘들다는 것은 그만큼 그들의 움직임이 은밀하다는 말이 되므로 그들을 경솔히 봐서도 안 되는 것이었다.

'그러나 위협이 되고 있는데도 방비를 하고 있지 않다. 금지된 힘에 대한 막연한 기대와 두려움, 그리고 함부로 발설하기 힘든 이야기로 인해 대책이 없다. 아니면 그만큼 금지된 힘을 가지려고 하는 광무인의 힘이 강하다는 의미인가? 그것도 아니라면 천주의 부재로 인해 생긴 공백이란 말인가?

진짜 이유가 무엇인지는 그도 알 수 없었다. 하지만 분명 자신도 이 사태에 한몫했을 것임은 부인할 수 없었다. 자신으로 인해 생긴 공백은 자신이 메워야 하는 것이다.

'새로운 천주로 등극하기 위한 대제자와 이제자의 묘한 갈등, 그리고 금지된 힘. 때를 잘못 맞춰서 온 것인가?

그는 잠시 그런 생각이 들었지만 이내 아니라 생각했다. 자신이 여기에 온 것은 분명 흐름에 맡긴 시기였을 뿐이다.

'흐름에 맡긴 순천자(順天子)는 결국 이루어낼 것이다.'

노을은 더욱 짙어지고 있었고 관영호의 생각도 그에 따라 깊어지고 있었다.

겁황마군 도철대는 태사의에 앉아 고개를 숙이고 있었다. 피곤에 지쳐 휴식을 취하는 듯한 자세는 그의 버릇이기도 했다. 그의 맞은편에는 복면을 한 인물이 무릎을 꿇고 허리를 굽힌 자세로 무언가 말을 하고 있었다.

복면인의 말을 들은 도철대는 팔짱을 끼고는 뭔가를 생각하는 듯했다.

"음, 분명 그들이 확실하오?"

"그렇습니다. 동영의 이효문(異爻門)이 확실합니다. 추측으로는 문주까지도 있을 것 같습니다."

"개인적인 생각이오?"

"밀동(密洞)의 여섯 수뇌부들의 공통된 의견입니다."

"음."

"일이 갑자기 긴박하게 돌아가고 있습니다. 이효문은 예전부터 진척시켜 왔던 일이었겠지만 저희가 너무 안일했었는지도 모릅니다. 그들의 움직임이 활발해졌다는 것은 광무인이 힘을 얻을 때가 다 되었다는 것을 반증하는 것이기도 합니다."

"……."

도철대는 잠시 아무 말도 하지 않았다. 하지만 침묵은 잠깐이었다.

"결국 그와 맞서야겠군."

"……."

"난 그의 인성(人性)을 알지. 그가 그런 힘을 갖는다는 것은 극히 위험하오. 아니, 누구든 그런 힘을 가진다는 것은……."

그는 말문을 끊고 숙였던 고개를 살짝 들어 출입문을 보았다. 누군가가 빠르게 오고 있는 것을 느꼈기 때문이다. 그리고 그 뒤를 따라오는 여러 명의 기척도 느꼈다. 맞은편의 복면인도 이를 느낀 듯 자리에서 일어나 있었다.

"음, 이효문이 벌써……?"

도철대는 자신의 귓속을 파고드는 수하의 전음성에 침음성을 흘려냈다.

"이렇게 빨리 공격을?!"

복면인이 경악성에 찬 소리를 내며 어찌할 바를 몰라 도철대를 쳐다보았다. 도철대는 뭔가를 생각하고 있는 듯 별말이 없었다. 강맹한 기운이 점점 가까워지고 있었지만 도철대는 여전히 반응이 없었다.

"동주, 어서 명령을!"

"일밀령(一密令)."

"예!"

"그대는 지금 즉시 광무인이 있는 곳으로 가 그곳의 상황을 살피시오. 그가 정말 금지된 힘을 가지게 되었다면 무슨 수를 써서라도 사십사겁황대(四十四劫荒隊)를 출동시켜야 할 것이오. 나머지 밀령들은 겁황천 주변에 매복하여 이효문이 후에 도망갈 것에 대비하라 하시오.”

“복명!”

복면인 일밀령은 절도 있는 자세로 한쪽 무릎을 꿇고는 이어 유령같이 그 자리에서 사라져 버렸다.

“총 열한 명이군. 감히 겁황천에 혼란을 일으키려 하다니……. 투밀대(鬪密隊)는 나가 그들을 상대하라! 사이한 술수를 많이 쓰니 방심해서는 안 된다!”

그가 있는 대사청 주변에서 이십 명가량의 기척이 사라지는 것을 느끼고 그는 고개를 끄덕였다.

“이효문주, 놀라운 자다. 놀랍도록 은밀하여 그 정체를 잡을 수가 없고 무섭도록 신속하여 우리들의 허를 찌르다니……. 이제 나도 가봐야겠군. 분명 이효문주는 광무인이 있는 곳으로 갈 것이다. 아니?!”

도철대는 신형을 날리려는 순간 열하나였던 기척이 갑자기 배로 늘어났음을 느끼고는 경악성을 토했다.

“또 늘어났다! 아니 또?”

계산대로라면 침입자의 수는 여든여덟 명이었다.

“어떻게 된 것이지? 분신술법 같은 것인가?”

그는 의문을 품으며 하려던 일을 잠시 보류하고 싸움이 일어나고 있는 곳으로 몸을 향했다.

대사청으로 통하는 넓고 긴 통로는 백여 명에 가까운 사람들로 가득 차 있었다. 그들 대부분은 특이한 복장이었는데 한쪽 가슴이 보이는 소매 없는 짧은 회색 상의에 허벅지까지 내려오는 붉은색 하의 차림이었다. 가슴에는 '효(爻)' 자가 파란색으로 새겨져 검은색 무복 경장을 입고 검은색 복면을 한 투밀대와는 많은 이질감을 보이고 있었다.

장내에 모습을 드러낸 도철대는 똑같은 얼굴을 한 이효문도들이 계산대로 여덟 명씩 있음을 알 수 있었다. 분신술로 보였지만 놀랍게도 각각의 분신이 각각 다른 행동을 하고 있어 그들의 공격이 실제 영향력이 있음에 놀라고 있는 그였다.

불타오르는 부적에 맞아 쓰러진 자신의 부하가 어느새 반을 넘어갔음을 안 그는 내공력을 끌어올려 소리를 질렀다.

"멈춰라!!"

강력한 공력이 들어 있었는지 사방의 벽에 금이 가며 벽 조각이 떨어지고 있었다. 사람들의 싸움은 잠시 멈추어졌고 남은 열 명의 투밀대원은 신속히 도철대의 뒤로 물러나 정렬했다.

이효문도들의 분신 중 그의 공력성에 영향을 받은 사람은 없는지 모두 멀쩡했다. 하나같이 얼굴이 날카롭고 새하얀 피부를 가졌으며 작은 눈에선 강렬한 살기가 표출되고 있었는데 같은 얼굴들이 도철대 일행을 쏘아보는 광경은 매우 귀기스러웠다.

불에 타 형체조차 알아볼 수 없는 시체가 되어버린 자신의 부하를 본 도철대는 분노가 솟아올랐지만 한편으론 투밀대원들을 죽인 그들의 신비하고 괴이한 힘에 대해서 경계하고 있었다.

여든여덟 명이었던 그들은 갑자기 하나둘 사라지더니 원래의 열한 명으로 돌아왔고 그들 중 지도자인 듯한 사람이 앞으로 몇 걸음 걸어나왔다. 작은 눈에 얇은 입술, 하얀 피부를 지니고 있었지만 다른 열 명과는 달리 날카로움보다는 부드러움과 유유자적함이 얼굴에 묻어 있었다. 준수한 얼굴을 가진 사내는 입가에 비릿한 냉소를 띠며 도철대를 보고 있었다.

그의 시선을 본 도철대 역시 지지 않고 상대방을 마주 보다 그는 깜짝 놀라 하마터면 뒤로 물러설 뻔했다. 사내의 등 뒤에서 갑자기 주먹만한 은색 구슬이 앞으로 나왔기 때문이다. 그것이 그의 몸 주위를 천천히 돌기 시작하자 그 괴이한 광경에 도철대는 묘한 위압감과 위기감을 느꼈지만 결코 주눅들어 하지는 않았다.

"그대는 누군가?"

위엄있는 목소리로 도철대가 물었지만 상대방은 아무 말 없이 계속 냉소적인 미소로 그를 바라보다 도철대가 다시 말을 하려 할 때에서야 그 호흡을 자르고 입을 열었다.

"이건… 분신의 염(念)이지. 그 능력이야 봐서 잘 알 것이고."

그의 목소리는 여자같이 생긴 것과는 달리 남자답고 매우 굵었다. 그는 잠시 자신의 흐트러진 긴 머리를 뒤로 단정히 넘기고 다시 입을 열었다.

"당신이 겁황마군 도철대이겠지?"

"……."

"원래 우리의 목적을 달성한 후 동영으로 돌아가려 했지만……."

그는 잠시 고개를 돌려 눈빛으로 무언가를 지시했다. 그러자 그들 중 한 명이 품에서 두 개의 두루마리를 꺼내 각각 한 손에 하나씩을 잡고 두루마리를 떨어뜨려 펼쳤다. 시선이 그곳으로 모인 순간 도철대는 자신도 모르게 신음성을 흘려냈다.

"음!"

한 두루마리에는 창(槍)이 그려져 있었고 나머지에는 한 여인이 그려져 있었는데 그녀는 바로 백안사요(白眼邪妖) 화성화(華星花)였다. 하얀 눈을 가진 요염한 여인인 화성화의 미소는 섬뜩한 별호와는 다르게 너무나 아름답게 그려져 있었다.

"이 창은 무해창이라고 하는데 살아 있는 생명체나 마찬가지이지. 이 창을 지니고 있으면 자신의 의지만으로 창을 움직일 수 있다."

"……."

묘한 분위기에 압도된 것인지 아니면 흥미있는 이야기여서인지는 몰라도 도철대는 아무 말도 하지 않고 그를 보고 있었다.

"그리고 이 여인은… 세상에서 가장 아름다운 눈을 가진 여인으로 그 눈을 백안이라고 하지만 '요안(妖眼)', 또는 '정념의 안[情念之眼]'이라고도 하지."

도철대는 그 말을 들은 순간 이효문이 무엇을 원하는지를 알 수 있었다.

"그럼……."

"맞다. '요안'이 필요해. 하지만 너희들은 당연히 거부할 테지. 후후, 그래서 원래의 목표를 바꿔 겁황천을 접수하겠다."

그의 말이 끝남과 동시에 뒤에 있던 열 명의 몸이 각각 여덟 명씩 나뉘어지며 이어서 바로 도철대를 향해 달려갔다.

"하하하하!"

사내의 조용하면서도 낭랑한 웃음이 통로를 울려오고 있었다.

백안사요 화성화는 자신이 지내는 화선지(花仙地)를 침범한 일단의 무리들로 인해 고전하고 있는 중이었다. 자신이 거느리고 있는 백여 명의 화선대(花仙隊)가 있었지만 서른여섯 명의 침입자들과 간신히 동

수(同手)를 이룰 뿐이었다. 침입자 한 명당 화선대원의 여인 세 명이 동시에 공격하고 있는 꼴이었다.

"이들은 대체 누구지?"

그들은 무기도 쓰고 있었지만 또한 부적이나 이상한 막대기도 사용하고 있어 어떤 문파인지 추측할 수가 없었다.

"우리는 동영의 이효문이라 하죠."

"누구냐?"

자신의 귀로 선명히 들리는 아름답고 매혹적인 여인의 목소리에 화성화는 수비식을 취하며 소리쳤다. 그리고 주위의 기척을 느끼며 상대를 찾기 시작했다.

"호호, 놀라지 말아요. 전 여기 있어요."

화성화는 싸움이 일어나고 있는 곳에서 한 여인이 전장을 미끄러지듯 유연하게 걸어오고 있는 것을 보았다. 그녀를 본 화성화는 그녀의 이상한 옷차림에 절로 눈살을 찌푸릴 수밖에 없었다. 가슴만 간신히 가릴 만한 크기의 천으로 가슴을 가리고 있었던 것이다. 그나마 대행히도 치마는 다리를 완전히 덮는 붉은색 천이었다. 입술이 유난히 붉고 눈에는 상대를 유혹하는 듯한 요염함이 넘지는 그녀는 화성화를 잠시 보더니 입을 열었다.

"어머, 정말 아름다운 눈을 가지고 있네요!"

"……."

그녀의 말에는 친절함이 있었지만 화성화는 바보가 아니었기에 그런 것에 방심하지 않았다.

"화 소저, 혹시 알아요? 그 눈은 세상에서 오직 단 세 명만이 가지고 있다는 것을요?"

“몰라요. 당신은 누구죠?”

“중요한 것은 아니에요, 그건. 제가 다른 두 명의 눈을 봤지만… 당신만큼 아름답지 않아요. 추했으면 추했지.”

“……”

“제가 그 눈을 만져 봤는데… 정말 황홀했어요. 전 환희로…….”

그녀는 그때를 생각하는 듯 눈을 감고 쾌락에 젖은 표정으로 몸을 떨었다. 미약한 신음 소리마저 내는 것이 결코 거짓이나 과장으로 하는 말은 아닌 듯했다.

그것을 보던 화성화는 눈을 찌푸리다 그녀의 말을 되씹고는 왠지 모를 섬뜩함을 느꼈다.

‘눈을 만졌다고? 어떻게? 설마?’

그녀의 불길한 생각을 확신시키듯 얼굴이 빨개진 채 뜨거운 숨을 내쉬던 그녀는 화성화를 보며 야릇한 미소를 짓고는 입을 열었다.

“걱정 마세요, 아프지 않게 뺄 테니. 당신의 눈을 만지면… 난 너무 좋아 기절할지도 몰라요. 호호호!”

그녀는 요사스런 웃음을 터뜨리며 품에서 작은 검 하나를 꺼냈다. 평범하게 생긴 단검을 그녀는 자신의 팔에다 살짝 그었다. 흐르는 피를 검이 머금자 놀랍게도 그 검신이 붉게 타오르는 듯 변했다.

“이 단검은 ‘혈정흡검(血精吸劍)’이라고 하는데 이렇게 주인의 피를 먹으면 붉게 달아오르는 응큼한 놈이죠. 대신 나의 말을 잘 듣는 귀검(鬼劍)이랍니다. 호호호!”

혈정흡검은 우우웅거리는 괴이한 소리를 내며 화성화를 향해 날아왔다. 화성화는 검을 뽑아 귀검에 대항해 갔고, 그것을 본 여인은 요사스럽게 웃으며 품에서 세 개의 검을 더 꺼냈다.

“걱정 마세요. 이런 것이 세 개나 더 있으니까요.”

“흥! 네 맘대로는 안 될 거다!”

화성화는 그렇게 일갈했지만 귀신처럼 자신의 이곳저곳을 공격하는 혈정흡검을 간신히 막아내고 있어 위태 해 보였다. 검술이 약한 그녀로서는 어쩔 수 없는 일이었다. 그녀의 특기인 겁황무형사공과 수공(手功)은 무엇이든 자를 수 있을 듯이 보이는 날카롭고 괴이한 이 귀검을 상대하기에는 맞지 않았다.

‘노린 것인가?

그런 생각이 들 정도로 그녀는 자신의 무공을 살리지 못하고 있었다.

“그냥 순순히 잡히는 것이 좋지 않나요? 지금 당장 눈을 빼는 것은 아니니 걱정 말아요.”

그녀는 자신의 손에 쥐어져 있던 혈정흡검 중 하나를 자신의 팔로 가져가고 있었다.

아침 일찍 일어났던 관영호는 식사 후 창가에 앉아 바깥 경치를 내다보고 있었다. 좀 더 정확히는 겁황천 밖의 사막을 보고 있었다. 유아빈이 곧 올 것이라는 생각을 하다 겁황천의 이전에 대한 생각이 다시 떠올랐다.

“도무지 나의 말에 관심이 없으니……. 다들 금지된 힘에 대해서나 새로운 천주를 뽑는 일에 대해서만 걱정하는구나. 이해 못하는 것은 아니지만 일의 선후가 있거늘…….”

그는 쓴웃음을 지으며 그래도 유아빈을 봐서라도 겁황천을 옮기는 것을 이룰 것이라 다짐하며 자리에서 일어났다.

“금지된 힘이라……."

그는 밖으로 나갈 생각으로 문 앞으로 걸어가 문을 열기 위해 손을 뻗었다.

“……."

그는 문을 잡기 직전 무언가 이상함을 느끼고는 주저하지 않고 뻗은 손 그대로 장(掌)을 펼쳐 혈영장을 시전했다. 강맹한 위력에 문은 박살이 나버렸고 장력은 멈추지 않고 맞은편의 벽에까지 날아가 벽마저 부수어 버렸다.

쾅!

“크악!"

사람의 비명 소리는 애초에 예상했었다. 그는 밖으로 나가려는 순간 좌, 우, 뒤에서 무언가 다가옴을 느끼고는 혈영강기를 끌어올렸던 것이다.

카캉!

“……."

관영호는 보이지 않는 무언가가 검 같은 날카로운 무기임을 알고는 의아함을 금치 못했다.

'기척도 전혀 없고 무기조차 보이지 않는다?

그가 피했던 것은 본능이 무언가를 느꼈기 때문이다. 그는 사방으로 장력을 날릴까도 생각했지만 시설물을 파괴하기가 아깝다는 생각에 행동으로 옮기지는 않았다.

갑자기 그의 두 다리와 머리의 백회혈을 무언가가 공격한다고 느낀 순간 그는 다시 혈영강기를 끌어올렸다.

카캉!

허공에 불꽃이 튈 정도로 강력한 부딪침이었지만 관영호는 멀쩡했다. 뒤이어 다시 그의 가슴과 둔부, 그리고 목을 향해 뭔가가 공격해 옴을 느꼈다.

"……."

그는 그 뭔가를 알아볼 요량에 유유서행으로 가볍게 이 장 정도 물러났지만 그가 있던 자리에는 아무런 기척도 없었다.

"허공을 베는 소리마저 없다니… 놀랍군."

툭.

그는 바닥에 무언가가 떨어지는 소리를 듣고 그쪽을 향해 시선을 돌렸다.

"저것은 뭐지?"

그가 본 것은 주먹보다 조금 작은 검정색 공으로 딱딱한 느낌의 재질이었다. 공에는 실 같은 것이 짧게 달려 있었는데 불이 붙어 조금씩 타 들어가 짧아지고 있었다. 그것이 벽력탄(霹靂彈)임을 옛날 사람인 그는 당연히 모를 수밖에 없었다.

"……!!"

콰콰쾨쾨쾽!!

엄청난 폭발음과 함께 불꽃이 하늘 높이 치솟았고, 관영호가 있던 건물이 통째로 먼지가 되어버렸다. 폭발의 여파는 가공하여 사방 이십여 장까지 이어져 주위의 나무와 돌들이 그 힘을 이기지 못해 먼지가 되어버렸다. 그 무시무시한 폭발은 조용하던 겁황천에 소란을 던져 주기에 충분했다.

폭발의 기운이 사그라지자 폭발이 있던 자리에서 먼지가 어떤 힘에 의해 갑자기 사방으로 불어나갔고 그에 따라 먼지는 사방으로 흩어져 버렸다. 그리고 방금 전까지 건물이 있던 자리는 잔해조차 남기지 않은 폐허가 되어 있었으며 그 위에서 관영호는 혈영강기를 시전한 채 서 있었다. 옷이 너덜너덜해진 것이 폭발의 충격을 받은 것 같았지만 그의 표정은 아무렇지도 않아 보였다.

“이런 무기도 생겼다니 놀라운데? 엄청난 파괴력이군.”

관영호는 진심으로 감탄하고 있었다. 처음 보는 무기의 엄청난 파괴력에 놀란 것이었다.

“이제 끝인가? 아니면 공격이 남았나? 하지만… 이번에 공격을 하면 넷 모두 죽는다.”

“……!!”

“넷이란 걸 알아서 놀랐나 보군.”

그들이 놀라움으로 드러내 버린 기척을 느낀 관영호는 갑작스레 네 군데를 향해 연거푸 천마장을 날렸다. 그리고 뒤이어 품에서 비도를 꺼내 유유서행으로 앞으로 다가간 뒤 허공을 향해 수직으로 내리그었다.

“참(斬)!”

“끄아악!”

“아아악!”

두 사람의 비명이 동시에 울리며 허공에서 잔인하게 양단된 시체 두 구가 나타나더니 땅으로 떨어졌다.

“…….”

관영호는 비도를 지면으로 내린 채 가만히 서 있었다. 아무 말 없이 허공만 바라보고 있었지만 그 모습을 본 사람이라면 누구라도 그 위압감에 숨이 막힐 정도로 대단한 기도를 뿜어내고 있었다.

서로가 아무런 움직임 없이 일각이라는 지리한 시간이 흘렀다. 그 길다면 길 수 있는 침묵의 대치에서 먼저 지친 것은 상대방 쪽이었는지 관영호의 오 장 앞에 두 명의 남녀가 나타났다.

남자는 ‘분신의 염’을 지닌 사내와 같은 차림을 하고 있었는데 다른 것이라면 한쪽 어깨에서 붉은 피풍의 같은 것이 발목까지 내려와 몸의 반을 가리고 있다는 것이었다.

여자는 화성화에게 나타났던 혈정흡검을 지닌 여인처럼 요상한 차림에 옆의 남자처럼 피풍의를 걸치고 있었다. 모두가 젊은 미남미녀였는데 얼굴은 긴장으로 잔뜩 굳어 있었다.

“넌 누구지? 은신의 반지도 벽력탄도 통하지 않다니. 당신 같은 사람은 정보에 없었는데…….”

“…….”

남자가 말을 하자 그제야 관영호의 시선이 그들을 향했다. 그의 감정없는 표정과 가라앉은 두 눈에 두 사람은 자신도 모르게 몸을 움찔거렸다.

“싸울 것인지 항복할 것인지 정해라.”

쓸데없는 소리는 집어지우라는 말처럼 그의 말은 간단명료했다.

“오라버니, 저자는 위험한 것 같으니 문주님께 가서 도움을 청하죠.”

여인은 굳은 얼굴로 남자에게 말했지만 남자는 그 말에 오히려 눈썹을 꿈틀거리며 반박했다.

“흥! 우리는 이효문의 가장 강하고 자랑스러운 은신전대(隱身戰隊)다! 저런 자에게 등을 보이고 도망가는 것은 수치다!”

“오라버니…….”

그 말을 들은 관영호는 묘한 미소를 살짝 짓고는 품에서 비도 하나를 더 꺼낸 뒤 입을 열었다.

"그럼 죽어라."

두 개의 비도가 좌우로 곡선을 그리며 두 사람을 향해 날아가자 두 사람은 비도를 피하기 위해 뒤로 몸을 날렸다. 그 놀랍도록 빠른 몸놀림은 그들이 결코 약하지 않음을 보여주고 있었다.

그러나 비도는 마치 눈이 달린 듯 다시 곡선을 그으며 방향을 바꿔 두 사람을 향해 직선으로 날아갔다.

'섬(閃)!'

비도가 곧 두 사람의 시야에서 반짝이며 사라지자 위험을 느낀 두 사람은 허리에서 장도(長刀)를 꺼내 전방을 향해 휘두르며 방어를 했다. 푸른 검기가 그들의 앞에 촘촘한 막을 이루려는 것을 본 관영호는 미미하게 웃으며 비도를 조종하던 두 손가락을 접어 주먹을 쥐었다.

'폭(爆)!'

콰콰쾅!

"으악!"

"아아악!"

두 남녀는 달려가다 강한 폭발의 반탄력에 밀린 듯 피를 쏟으며 뒤로 날아갔고, 장도는 박살이 나버렸다. 재빨리 두 사람에게 다가간 그는 한 손에 한 명씩 허리를 안아 들고는 어디론가 신형을 날렸다.

"멍청한 겁황천 놈들, 금지된 힘에 대해 믿는 것인지 아닌지……. 그냥 얻을 때까지 가만히 지켜보기만 하다니, 바보 같은 것들. 하긴 너희들이 '삼극마안(三極魔眼)'에 대해 알기나 하겠어? 신속함으로 혼란을 일으키고 혼란으로 진위를 가린다. 아무도 그 힘을 중화시키는 것에 대해, 지배하려는 것에 대해 알아서는 안 된다."

이제자 사령금안객 광무인이 기거하는 금마각(金魔閣)으로 오는 길은 동로(東路)와 서로(西路)의 두 갈래로 나뉘어져 있었다. 그중 동로는 매우 철통같은 경계로 지켜지고 있었고, 서로는 사람은 없지만 그 대신 거대하고도 공포스러운 진으로 막혀 있었다.

자신의 거소에 대해 가장 폐쇄적인 인물이 광무인이었는데, 그 엄격함은 그가 겹황천 밖을 나간 후에도 여전했다. 그랬기에 겹황천의 수뇌부들로부터 많은 경계를 받은 것도 사실이었다.

서로의 입구에서 말을 하던 여인은 실눈으로 자신의 앞을 주시했다. 그녀의 눈에서 희미하게 빛나는 금빛은 심상치 않은 기운을 띠고 있었다.

"역시 금마혼령진(金魔混靈陣)이군."

약간 작고 치켜떠진 눈매, 오뚝한 코에 매혹적인 입술, 그리고 갸름한 턱 선을 가진 그녀의 얼굴은 누가 봐도 찬탄이 흘러나올 정도로 완벽한 미모였다. 거기다 육 척의 훤칠한 키의 소유자인 그녀는 허벅지까지 가리는 길이의 나리 갑옷과 가슴만 가리는 형태의 분리형 갑옷을 착용하고 있었다. 그 갑옷 겉에는 속이 비치는 붉은 천으로 상부를 가리고 있었고 같은 재질의 천으로 허리에서 무릎 위까지 감은 뒤 흘러내린 형식으로 하부를 가리고 있는 매우 특이한 옷차림을 하고 있었다.

칠흑같이 검고 긴 머리를 손으로 가볍게 훑은 그녀는 자신의 뒤에 서 있는 네 명의 인물을 향해 가볍게 턱짓을 했다. 그러자 키가 매우 작은 노인 하나가 나오더니 품에서 부적을 꺼낸 후 무언가 중얼거리며 주문을 읊었다.

그의 손에 들려 있던 부적은 푸른 불꽃을 내뿜으며 타 들어갔고 노인은 그것을 서로(西路)의 안쪽으로 가볍게 던졌다. 공기의 저항을 받으며 이리저리 날리던 부적은 이내 다 타버렸다. 그러자 서로 내의 공간이 마치 유리가 깨지듯 금이 가며 그 안에서 금색을 띤 희끄무레한 무언가가 괴성을 뿜으며 연기처럼 사라져 버렸다.

"잘했다. 이제 내가 앞장서마."

그녀의 아름다운 외모와는 달리 표정이나 말투에는 다스리는 자들에게서만 나타나는 위엄이 가득했다. 그녀가 앞서 걸어가자 네 명은 그녀의 뒤를 따라 천천히 걸어 들어갔다.

그들이 서로 안쪽 깊숙이 들어간 뒤 입구에 다른 한 인영이 나타났다. 양 허리에 사람을 끼고 있는 사내는 관영호였다.

"…일단 저들을 계속 살피는 것이 먼저겠군."

그의 신형도 그 말을 끝으로 바로 사라지고 없었다.

"크흑!"

겹황마군 도철대는 입에서 피를 쏟으며 뒤로 날아가 벽에 부딪쳐 버렸다. 그의 앞에는 열두 명의 분신이 있었다. 한 인물에게서 나왔던 그 분신들에게서는 모두 '분신의 염'이 맴돌고 있었다.

"후후, 역시 강하군. 만약 분신이 열이었다면 내가 당했을 것이다. 자, 이제 마무리를 해야겠지? 내 부하를 모두 죽여 버렸으니 그 대가를 치러야지."

그는 품에서 부적을 꺼내 그를 향해 날리려 했다.

"음?! 쳇, 꽤 강한 놈들이 오는군. 운이 좋았어. 나중에 보자, 도철대. 재미있을 것이다."

그의 신형은 마치 허공에서 천천히 지워지듯이 사라져 버렸고, 얼마 있지 않아 네 사람이 나타났다. 오장로 마병검 고문소를 위시한 세 명의 장로였다.

"대제자가……!"

네 명은 그가 쓰러져 있는 것을 보고는 경악하며 그에게 다가갔다.

"으음…….'

다가간 순간 정신을 차렸는지 신음성을 내며 곧 눈을 뜬 그는 스스로 상체를 일으켰다.

"괜찮소?"

"음, 부끄러운 모습을 보였구려. 이효문의 사람들은 괴이한 물건을 사용하여 상대하기가 어려웠소."

그는 이 말을 하고는 바로 운기행공으로 들어갔다. 네 명은 이효문이란 명칭을 처음 들어봤기에 어리둥절했지만 동영인 같은 시체를 발견하고는 이들이 동영의 도문에서 온 자들임을 알 수 있었다.

"칠제자에겐 삼장로가 있으니 괜찮고 삼제자 화 낭자도 사장로가 지켜줄 것이오. 난 내 손녀에게 가볼 테니 세 분은 대제자를 보호하고 운기가 끝나면 같이 행동하시는 것이 어떻겠소?"

고문소는 직감적으로 겁황천 전체가 공격받고 있음을 느끼고는 바로 그렇게 판단한 것이다. 셋의 동의를 받은 그는 신형을 날리며 하나를 생각했다. 그것은 겁황천의 진정한 힘이었다.

'사십사겁황대(四十四劫荒隊)의 출격을 천주가 승인해야 한다. 우리 겁황천 중 수위를 다투는 투밀대를 이렇게까지 이기고도 모자라 대제자까지 저 지경으로 만들 수 있다는 건 그만큼 위험한 적이라는 증거!'

유아빈과 서문설은 질린 표정으로 유아빈의 처소인 단심대청(丹心大廳) 앞의 큰 정원을 보고 있었다. 그곳엔 열 필의 말이 정원을 완전히 짓밟아놓은 상태였다. 말 아래에는 여러 구의 시체와 함께 피가 고여 있어 끔찍한 광경을 연출하고 있었다.

철갑마(鐵甲馬)와 함께 섬뜩한 분위기를 연출하고 있는 마상 위의 사람들. 갑옷과 투구로 무장한 그들의 전신에서 피어오르는 엄청난 사기는 갑옷에 새겨진 이상한 문양과 고어체(古語體)에서 나는 기운과 겹쳐 엄청난 위압감을 풍기고 있었다.

마상 위에 있던 인물들 중 하나가 내려오더니 투구를 벗으며 유아빈에게 다가갔다. 각 진 얼굴에 강렬한 눈빛을 지닌 사내의 이름은 유강혼(柳剛魂)으로 사십사겁황대에서 제십대주이자 유아빈의 아버지였다.

"아버지, 정원을 이렇게 만들어놓으면 어떻게 해요?"

"이놈들이 네 정원에 있어서 어쩔 수 없었다. 아빈아, 오랜만이구나."

그는 단숨에 그녀를 안아 들어 올렸다. 그녀는 벗어나기 위해 바동거렸지만 그의 힘을 이길 수는 없었다.

"이, 이것 좀 놔요! 아파요!"

"하하하, 조금만 참거라."

"그런데 천주님 승인 없이 함부로 사십사겁황대를 출격시켜도 돼요? 이렇게 사적인 일에?"

"이 정도의 권한은 나에게도 있으니 걱정 말거라."

"이들은 대체 누구죠? 겁황천과 비슷한 부적을 쓰던데요? 혹시 내분?"

"우리 딸은 아무 걱정 말거라. 혼란은 곧 진정될 것이야. 천주님께 가봐야겠구나. 그분께 모든 사십사겁황대의 출격을 승인받아 침입자들을 쓸어야 한다. 감히 겁황천을 침범하려 하다니."

"오빠한테요? 그럼 저도 같이 가면 되겠네요."

"오빠라니? 아무리 같이 산다고 함부로 부르면 내 입장이……."

쾅쾅쾅쾅!!

그가 말하는 도중 갑자기 겁황천 내를 울리는 엄청난 굉음이 울렸고, 세 사람은 멀리서 화염이 하늘을 집어삼킬 듯 치솟는 것을 볼 수 있었다. 폭발의 진동이 얼마나 강렬했는지 두 사람은 미미한 진동을 느꼈다.

"꺄악!"

"벽력탄인가?! 이놈들이 금지된 벽력탄까지 지니고 있다니!"

"저긴 관 공자가 지내는 곳 근처예요!"

서문설의 놀란 외침에 유아빈의 안색이 창백해졌다.

"어서 가보자꾸나!"

그는 두 여인의 허리를 붙잡고 허공으로 도약해 철갑마 위에 가볍게 올라탔다. 중장비를 입은 채 두 사람을 안고서도 부드러운 움직임과 뛰어난 도약력을 선보인 그의 무공 정도를 짐작할 수 있는 한 수였다.

"가자!"

이히히힝!!

우렁찬 울음소리와 함께 열 필의 말은 자욱한 먼지를 일으키며 폭발의 진원지로 향했다.

"금마각이군. 광무인은 지하 밀실에 있겠지?"

"예! 겁황천의 바보들은 금마각이 오직 지상 건물인 것으로만 알고 있어 그의 행적을 찾지 못했습니다!"

대머리의 청년이 우람한 근육을 꿈틀거리며 큰 소리로 대답했다. 만족스런 표정으로 가볍게 고개를 끄덕인 그녀는 하늘을 잠시 살펴보았다.

"이제 올 때가 되었는데……. 곧 광무인은 삼극마안의 힘을 얻을 것 같군."

그녀의 말에는 그가 삼극마안의 힘을 얻더라도 대수롭지 않다는 투였다.

"의천(義天)과 미천(美天)은 아직도 안 오는 건가? 벽력탄까지 쓸 정도의 상대인 것을 보면 쉽지는 않겠군."

"동영의 이효문인가? 동영의 오랑캐들은 이 금마각에서 어서 나가라!"

싸늘한 목소리가 금마각 이층에서 들려왔다. 들려온 목소리에 사람들은 일제히 그곳을 쳐다보았고, 난간에 기골이 매우 장대한 노인이 서 있음을 볼 수 있었다.

큰 덩치와는 달리 그의 얼굴은 매우 평범했으며 수염도 아무렇게나 자라 지저분해 보였지만 그의 눈만은 예사롭지가 않았다. 은은한 마기가 서려 있어 상대방에게 큰 위압감을 주고 있었다.

"대장로군. 덩치를 보니 알겠어. 광무인이 힘을 얻기 전까지 보호하는 것이겠지?"

"잘 아는군. 그러니 어서 사라져라!"

"안 되겠는데? 난 광무인을 처리하러 왔거든. 얻을 수 있으면 그 삼극마안도 얻고."

그녀가 가볍게 턱짓을 하자 두 사람이 앞으로 걸어나왔다. 대머리청년과 머리가 어깨까지 오는 짧은 머리의 여인이었다.

대머리청년은 조공(爪功)을 쓰는지 한 손에 두 자(60㎝)는 됨 직한 길이의 날카로운 다섯 개의 날을 지닌 조(爪)를 차고 있었다. 그가 잔인한 미소를 지으며 조를 찬 손을 내밀자 날 밑에서 갑자기 무언가가 튀어나왔다. 그것은 날카로운 이를 가진 아가리 형상을 한 괴물체로 입에서 침을 흘리며 몸을 꿈틀거리고 있었다.

그리고 간편한 적의(赤衣) 무복 차림의 여인은 다소곳한 표정의 화장기없는 젊은 여인이었는데 대머리청년과는 달리 빈손이었다.

"설명해 주지. '야수의 조[野獸之爪]'라는 저 무기는… 호호호, 이계의 생명체다. 굉장히 위험하지. 그리고 무련(無戀)은 아주 많은 바늘을 가지고 있지. 하지만 '허공침(虛空針)'이라고 해서 그녀의 주위에 녹아 있어 보이지 않으니 조심해야 할 거야."

그녀의 말이 끝나자마자 대장로 천마인(天魔印) 은성혁(殷星赫)은 이층 난간에서 가볍게 뛰어내려 바닥에 착지했다.

쿵!

그가 뛰어내리면서 일으킨 강력한 진각(震脚)이 사방으로 퍼져 나갔다. 그 충격은 건물과 주변 나무에 미쳐 건물이 흔들리고 작은 나무는 쓰러질 정도로 강했지만 앞의 두 사람에게는 아무런 영향을 미치지 못하는지 그들은 끄떡도 하지 않았다. 그걸 본 은성혁은 싸늘한 미소를 지으며 말했다.

"제법이군."

이 말이 끝남과 동시에 그의 신형은 두 남녀를 향해 다가가고 있었다.

콰아아아아앙!!

"무슨 소리지?"

입에 풀잎을 문 채 질겅거리던 사내는 하늘로 솟아오르는 폭염을 보더니 눈에 이채를 띠었다.

"호오, 저게 새로운 무기라고 할 수 있는 벽력탄이군. 역시 대단한 파괴력이야. 웬만한 강기로는 막을 수도 없겠는걸. 크크크!"

얼굴이 끊임없이 변하고 있어 기괴한 분위기를 자아내는 사내는 기괴한 웃음을 지으며 폭발의 장면을 음미하는 듯 바라보고 있었다.

"윽!"

사람의 비명 소리와 함께 그의 얼굴로 피가 몇 방울 튀었지만 그는 전혀 개의치 않는 듯 미소는 변함이 없었다.

"다 죽였나?"

"그렇소."

간군학은 손에 묻은 피를 털어내며 냉랭히 대답했다. 겁황천으로 가자고 했을 때부터 대충 짐작은 했었지만 알면서도 수많은 사람을 죽이는 것은 그다지 탐탁지 않은 일이었다. 벌써 죽인 사람이 사십 명을 넘어가고 있었다. 하나씩 죽어가는 이들을 보며 참으로 훈련이 잘되었다는 생각이 들었지만 손끝에서는 자꾸 이어지는 살인으로 조금씩 소름이 돋았다.

물론 그가 살인에 익숙하지 않아서 그런 것은 아니었다. 오패천의 회합 때 유유객의 의도가 이상함을 눈치챈 이후로 이상하게도 그의 명령을 듣기가 꺼려졌던 것이다.

"대충 외곽을 방어하던 놈들은 다 제거되었군. 이제 들어가서 상태를 살펴봐야겠지?"

"혼자서 하시오. 난 못하겠소. 에이씨!"

"왜, 살인이 싫증났나?"

"아니, 그냥……. 아니, 맞소. 지금은 살인을 별로 하고 싶지 않소. 평소의 나답지 않지만. 젠장!"

"큭큭큭, 하나둘씩 마음에 안 드는군. 정황은 내가 살필 테니 여기 있어라. 내가 아는 사람이 여기 있어서 그가 뭘 하고 있나 봐야 하거든. 그 후에 너한테 신호를 보내면 들어오면서 보이는 족족 다 죽여 버리면 된다."

"……."

간군학은 미미하게 얼굴을 찌푸리고 있었지만 그의 말을 거부하지는 못하고 고개를 끄덕였다. 더 이상 자신의 이 인간 같지도 않은 주인 곁에서 버티기가 힘들었던 것이다.

그의 몸이 순식간에 사라져 버리자 간군학은 잠시 주위를 두리번거렸다. 여러 번 봤음에도 여전히 적응이 되지 않는 그의 신법이었다.

"씨발! 대체 뭘 하자는 거야?! 이해가 되지 않아! 살인을 원하는 건지 중원 일통을 원하는 건지!"

간군학의 짜증이 진뜩 섞인 외침이 접황천의 한구석에서 힘없이 울려 퍼지고 있었다.

"……."

관영호는 기척을 숨긴 채 세 사람의 싸움을 지켜보고 있었다. 은성혁의 마공은 아주 뛰어나 그의 천마인(天魔印)과 함께 두 사람에게 상당한 위협을 가하고 있었지만 두 남녀 역시 특이한 무기를 바탕으로 그의 무공에 대등하게 맞서고 있었다. 야수의 조라는 살아 있는 생명

체 같은 무기와 보이지 않는 허공침은 대단한 위력으로 은성혁을 위협
했고 얼마간의 상처도 입힌 상태였다.

'얼마 가지 못해 당하겠군.'

그는 자신이 나서야 할 때라 생각하고는 앞으로 걸어나가려고 했다.

"움직이지 마세요. 목이 뚫리고 싶지 않다면요."

매혹적인 여인의 목소리가 관영호의 움직임을 멈추게 했다. 걸음을
멈춘 관영호였지만 전혀 당황하지 않은 표정이었다.

"그대로 천천히 뒤로 돌아요. 허튼짓 하면 제 아이들이 무슨 짓을
할지 몰라요. 지금 잔뜩 성이 나 빨갛거든요."

관영호는 그녀의 말대로 천천히 뒤로 돌았다. 뒤로 돌자 그의 미간
에 붉은 단검 한 자루가 닿을 듯 말 듯 떠 있었다. 아무리 그라도 검이
소리없이 다가온 것은 느끼지 못한 듯했다.

"어머, 잘생긴 줄 알았는데 평범하네요? 아쉽네. 우선 두 팔에 끼고
있는 두 사람을 놓아주실래요? 허리를 굽히지 말고 그냥 땅에 놓으세
요."

"……."

그녀의 말에 그는 반응하지 않고 그저 가만히 있기만 했다. 그러자
그녀가 눈썹을 살짝 찌푸리며 말했다.

"제 말을 못 들었나요? 두 사람을 땅에 놓으세요."

관영호는 그제야 팔에 힘을 뺐고, 두 사람은 맥없이 바닥으로 떨어
졌다. 그들은 여전히 의식을 잃은 듯 움직임이 없었다. 관영호는 그녀
의 뒤에 두 여인이 쓰러져 있는 것을 보았는데 언뜻 보아 한 명은 삼제
자인 백안사요 화성화인 것 같았다. 다른 한 명은 누구인지 그도 잘 모
르는 노파였다.

"자, 이제 당신을 어떻게 해야 할지 생각해 봐야겠군요. 저 두 사람을 쓰러뜨린 것을 보면 보통 실력이 아닌 것 같은데… 앗?!"

그녀는 말을 끝내지 못하고 경악성을 내뱉었다. 보이지 않을 만큼 빠른 속도로 관영호가 한 손을 움직여 혈정흡검을 잡아버렸기 때문이다. 금강불괴인 그의 손조차도 혈정흡검의 날카로움에 많은 양의 피를 흘려냈지만 그는 표정 하나 바꾸지 않았다. 검은 그의 손아귀를 빠져나가기 위해 버둥거렸지만 그의 손은 요지부동이었다.

"당신……."

그녀는 앞으로 나아가라는 의지를 전했지만 검이 움직이지를 못하자 품에서 다른 혈정흡검을 꺼내었다.

팍!

"아악!! 안 돼!"

관영호의 엄청난 내공을 견디지 못한 검은 산산이 부서져 버렸고 여인은 얼굴을 부여잡고 비명을 질렀다. 그녀의 큰 비명에 싸움을 관전하던 사람들의 시선이 두 사람에게로 향했고 싸움 역시 잠시 멈춰졌다.

"혈정흡검이……?"

이효문주는 그녀가 간단히 제압할 것이라 생각하고 신경 쓰지 않고 있었는데 그가 혈정흡검을 손으로 부숴 버리자 두 눈에서 이채를 띠었다.

"네, 네가 감히 내 아이를……! 용서 못해!"

그녀는 땅에 떨어져 있던 검을 줍고는 거칠게 품에서 나머지 두 개의 검을 꺼내 들었다. 한 손에 세 자루의 검을 잡은 그녀는 그 검신을 팔에 그어버렸고 곧 그녀의 피를 잔뜩 머금은 혈정흡검은 그를 향해 빠르게 날아갔다. 각기 다른 방향으로 쏘아져 나가는 세 자루의 검은 이기어검술 못지않은 엄청난 위력을 뿜어내고 있었다.

"광도련(光道蓮), 가서 도와줘."

이효문주가 명령을 내리자 대머리청년은 허리를 숙여 명을 받은 뒤 관영호에게로 달려갔다.

세 방향에서 오는 혈정흡검은 관영호에게 피하기 매우 쉬운 빠르기였다. 유유서행으로 검 사이를 흐르는 듯이 피해 버린 그는 여세를 몰아 멈추지 않고 그녀에게 다가갔다. 그녀가 위험한 것을 느낀 광도련은 자신의 왼손에 달린 야수의 조를 관영호에게 내밀었고, 야수의 조는 그 끔찍한 아가리를 벌리며 그를 향해 뻗어갔다.

그 순간 모두에게 놀라운 일이 일어났다. 관영호는 마치 예측이라도 한 듯 언제 들었는지 모를 비도를 야수의 조를 향해 날렸고, 자신은 그대로 그녀를 향해 다가간 것이었다.

"검천랑(劍天郞)!"

이효문주가 외치자 그의 뒤에 있던 긴 머리 사내의 몸이 잠시 꿈틀거리는가 싶더니 그의 몸에서 두 갈래의 엄청난 검강이 눈이 달린 듯 휘어지며 무시무시한 속도로 비도와 관영호에게로 날아갔다. 마치 두 마리의 뱀이 몸을 꿈틀대며 날아가는 듯했다.

"……!!"

눈 깜짝할 사이에 자신에게 다가오는 가공할 위력의 검강에 놀란 관영호는 즉시 뒤로 물러났지만 검강은 뱀처럼 급격히 휘어지며 관영호를 향해 날아갔다. 이미 비도를 잘라 버린 뱀 같은 검광에 더하여 야수의 조도 침을 흘리며 날카로운 아가리를 벌린 채 그를 할퀴려 다가가고 있었다. 뿐만 아니라 세 자루의 혈정흡검도 어느새 그에게 날아들고 있었다.

순식간에 수세에 몰려 버린 관영호는 속으로 쓴웃음을 지으며 양손을 펼쳐 '무(霧)'를 시전했다. 사방을 뒤덮은 붉은 안개는 곧 관영호를 공격하던 것들과 부딪쳤다.

쿠아아앙!!

벽력탄이 터지는 소리 못지않은 엄청난 굉음이 사방을 진동시켰고 땅에서 솟아오른 무수한 돌과 먼지는 사방으로 휘날렸다.

"죽지 않았다. 조심해. 공격할 것이야."

이효문주가 간단히 내뱉자 관영호를 공격했던 자들이 일제히 제자리로 돌아왔다. 혈정흡검을 회수한 여인도 의천과 미천을 데리고 와 이효문주 앞에 서 있었다.

"대단하군. 이런 강자가 있다니. 누구지? 우리의 정보망에는 없는 자였어. 아, 겁황천주를 죽인 자군. 모두들 조심해라. 한두 명으론 상대하기 힘드니 넷 모두가 상대해라."

뿌연 돌먼지 속에서 갑자기 다섯 줄기의 무형의 기운이 뻗어 나왔다. 겁황천의 독문무공 겁황인(劫荒刃)이었다. 그것을 느낀 키 작은 노인은 재빨리 품에서 다섯 장의 부적을 꺼내 앞으로 날렸다. 부적이 다섯 줄기의 기운에 자식에 날라붙듯 붙어 겁황인을 소멸시키는 순간 이효문주의 외침이 들려왔다.

"다들 뒤로 피해! 내가 상대한다!"

그녀가 본 것은 겁황인이 날아온 후 이어 먼지 속에서 희미하게 나타난 손이었다. 순간 숨이 답답하게 막히는 듯한 느낌을 받은 그녀는 항거할 수 없는 위험을 알아차리고 자신이 상대하기 위해 앞으로 나온 것이었다.

그녀의 손에는 어느새 허리춤에서 뽑은 기다란 도가 쥐어져 있었고 세상을 집어삼킬 듯한 붉은 빛이 터져 나오는 순간 그녀의 도는 손이 보이지 않을 정도의 속도로 휘둘러지고 있었다.

쿠쿠쿵!!

오초 황이 휩쓸고 지나가자 그들이 있는 주변을 제외하고 뒤쪽의 건물과 주변의 숲은 흔적도 없이 사라져 버렸다. 그 엄청난 위력에 이효문주의 눈도 크게 떠져 있었다.

"아……!"

어느새 나타났는지 이장로와 도철대, 사장로와 세 명의 장로, 그리고 단소변, 고안주, 서문설, 유아빈과 유강혼, 황태미와 선풍도골의 노인이 그 광경을 바라보고 있었다.

"놀랍군! 저것이 겹황대전을 반이나 사라지게 한 것이었구나! 놀라운 패도장력이다! 인간의 한계를 벗어났어!"

선풍도골의 노인은 자신도 모르게 감탄사를 내뱉었다.

이효문주는 자신의 손아귀가 찢어진 것을 보고 어느새 모습을 드러낸 관영호를 올려다보며 말했다.

"세상의 모든 것을 자르는 '절대의 도[絶對之刀]'로도 간신히 잘라냈다. 역시 세상은 넓군."

"절대의 도라……. 당신들은 정말 신기한 것들을 많이 가지고 있군."

"당신과 싸우면 이득될 것은 없겠어. 휴전하는 것이 어떤가?"

"두 여인을 넘긴다면."

"늙은 노파는 넘길 수 있지만 이 백안의 소유자는 안 돼."

"……."

이효문주는 품에서 무언가를 꺼냈다.

“악!”

“으음…….”

그녀가 꺼낸 것은 유리 상자 같은 것이었는데 그 안에는 놀랍게도 사람의 눈이 네 개가 들어 있었다. 검은 동공으로 보이는 곳에는 하얀 동공이 대신해 있었고 그 눈들에서는 뭐라 설명하기 힘든 사이한 기운이 흘러나오고 있었다.

저렇게 눈을 보관하기 위해서는 그 눈의 소유자에게서 눈을 어떻게 뽑아냈는지는 보지 않고도 짐작하기에 충분했다.

“잔인한 년!”

누군가가 그녀를 향해 욕을 했지만 그녀는 신경 쓰지 않고 이야기했다.

“원래는 숨기려 했지만 지금은 할 수 없군. 당신 같은 의외의 변수 때문에 계략에 차질이 생겨. 이 여인의 눈처럼 백안(白眼)을 가진 자는 이 세계에 단 세 사람이다. ‘요안(妖眼)’이라고도 불리는 이 눈 세 쌍이 있어야만 광무인이 얻으려 하는 삼극마안의 힘을 중화시킬 수 있지. 너희들의 생각으로는 당연히 이 여자의 눈을 주려 하지 않겠지. 그래서 이런 방법을 생각해 낸 것이다.”

“다른 방법을 강구해 내면 된다.”

“당신들은 삼극마안의 힘을 잘 모를 것이다. 그 힘을 막을 수 있는 자는 아무도 없다. 인간은 그 힘을 막을 수가 없어.”

“…….”

관영호는 조금 이상함을 느꼈지만 별말없이 그녀를 바라보다 다시 입을 열었다.

“불가능한 것은 없다. 모두 협력하면 충분히 그 힘을 막을 수 있을 것이다."

"흥! 그 마물의 힘을? 나라면 간신히 막을 수 있을지 모르지. 하지만 만약 삼극마안에게 잠식당했다면 그 누구도 막을 수 없어. 오직 세 쌍의 요안만이 그 힘을 막는다."

"흥! 오빠가 막았으면 막았지 당신은 아닐 거예요."

유아빈이 쏘아주자 이효문주는 묘한 미소를 지었다.

"막을 수 있다면 우리야 좋겠지. 우린 이만 가겠다. 너희들이 알아서 하도록 해라."

어느새 정신을 차린 의천, 마천 남매도 일어나 그녀의 뒤에 서 있었고, 대머리청년 광도련은 정신을 잃은 화성화를 들었다.

"잠깐."

관영호가 그들을 불러 세우자 뒤돌아 걷던 이효문주는 다시 몸을 돌렸다.

"할 말이 있는가?"

"다시 한 번 말하지만 그녀를 놓고 가라."

"요안은 삼극마안을 막기 위한 것임과 동시에 본 문이 얻어야 할 물건들 중 하나야. 그리고 이미 가진 이상 당신들이 뭐라 말할 처지는 아냐."

그녀의 오만한 말투에 도철대는 눈썹을 찌푸리며 말했다.

"사매는 물건이 아니다. 어서 내놓아라."

그의 말에 이효문주는 가소롭다는 듯한 표정과 미소를 살짝 지으며 말했다.

"싫다면?"

"너희들을 막아야겠지."

"흥, 저자를 제외하고는 날 상대할 자가 없는 것 같은데 막을 수 있
을까?"

그녀의 말에 선풍도골의 노인 삼장로 풍노선(風老仙) 종리태(琮理太)
가 앞으로 걸어나왔다.

"겁황천의 힘을 무시하지 마시오. 아마 당신이 생각하는 것보다는
훨씬 강한 힘을 가지고 있을 것이오."

"책략을 짤 때 최대한 가능성이란 것을 고려하는데 그것은 얼마나
다양하고 정확한 정보를 가지고 있냐에 좌우되지. 겁황천의 힘은 이미
다 파악되어 있다."

이효문주는 도도한 표정으로 고개를 살짝 치켜들며 자신있게 대답
했다. 할 이야기가 있으면 더 해보라는 표정이었지만 그녀의 확고하고
자신에 찬 말투에 다들 아무런 말을 하지 못했다.

장내가 조용해지자 이효문주는 비릿한 미소를 짓고는 다시 몸을 돌
려 걸어갔다.

"서라."

관영호의 간단한 말이었지만 이효문주를 위시한 다른 일곱 명은 걸
음을 멈추고 신청을 돌려 그를 보았다.

"그녀를 놓고 가라. 마지막이다."

그의 경고에 혈정흡검을 가진 여인이 눈을 크게 뜨며 말했다.

"어머, 멋있어요. 반하겠는데? 호호호."

"이 여자의 생사권은 우리가 가지고 있다. 만약 그렇게 위협을 할
것이면 이 여인의 목숨을 끊는 수밖에. 우리가 필요한 건 이 여인의 눈
이지 생명이 아니야."

주도권은 확실히 그녀가 쥐고 있었다. 관영호 쪽은 그녀의 안전을

필요로 하지만 상대방은 그럴 필요가 없었다.

"만약 우릴 그냥 보낸다면 이 여인의 목숨은 보장하지. 눈만 빼고 그대로 돌려보낼 것이다."

그녀의 잔혹한 말에 사람들은 치를 떨었지만 그녀의 아름다운 얼굴엔 표정 변화 하나 없었다.

"저런 간악한 여자는 이야기가 필요없소! 사십사겁황대를 출격시켜 짓밟아 버려야 하오!"

성질 급한 오장로 화사광(火邪狂) 오육(吳肉)이 소리쳤다. 유아빈은 그를 살짝 흘겨보고는 한마디 했다.

"할아버지도 참. 우리는 삼사저의 안전이 중요하단 말이에요."

"우리는 가겠다. 곧 광무인이 힘을 얻을 것이고 우리는 그런 귀찮은 일에 끼이고 싶지 않아."

"마지막이라고 했다."

"……."

관영호의 싸늘한 말에 장내는 일순간 조용해졌다.

"그녀의 목숨이 필요없다는 말로 들리는데?"

이효문주가 비웃는 표정으로 말했지만 관영호의 표정은 시종일관 무심했다.

"이미 그쪽으로 생살여탈권이 넘어갔으니 죽이든 살리든 내 알 바는 아니다. 단지 난 그녀를 놓고 가라고 했다."

"……!"

"음……."

그의 냉혹한 말에 중인들은 물론이고 이효문주의 눈도 살짝 치켜져 있었다.

"호, 그래도 싫다면?"

"싸움."

그의 말에 이효문주는 이상야릇한 표정으로 그를 바라보다 입을 열었다.

"난 힘과 지략을 겸비한 사람을 좋아하지. 당신 마음에 드는데? 하지만 그런 계략에 넘어가진 않아."

그녀는 관영호가 정말 그녀의 생사에는 관심에 없다고 말하여 자신들의 심기를 어지럽히려는 계략을 쓰고 있다고 생각한 것이다. 이 계략에는 대담함과 판단력, 심기의 깊음이 필요함을 알고 있었고 그것을 완벽하게 쓴 그의 지략과 용기가 그녀는 정말로 마음에 든 듯 그를 보는 표정이 조금은 달라져 있었다.

"계략? 난 진심이다. 너희들이 몸을 돌리는 순간 난 공격할 것이다."

그는 품에서 두 개의 비도를 꺼내었다.

"……."

이효문주는 여전히 이상한 표정으로 그를 보고 있었다. 하지만 아무도 그녀의 표정에서 어떤 생각을 하고 있는지는 읽을 수 없을 것이다.

"문주님, 늦게 도착해서 죄송합니다."

그녀의 뒤로 '분신의 엽'을 가지고 있던 미청년이 열 명의 복면인과 함께 나타나 무릎을 꿇었다. 동로에 포진해 있던 자들을 모두 죽이고 돌아온 것이었지만 그의 몸에는 피 한 점 묻어 있지 않았고 얼굴에는 피곤한 기색조차 없었다.

이효문주는 그의 말에는 대답도 하지 않고 계속 관영호를 바라보고 있다가 문득 입을 열었다.

"정말 마음에 드는데? 심기가 저렇게 깊은 사람은 처음이야. 내가 직접 상대할 것이니 너희들은 여기에 있어라. 광무인이 힘을 얻은 후 몰래 뒤를 칠 수도 있으니 말야. 그놈은 심기가 깊어 보이지만 실은 약은 녀석이지."

그녀는 여전히 관영호를 뚫어져라 쳐다보며 그의 앞으로 걸어나갔다. 오 장 앞에 선 그녀는 속이 비치는 붉은 천이 바람에 살짝 휘날리는 모습 때문인지 요선녀(妖仙女)처럼 매우 아름다워 보였으며 육 척의 훤칠한 키와 도발적인 몸매는 특이한 갑옷으로 인해 더욱 돋보였다.

그녀의 모습에 괜히 질투가 난 유아빈은 눈살을 찌푸리더니 고개를 돌려 버렸다.

"흥!"

"당신의 이름이 무엇이죠? 전 냉미요(冷美妖)라고 합니다."

그녀의 말투가 갑자기 변한 것에 잠시 의아해했지만 아무렇지 않게 생각한 그는 간단히 대답했다. 그러나 그의 말투도 그녀에 따라 전과는 달리 정중해져 있었다.

"관씨 성을 가졌지만 이름은 버린 지 오래요. 고친 이름이 있지만 절친한 사이가 아니면 가르쳐 주지 않고 있으니 이해해 주시오."

"그렇군요. 이해합니다. 제가 당신께 제안 하나 하겠어요."

"좋소."

"저와 당신이 대결을 하는 것입니다."

그녀의 말에 관영호는 그녀의 의도를 대충 눈치챌 수 있었다.

"승패 후에는?"

"제가 이기면 저의 부탁을 하나 들어주면 됩니다. 그리고 당신이 이긴다면… 저 여인을 놓아주는 것은 물론이고 광무인을 막는 데도 도움을 주겠어요. 그리고 제가 당신의 아내가 되겠습니다."

“……!”

그녀의 입에서 튀어나온 의외의 말에 겁황천의 사람은 물론이고 이효문의 사람들도 상당히 놀란 표정을 지었다.

“그, 그런 망발을! 자기 멋대로 아냐?!”

유아빈은 더욱 놀랐고 흥분해 날뛸 지경이었지만 그녀의 아버지가 어깨를 두드리며 진정시켰다.

“호호호, 이런 제안이 나왔다는 것 자체가 영광이지. 나 같은 미인과 결혼을 할 수 있다는데 말이야. 그리고 내가 질 확률은 거의 없다는 것을 알 필요가 있어.”

유아빈이 들으라고 한 소리인 듯 굉장히 도도한 말투였다. 그녀의 말에 유아빈은 한숨을 푹 쉬며 고개를 저었다. 흥분하다 어이가 없어 맥이 빠진 것이다.

“당신이 오빠를 이기겠다고?”

“시작하겠소.”

관영호는 그녀의 말에 큰 신경을 쓰지 않는 듯했다. 그런 얼토당토 않은 제안은 쉽게 물리칠 수 있을 것이라 생각했기 때문이다.

냉미요는 허리에 매고 있던 도를 뽑아 두 손으로 도병을 잡은 후 몸의 체중을 뒤로 살짝 실었다. 그리고 도첨을 자신의 눈 높이와 맞을 정도로 높이를 맞추는 기수식(起手式)을 취했다.

“중원의 무공은 신비하고 방대하다 들었습니다. 아까 본 장력 또한 대단했습니다. 견식을 넓힐 좋은 기회이겠지요.”

그녀의 정중한 말에 관영호는 가볍게 고개를 끄덕이며 이어 가볍게 심호흡을 하고는 두 자루의 비도를 왼손에 쥐었다. 아까 썼던 그녀의 도가 은근히 신경 쓰였기에 공격에 신중해질 수밖에 없었다. 장력 ‘황(荒)’

을 도기나 도강도 없이 잘라 안전한 공간을 만들어 버린 것은 보통 능력
으로 되는 것이 아니었기 때문이다.

'세상의 모든 것을 자른다…….'

아까 그녀가 한 말을 상기한 그는 몇 가지 시험을 해야겠다고 생각
했다. 일단 그녀의 실력이 신비한 물건에 의한 것이든 아니든 간에 강
한 것은 확실했다. 여태껏 누구도 그의 장력을 상대해 그 정도로 간단
히 막은 사람은 그녀가 처음이었다.

그녀의 능력 중 생각해 볼 것은 절대의 도라는 무기의 성능과 움직
임의 빠르기였다. 도를 휘두르던 속도가 너무 빨라 그도 간신히 그녀
의 손놀림을 봤던 것이다.

'그리고 입고 있는 갑옷 또한 심상치 않겠지.'

유유심공의 구결에 따라 내공을 운기하자 그의 몸 전체에서 은은한
빛이 서리기 시작했다. 유유객의 무공은 너무나 독특하고 독보적이라
오로지 유유심공을 운기해야만 그가 익힌 벽공장력 사파(四破)를 시전
할 수가 있었다. 자신의 혈영천마공으로는 아무리 노력해도 되지 않았
다. 다른 것의 침입을 거부하는 독보적인 자존심. 그것을 관영호는 친
구의 무공에서 느낄 수가 있었다.

비도를 다시 품에 넣은 그는 잠시 그녀를 보다가 돌연 한 손을 내밀
며 다른 한 손은 내민 손의 손등에 살짝 갖다 대었다.

삼파(三破) 패(覇).

"핫!"

냉미요의 신형이 갑자기 뒤로 몸을 띄우며 도를 몇 번 휘둘렀다. 그
모습을 본 사람들은 아무 일도 없었는데 돌연 칼을 휘두른 그녀가 이
상하게 보였을 테지만 당사자인 두 사람은 그것이 아니었다.

‘속전속결이 필요하겠군.’

단 한 번의 공격이었지만 그녀의 능력에 대해 대충 파악한 그가 공격을 다시 하려는 찰나 그녀가 칼을 횡으로 그었고, 관영호는 바로 허리를 뒤로 젖혔다.

“아!”

쿵! 쿵!

보이지 않는 기운이 숲에 있던 나무 기둥들을 깨끗이 자른 것이었다. 열두 그루나 자르고서야 그 기운이 사그라졌을 정도로 무섭도록 예리한 기운이었다.

“놀랍군요, 이것을 피하다니. 자, 이제 진짜로 해보죠.”

“……”

싸울 때는 말을 잘 하지 않는 그였기에 그녀의 말에 대답하지 않고 바로 그녀를 향해 비도를 꺼내 날렸다. 날린 직후 다시 다섯 자루의 비도를 꺼내 그중 한 자루를 위로 날렸다. 그녀를 향해 날아간 비도는 오장 길이의 도강을 뿜으며 목숨을 위협하고 있었다.

‘섬(閃)!’

비도에서 빛이 반짝인디 싶은 순간 비도는 중인의 시야에서 사라졌고, 어느새 그녀의 몸을 뚫고 있었다. 하지만 그녀의 신형은 신기루처럼 갑자기 사라지더니 이어 그의 좌측에서 나타나 도를 휘둘렀다.

그녀의 움직임을 간파한 관영호는 좌장을 펼쳐 혈영천마장을 쏘았고, 그 엄청난 장력이 곧바로 도와 부딪쳤지만 장력은 놀랍게도 종잇장 찢기듯 갈라져 버렸다. 그리고 무형의 기운은 관영호의 손바닥에까지 미쳐 상처를 내버렸다.

“멋진 칼이군.”

"당신 역시 멋진 비도술이었어요."

그녀는 가슴 쪽 붉은 천이 살짝 베어져 있는 것이 비도의 영향을 완전히 피하지는 못한 듯했다.

그는 다시 손을 내밀어 사초 '무'를 시전했고, 붉은 안개는 그녀의 사방을 메웠다. 그녀의 도가 은빛 광채를 내며 장력을 베어 자신의 안전 공간을 만든 순간 그녀는 자신의 정면을 약간 비켜난 두 자루의 비도가 날아오고 있는 것을 불 수 있었다. 본 것과 생각하는 것, 그리고 행동하는 것은 모두 찰나지간의 일이었다.

'양쪽 두 자루!'

퇴로는 뒤뿐이었다.

쿠콰쾅!!

그녀만을 피해간 무의 여파로 엄청난 폭발이 생긴 직후 그녀는 뒤로 몸을 빼며 절대의 도를 휘둘렀다. 그녀의 몸놀림은 어떤 특별한 경공이나 보법은 아니었지만 그 빠르기는 누구도 따라올 수 없을 정도로 민첩하고 표홀했다.

'혈룡(血龍)!'

두 자루의 비도가 일정 간격을 이룬 채 회전을 하면서 십 자 길이의 도강을 뿜으며 날아갔다. 도강은 곧 용의 형상으로 변하더니 그 거대한 아가리를 벌리며 그녀의 신형을 집어삼키려 했다.

파팟!

무언가 부딪치는 소리와 함께 그녀의 몸에서 불꽃이 일어났고, 관영호는 비도에서 생긴 강한 반발력에 자신도 모르게 뒤로 한 발자국을 물러났다. 공중에서 멈춰 땅에 떨어지려는 비도는 그녀의 칼질에 반으로 나뉘어져 있었다.

“ ‘무적의 갑옷’ 이라고 하죠. 웬만한 것은 다 막아주지만 이번 공격은 아까의 장력처럼 위력이 너무 대단해 갑옷이 그 힘의 일부만 막고 나머지는 절대의 도로 막았어요.”

무엇으로 만들어졌는지는 모르지만 상상을 초월한 힘을 내포한 도강을 막고 자른 것을 보면 정말 놀라운 갑옷이요, 도가 아닐 수 없었다.

“무엇이든 자르는 도와 무엇이든 막을 수 있는 갑옷이라…….”

그는 의미를 알 수 없는 미소를 지으며 그녀의 도와 갑옷을 보았다.

“만약 그 도로 갑옷을 가르면 어떻게 되는 것이오?”

“대답하기 곤란한 질문이군요. 직접 해보지는 않아 모르겠어요. 어떤 결과가 나올지 불안하니까요.”

“지금부터는 그 도와 갑옷, 비정상적인 빠르기를 너무 신용하면 안 될 것이오.”

“……!”

그의 몸에서 아까와는 비교도 할 수 없는 힘이 솟아오르기 시작했다. 그러자 그의 몸 주위로 은은한 혈광(血光)이 감싸게 되어 혈신(血神)을 연상케 했다.

“음, 그것은?”

그녀는 좀 전과는 천양지차인 위압감에 다리가 떨리자 처음으로 당혹스러운 표정을 지었다.

“간다!”

그의 양손이 들려지더니 이어 번갈아가며 그녀를 향해 혈영천마장을 쏘아갔다. 그녀는 좀 전과는 비교도 되지 않는 강맹한 위력의 장력에 놀라면서도 차분히 혈영천마장을 베어갔다.

“……!!”

벨 때마다 강하게 느껴지는 반발력에 그녀는 하마터면 칼을 놓칠 뻔했지만 이를 악다물고 끝까지 베어갔다. 얼마나 베었을까? 난무하던 그의 장력은 어느 순간 멈추어졌지만 그녀는 꽤 타격을 받은 듯 손아귀는 찢어져 피가 흘렀고 붉은 천은 혈영천마장의 파괴적인 기운으로 넝마가 되다시피 했다.

"이것도 가를 수 있을지 궁금하군."

관영호의 손에서 주먹만한 구체가 생성되었는데 얼마나 강력한 힘이었는지 그의 주위 흙먼지들이 위로 솟아올랐다가 팍 하는 소리와 함께 소멸되고 있었다.

"으음……!"

그녀의 표정은 긴장으로 잔뜩 굳어 있었다. 그녀의 감으로도 충분히 관영호의 손에서 생성된 구체가 엄청난 힘을 압축하고 있다는 것을 느낄 수 있었다.

그의 손이 살짝 앞으로 내밀어지자 무한역도구는 주위의 모든 것을 사방으로 파헤치며 그녀 앞으로 날아갔다. 그가 손을 내민 순간 뒤로 몸을 날린 그녀는 횡으로 자신의 앞까지 날아온 무한역도구를 베어버렸다. 도와 무한역도구가 닿자 도가 무한역도구를 베는가 싶더니 이내 그 힘에 의해 밀려나려 했다. 이에 냉미요는 힘을 더 끌어올려 반탄력을 견디며 무한역도구를 베어버리려 했다.

파파파팟!!

무한역도구의 힘은 대단했기에 땅에 있는 돌먼지들이 솟아오르다 완전히 소멸할 정도였고, 그 어지로운 모습을 중인들은 넋을 잃고 바라보고 있었다.

어느 순간 무한역도구가 느린 움직임으로 도의 날을 타고 올라오기 시작하자 그 모습을 본 그녀는 대경하면서도 힘을 더욱 끌어올렸다.

“하앗!”

그녀의 강렬한 기합성과 함께 도가 위로 들려졌고 무한역도구는 위로 튕겨졌지만 공중으로 날아간 무한역도구는 다시 방향을 바꾸더니 그녀의 머리 위로 떨어져 갔다. 너무나 갑자기 일어난 일이었고 그녀 역시 무한역도구를 전력으로 상대하느라 많이 지쳐 있었기 때문에 피할 엄두도 내지 못한 채 고스란히 맞을 수밖에 없었다.

“아……!”

그녀는 순간 죽음을 떠올렸으나 머리 바로 위에서 그것이 멈추어 버리자 자신도 모르게 관영호를 돌아보았다.

“아흑!”

무한역도구가 너무 가까이 있어 그 힘의 여파로 머리가 조여오듯하자 그녀는 자신도 모르게 신음성을 냈다.

“졌음을 시인하오?”

“끝까지 가지 않으니 독하지 않군요.”

그녀는 이내 아픈 표정을 지우고 예의 그 도도한 표정으로 말했다.

“당신이 죽으면 당신 부하들이 약속을 지키지 않을까 봐 그런 것이오.”

“호호! 난 죽지 않을뿐더러 설령 죽는다 해도 약속은 지켜질 것입니다.”

그녀가 죽지 않는다는 말이 무적의 갑옷 때문이라는 의미를 알아챈 그는 희미하게 미소 지었다.

“그럼 정말 맞아볼 것이오?”

“당신 마음대로. 난 어차피 졌으니 승자 마음이죠.”

그녀의 말에 관영호는 힘을 소멸시켜 버렸고 냉미요는 이를 보고 자리에서 일어났다. 잠시 관영호를 주시하던 그녀는 고개를 돌려 자신의 부하들을 보았고, 그녀의 눈빛을 이해한 광도련은 유아빈 등이 있는 곳으로 가 화성화를 내려놓고는 자리로 돌아갔다.

"성화야."

어느새 정신을 차리고 일행에 속해 있던 노파 사장로(四長老) 광소수(光素手) 주문의(朱紋懿)가 다가가 그녀를 안았다. 명문혈에 손을 붙인 다음 기를 주입시켜 일주천시키자 곧바로 정신을 차리게 된 그녀는 아름다운 백안을 이리저리 돌리며 주위를 살피다 자신을 안고 있는 그녀를 보고는 안도의 미소를 지었다.

"무사하셨군요. 괜찮나요?"

"난 괜찮단다. 너야말로 괜찮으냐?"

고개를 끄덕인 후 다시 주위를 살피던 그녀는 자리에서 일어나 관영호에게 절하며 말했다.

"천주님의 은혜에 깊이 감사드립니다."

영민한 그녀는 상황을 대충 파악하곤 자신을 구해준 관영호에게 예를 표했다. 그녀의 행동과 그의 강한 무공은 사장로를 비롯한 세 명의 장로, 그리고 삼장로와 황태미에게 관영호에 대한 인식을 다시 하게 해 주었다.

"일어나시오."

"네."

"약속을 지켜주어서 고맙소."

"천만에요. 이효문은 잘 알려지지 않아 은밀하고 사이하게 보일지 몰라도 결코 치졸하거나 비겁하지는 않아요."

관영호는 그녀의 말에 고개를 끄덕였고 냉미요는 아름다운 미소를 지으며 그에게 다가갔다. 관영호보다 조금 더 큰 그녀의 키는 단연 돋보였는데 관영호의 옆에 서니 영 부조화스러웠다.

"쿡쿡……."

단소변과 유아빈은 서로 마주 보고는 의미가 통하자 소리 죽여 웃었다.

"당신의 진면목을 아는 자가 몇이나 될까요? 당신은 진정한 영웅입니다."

"영웅? 후후, 과분한 말이오. 난 영웅이 아니오. 그에 대해선 그만 말했으면 하오."

관영호는 낯뜨거운 말을 더 이상 하기 싫어 딱 잘라 일축해 버렸다. 그의 마음을 알아차린 그녀는 고개를 끄덕이고는 갑자기 그에게 날아갈 듯 큰절을 하였다.

"……?"

"약속한 대로 저는 당신의 아내가 되겠어요. 이곳의 예의와 형식은 모르지만 마음을 다해 당신을 섬기겠습니다."

그렇게 말을 하고는 무릎을 꿇고 허리를 편 채 가만히 있었다. 어쩔 수 없이 자신의 약속을 지켜야 함에도 편안한 그녀의 얼굴에 당황한 건 오히려 관영호와 겁황천 사람들이었다.

"영웅호색이군."

"오빠는 호색하지 않아요."

유아빈은 단소변의 말을 반박하곤 눈살을 찌푸리며 그녀를 본 다음 이어서 관영호를 보았다. 관영호가 황당하다는 듯 자신을 보자 괜히 약이 오른 그녀는 그를 쏘아보았다.

그 모습에 쓴웃음을 지은 관영호는 고개를 저으며 냉미요에게 말했다.

"그 약속은 없었던 것으로 해도 되니 그만 일어나시오."

"동영 여인은 무지(無智)하지만 한 번 내뱉은 말은 누가 뭐라 해도 지킵니다. 제가 원해서 한 일이니 지키겠습니다."

"그럴 필요 없소. 그리고 난 아내가 필요없소."

"그러시다면 저도 더 이상 말씀드리지 않겠습니다."

그녀는 의외로 순순히 그의 말을 받아들이고는 자리에서 일어났다. 그러더니 돌연 갑옷을 벗는 것이 아닌가! 붉은 천 안으로 드러난 그녀의 나신은 정녕 눈이 부시다는 말 외에 다른 표현이 불가능할 정도로 아름다웠다. 새하얀 피부, 상처 하나 없는 매끈함, 터질 듯 솟아오른 가슴은 누가 봐도 가슴이 울렁일 정도였다. 그 아래 펼쳐진 미끈한 배와 쭉 뻗은 긴 다리는 완벽함을 자랑하며 사내들의 시선을 끌었다.

모두는 그녀의 의외의 행동에 일순간 어떻게 할지를 몰라 했다.

"헤, 끝내주는데? 아욱!"

단소변이 자신도 모르게 헛소리를 내뱉다 고안주에게 손등을 세게 꼬집혔다.

"훙! 예쁘긴."

유아빈은 투덜거리다가 갑자기 그녀가 도를 들어 배를 찌르려 하자 깜짝 놀라고 말았다.

"악! 뭐야!"

"헉!"

유아빈뿐만 아니라 모두가 놀랐고, 관영호는 그녀의 행동이 끝나기 전에 빠르게 다가가 그녀의 손을 잡아 도를 빼앗았다. 황당한 표정으

로 그녀를 본 그는 그녀의 눈가에 눈물이 맺힌 것을 보고는 의아해하
며 물었다.

"왜 자살을 하려는 것이오? 그리고 우는 이유가 뭐요? 약속을 취소
시키면 당신에게는 좋을 텐데."

갑자기 그녀가 무너지듯이 관영호의 품으로 안기더니 눈물을 흘리
며 속삭이듯 말했다.

"저는… 저는… 당신의 아내가 되고 싶습니다."

"아악! 여우 같아! 오빠! 떨어져요!"

"으… 닭살이……."

단소변은 팔을 닦으며 고개를 저었다.

관영호는 쓴웃음을 지으며 그녀를 떼어내고는 칼을 건네주며 말했
다.

"갑옷을 입고 진정하시오. 그 문제는 나중에 이야기하는 것이 좋겠
소."

냉미요는 고개를 끄덕이며 갑옷을 입었다. 관영호는 돌변한 그녀의
행동이 조금은 의심스러웠지만 일단 해결해야 할 일이 생겼기에 접어
두기로 했다.

"이제자의 성과에 축하드리오."

관영호의 장력으로 폐허가 되어버린 금마각 공터 위에서 들려오는
소리에 모두의 시선이 그곳으로 향했다. 거기에는 대장로가 한 사람에
게 깊이 읍(揖)을 하고 있었다.

금의 무복을 입고 있는 사내는 오관이 단정하였으며 햇빛을 오래 받
지 못한 듯 창백한 얼굴을 하고 있었다. 갸름한 턱 선을 가져 여인처럼
아름다운 미청년은 이제자 사령금안객 광무인이었다.

그가 감고 있던 눈을 뜨자 별호와는 달리 검은 눈동자를 지니고 있었는데 조금 얇은 듯한 검은자위는 보는 사람들에게 왠지 모를 섬뜩함을 주었다.

"냉미요 같은 여우를 믿는 것은 어리석은 짓이오, 천주."

"……."

관영호는 그가 광무인임을 알 수 있었다. 그의 몸에서 느껴지는 괴이한 기운은 그로서도 처음이었기에 조금 긴장하고 있었다.

"광 오라버니……."

갑자기 황태미가 기쁘기도 하고 안타깝기도 한 복잡한 표정으로 앞으로 나오며 광무인을 부르자 그는 얼굴에 사람 좋은 미소를 지으며 그녀에게 말했다.

"황 사매구나. 오랜만이다. 황 사매 덕분에 성취가 있었다. 고맙구나."

황태미는 뭔가에 놀란 듯 두려운 표정으로 뒷걸음질쳤다.

"오, 오라버니, 그건… 아아……!"

그녀는 장탄식을 내뱉더니 그대로 자리에 주저앉아 소리없이 눈물을 흘리기 시작했다.

"약속하셨잖아요……."

"……."

뒤에 있던 삼장로가 다가가 그녀의 어깨를 토닥이며 위로했다. 안쓰러운 표정으로 그녀를 보던 삼장로는 고개를 들어 광무인을 쳐다보았다. 그의 인자하고 따뜻한 눈에는 분노가 서려 있었다.

"이제자, 그대의 도덕성에 실망했소. 여인의 순정을 이용하다니……."

"하하하하! 이용이라니? 애초부터 난 마음이 없었소. 그리고 난 그녀의 정에 호소한 적도 없었고 말이오."

그는 사이한 미소를 흘리며 태연히 대답했다. 그러나 황태미의 전신을 훑는 그의 눈에는 기이한 빛이 흐르고 있었다. 그것이 자신을 향한 단순한 색정임을 안 황태미는 몸을 떨다 서러움에 결국 오열하기 시작했다.

"흑흑!"

"결국 삼극마안의 힘을 얻었나 보군. 그렇게 자신만만한 걸 보니 말이야."

냉미요의 말에 광무인은 시선을 돌려 그녀를 보았다.

"네년 말대로다, 여우. 난 결국 이루었지. 하하하! 약속대로 네년의 살 맛을 볼 차례야. 흐흐!"

"호오, 본성을 드러내는데? 여태껏 보여줬던 모습은 무너져도 괜찮나 보군. 그리고 약속은 지킬 수 없게 되었다. 내게는 이제 낭군이 생겼거든. 호호!"

"흥, 너 같은 여우의 말을 믿을 사람은 아무도 없다. 남자는 너같이 머리에 수백 가지의 거계(鬼計)를 지닌 여자를 싫어하지."

"흥!"

그녀는 싸늘히 비웃고는 관영호의 옆으로 가 섰다. 그런 다음 그에게 살짝 기대며 광무인을 살짝 흘겨보는 그녀의 모습이 더해지니 영락없는 다정한 연인이었다.

"정말 저 여우가……!"

유아빈은 당장 뛰어가려고 했지만 그녀의 아버지가 그녀를 꼭 붙잡고 있었다.

“그 일은 나중에 해결하거라.”

아버지의 심각한 모습에 그녀는 알겠다는 듯 살짝 고개를 끄덕이고
는 시선을 돌렸지만 뾰로통한 모습이 그다지 기분은 좋지 않은 듯했다.

“이제 힘을 얻었는데 뭘 할 거지?”

“두고 보면 알게 될 것이다. 먼저 이 겁황천을 차지해야겠지? 나약
한 사형은 이제 나에겐 아무것도 아니다. 이젠 지금의 천주와 대결을
해야 되겠지? 하하하!”

“…….”

광무인을 가만히 보던 관영호는 걸음을 옮겨 황태미에게 다가갔다.

“…….”

눈물을 흘리며 자신에게 다가오는 관영호를 보던 황태미는 결국 고
개를 푹 숙이고 말았다. 그런 그녀의 귀로 그의 음성이 들려왔다.

“사랑의 아픔도 배신도 모두 인생의 한 모습일 뿐 그것 자체가 전부
는 아니오. 지금은 힘든 이것이 눈물을 만들고 있지만 그대 앞에는 더
큰 것들이 남아 있음을 잊지 마시오.”

“아…….”

그의 말에 크게 깨달은 그녀는 고개를 들었지만 결국 부끄러움에 다
시 고개를 숙이고 말았다. 자신이 이루어왔던 것들이 모두 헛된 것은
아닌가 생각되었기 때문이다.

“젊음만큼 망각하기 쉬운 것도 없소. 하나 그 젊음만큼 좋은 것도
없지. 깨달음은 한순간이며 그 깨달음을 유지하는 것은 평생임을 잊지
마시오.”

몸을 돌려 광무인 앞으로 걸어간 관영호는 그를 향해 간단히 말했
다.

“삼극마안의 힘을 보고 싶군.”

“후후, 얼마든지.”

“삼극마안은 미간의 제삼의 눈에서 힘이 발휘됩니다. 절대 그 눈을 보지 마세요.”

냉미요가 그에게 조언하자 관영호는 고개를 끄덕이며 말했다.

“고맙소.”

“아니에요. 저도 돕겠습니다.”

“호의는 고맙지만 지금의 싸움은 겁황천주의 자리를 놓고 싸우는 것이기에 도움을 받을 수가 없소.”

“하지만……. 아닙니다. 정랑의 말대로 하겠습니다. 삼극마안은 소멸의 힘도 가지고 있기 때문에 절대로 보시면 안 됩니다.”

그녀는 재차 강조하고는 뒤로 물러났다.

“정랑? 크하하하하! 정말 웃기는군! 안 어울려! 네년은 진심이냐?”

광무인이 그렇게 비꼬자 그녀는 가소롭다는 듯 냉랭히 코웃음치고는 대답했다.

“난 네놈과는 달리 한 번 내뱉은 말은 진실이고 반드시 지킨다.”

“흐흥!”

광무인은 눈빛을 빛내며 가볍게 비웃고는 시선을 다시 관영호에게로 돌렸다.

“기다리게 해서 미안하오. 이제 시작하겠소.”

“오너라.”

그는 그렇게 말하고 혈영천마공을 시전했다. 검붉은 기운이 그의 전신에서 피어오르자 광무인은 흡족한 미소를 지었다.

“매우 좋군. 크흐흐.”

그의 전신에서도 서서히 매서운 요기가 피어올랐고 이어서 그의 미간이 서서히 벌어지더니 무언가가 생기기 시작했다. 그것은 온통 붉게 충혈된, 요기로 가득 찬 새로운 눈[眼]이었다.

"으음……."

"보지 마!"

냉미요는 자신의 부하들과 겁황천의 사람들에게 경고했으나 몇몇은 이미 쓰러져 있었다. 하지만 관영호는 이미 눈을 감고 있었기에 아무렇지도 않았다. 그녀의 경고를 무시하지 않았던 것이다. 그리고 그에게 있어서 눈을 감고 싸우는 것은 아주 쉬운 일이었기에 싸움에 대한 걱정은 없었다.

"큭큭! 간다!"

그의 손이 내뻗어지더니 엄청난 마기가 뿜어져 나왔다. 장력의 형태가 아니라 무형의 기운을 뿌리는 것뿐이었지만 그 힘은 가공할 정도여서 관영호도 감히 태만하지 못하고 두 손을 내밀어 혈영천마장을 시전했다.

콰쾅!!

강렬한 폭음과 함께 두 사람은 힘의 반발력으로 인해 한 걸음씩 물러났다.

"후후, 힘 대결은 헛수고겠군. 바로 들어가 볼까?"

그의 자신만만한 말이 끝나자 미간의 눈에서 강렬한 혈광이 비추었고, 그에 따라 눈을 감고 있는 사람들의 몸이 알 수 없는 힘에 떨기 시작했다.

"눈을… 떠라……!"

그의 간단한 명령은 절대적인 복종을 강요하는 힘이 실려 있었다.

은은하면서도 장내를 울리는 그 목소리에 실제로 관영호, 냉미요, 대장
로, 이장로, 그리고 검천랑을 제외하고는 모두 눈을 떠버렸으며 그의
눈을 본 자들은 온몸에서 힘이 빠져나감을 느끼며 그 자리에서 쓰러져
버렸다.

"내가 원하는 사람들은 눈 뜨지 않고 애꿎은 녀석들만 뜨는군. 크
크."

그의 삼극마안에서 강렬하게 빛이 번쩍였고, 곧 검은 기운이 일어나
더니 번개처럼 관영호를 향해 쏘아져 나갔다. 기척도 없고 소리도 없
는 그 기운은 속도 또한 빨라 관영호는 지척에 다가와서야 느낄 수 있
었고, 어쩔 수 없이 피하지 못하고 혈영강기로 방어를 했다.

"크윽!"

쉽게 강기를 뚫어버린 그 힘은 관영호에게 전신이 찢어지는 듯한 고
통을 안겨주었다. 그것 때문에 하마터면 눈을 뜰 뻔했지만 그는 간신
히 참아내고 내공을 더욱 끌어올려 고통에 대항해 갔다.

"크큭! 이 힘은 내공과는 차이가 있어 강기는 쉽게 통과해 버리지."

광무인은 만족스럽게 미소 지으며 그에게 가하던 힘을 풀었다. 자신
의 몸에 영향을 미치던 힘이 사라지자 관영호는 지체하지 않고 몸에서
마지막 남은 세 개의 비도를 꺼내 광무인에게 날렸다. 세 자루의 비도
는 각기 세 방향으로 날아갔는데 그중 하나는 삼극마안을 향했다.

'붕(崩), 회(回), 폭(爆)!'

위에서 떨어지던 비도는 붕자결에 따라 곧 광무인의 전신을 짓누르
기 시작했고, 그의 관자놀이로 날아오던 비도는 오 장 길이의 도강을
뿜은 채 회자결에 따라 회전하며 관자놀이를 뚫을 듯 위협했다. 삼극
마안으로 날아간 비도는 폭자결로 인해 그의 일 장 앞에서 거대한 폭

발을 일으켰다.

"으하하하!"

광무인의 웃음소리가 들려오더니 그의 몸 주위로 노란색의 막이 생성되었고, 그것은 세 가지의 공격을 모두 무산시켜 버렸다.

"흐흐흐! 삼극마안이 왜 삼극(三極)인 줄 아나? 바로 정신을 지배하는 마안, 자신을 보호하며 동시에 공격하는 마안, 그리고 하늘을 움직일 수 있는 마안, 이렇게 세 가지의 힘을 지녀 삼극이라 하지."

의외의 공격으로 힘이 상당히 빠져 버린 관영호는 하늘을 움직일 수 있다는 힘을 듣고 예전에 대결했던 마교 교주 극현탁이 떠올랐다. 번개를 다룰 수 있다면 그것을 막을 방법은 없었다. 번개에 맞고 운이 좋으면 살 수는 있겠지만 그것은 아주 희박하여 불확실하고 위험했다. 하늘을 움직인다는 것이 꼭 그런 것을 의미하는 것만은 아니었지만 예전의 경험으로 인해 떠오른 생각이었다.

거기에다 이상한 것은 평소와는 다르게 힘의 회복이 상당히 더디다는 것이었다. 삼극마안의 요기가 자신의 회복에 저해를 가하고 있다 생각할 수밖에 없었다. 이런 저런 이유로 관영호에게는 불리함만이 작용하고 있었다.

"원래 정신을 지배하는 힘만으로도 충분히 너를 죽일 수 있지만 모두 한꺼번에 없애기 위해서 멋진 것을 보여주지! 후후후! 이 힘을 지니고 있는 이상 난 신이나 마찬가지다! 너희들을 죽이고 겁황천을 장악한 뒤 난 중원과 변황의 신으로 등극할 것이다!"

그의 삼극마안은 어느새 붉게 변해 있었다.

"눈을 감고 있어도 소용이 없다! 너희의 마음에 나의 마안이 보일 테니까! 으하하하!"

“으읍!”

관영호를 비롯한 대장로, 이장로와 검천랑은 온몸에서 힘이 빠져나감을 느끼며 자리에 주저앉아 버렸다. 몸이 노곤하여 정신을 잃을 것 같았지만 관영호만은 강인한 정신력으로 버티고 있어 그로 인해 아무런 행동도 취하지 못했다.

“음? 네년은 통하지 않는 것 같군. 아, 크크! 다 모이진 않았지만 두 개의 요안이 네 품에 있었구나! 그래 봤자 소용없다!”

그의 주먹이 앞으로 내밀어지는 순간 수십 개의 권경이 냉미요의 전신 요혈을 파고들었다. 빠르고 음습한 권법이었지만 그녀는 당황하지 않고 눈을 감은 채 절대의 도를 휘둘러 권경을 모두 갈라 버렸다.

“흥, 본 문의 무공을 내게 써봤자 소용없다! 하물며 허공마저 가른다는 절대의 도가 있음에야… 앗?!”

그녀는 자신을 감싸오는 엄청난 압력에 자신도 모르게 경악성을 내질렀다.

“이, 이건……?!”

“그래, 후후. 잊혀진 이효문의 최후 무공이지.”

“이럴 수가! 이효수(異爻手)를……?! 으윽!”

그녀는 자신의 단전 내부를 짓누르는 압력에 견디지 못하고 입에서 피를 뿜으며 뒤로 날아가 관영호의 곁에서 쓰러져 버렸다.

“아아!”

그녀는 전신의 힘이 모두 빠져나가 버리자 더 이상 아무런 행동을 할 수가 없었다.

“네년은 쓸모가 있어서 무공을 폐하지는 않았다. 크크!”

그는 냉미요에게 다가가 그녀의 턱을 손으로 치켜들었다.

“역시… 얼굴만은 네가 최고다. 예전부터 널 가지고 싶었지. 너만은 살려주마.”

그의 삼극마안이 더욱 충혈되며 빛을 발하자 광무인의 얼굴은 공포 그 자체로 변하고 있었다.

“흥.”

그녀는 나지막하지만 그가 들을 정도의 크기로 코웃음을 치며 고개를 살짝 옆으로 돌렸다. 그 모습은 광무인에게는 마치 부끄러움을 타는 여인의 수줍은 행동 같아 보여 그의 가슴에 불을 붙이는 격이 되어 버렸다.

“후후후!”

그는 만족스런 미소를 지으며 그녀의 고개를 자신 쪽으로 돌린 후 자신의 얼굴을 그녀의 얼굴로 가까이 가져갔다.

“으응.”

그녀는 그가 다가오자 눈을 감으며 은은한 신음성을 흘렸다. 그 아름다운 모습과 희미한 교성에 광무인은 참지 못하고 거칠게 그녀의 입술을 빼앗았다. 거친 입맞춤은 그와 그녀를 무아지경으로 몰아가고 있는 듯 둘은 점점 더욱 서로에게 몰입되어 가고 있었다.

“으음……”

그녀의 미약한 신음 소리는 고요한 장내를 천둥처럼 울리고 있었다. 그 매혹적인 소리는 광무인을 더욱더 환상 속으로 몰입시키며 무아의 지경에까지 빠뜨렸다.

“크으윽!!”

갑자기 광무인의 입에서 피를 쏟으며 고통스런 비명을 질렀고, 감겼던 삼극마안도 찢어질 듯 부릅떠졌다.

"키에에에엑!"

광무인의 입에서 소름이 돋을 정도로 흉측한 괴성이 터져 나왔고, 그의 눈앞에 있던 냉미요의 모습은 신기루처럼 사라지고 없었다.

그 광경을 멍하게 바라보고 있던 관영호는 문득 꿈을 꾸다 깨어난듯 정신이 맑아짐을 느꼈고, 이내 자신의 앞에서 벌어지고 있는 상황이 다시 눈에 들어왔다.

그녀는 광무인의 뒤에 서 있었고 손에 쥐어진 절대의 도는 그의 뒷통수에서 이마로 관통되어 있는 상황이었다. 광무인은 괴성을 지르며 온몸을 심하게 떨고 있었으며 머리에서 흐르는 피는 그의 괴성과 함께 공포감을 주기에 충분했지만 냉미요는 아무렇지도 않은 듯 차갑게 비웃으며 말했다.

"흥! 나에게 상대방이 환상을 겪도록 하는 몽환의 가루가 있다는 것을 잊었군. 넌 약하기 그지없고 욕정에 눈이 먼 수캐일 뿐이다. 난 그런 사내는 거들떠보지도 않아."

그녀는 거침없이 도를 머리에서 뽑아내었다. 그러자 괴성을 멈춘 광무인은 머리에서 피를 뿜으며 맥없이 앞으로 쓰러져 버렸다. 쓰러진 그의 몸은 여전히 경련을 일으키고 있어 귀기스러운 분위기를 연출하고 있었다.

"요안이 두 개 정도 있으면 정신의 마안에 어느 정도 대항할 수 있고 무적의 갑옷이면 아무리 강력한 내가중수의 무공이라도 충분히 막아주지. 내 피 흘리는 연기는 어땠나? 호호호!"

그녀는 교소를 지으며 도에 묻은 피를 털어냈다. 사람들은 삼극마안의 힘이 풀렸는지 하나둘 깨어나고 있었고, 관영호도 무력감이 사라진 상태였지만 아직 힘이 돌아오고 있지는 않았다. 운기행공으로 힘을 회복시키려고 하는데 갑자기 목에 차가운 칼날이 닿는 감촉을 느꼈고, 그 것이 절대의 도임을 안 관영호는 쓴웃음을 지을 수밖에 없었다.

"괜찮은 계략이었소."

"도움을 줘서 고맙군, 죽이긴 솔직히 아쉽지만."

그녀가 힘을 주어 그의 목을 가르려는 순간 유아빈의 외침이 들려왔다.

"야! 이 여우! 오빠를 죽이지 마!"

그녀는 있는 힘껏 다해 소리쳤지만 이상하게도 여전히 내공이 소멸된 상태였기 때문에 어찌할 방법이 없었다.

"아니!"

"아!"

그때 갑자기 사람들이 놀라 외치는 소리가 났고, 냉미요는 관영호의 침중히 변한 눈이 향하는 곳으로 시선을 돌렸다.

"흠, 아직 살아 있었군. 행동 불능 상태이거나 죽은 줄 알았는데."

삼극마안이 광무인의 뒷머리에서 갑자기 솟아올라 사람들이 놀란 것이다. 구체 형의 그것은 주먹만한 크기의 눈이었다. 붉게 충혈된 그 눈은 마치 무언가를 찾는 듯 천천히 자전을 하더니 갑자기 유아빈 등이 있는 곳으로 빠르게 날아갔다.

"앗!"

너무나 갑작스럽게 움직였기에 냉미요도 이 사태에 아무것도 하지 못하고 지켜보고 있을 뿐이었다.

그것은 빠른 속도로 날아가 지켜보고 있던 검황마군 도철대의 앞에서 잠시 멈칫거리더니 아까보다 더욱 빠른 속도로 그의 이마로 다가가 붙어버렸다.

“크윽!”

“아악!”

“사형!”

고통스러운 듯 머리를 움켜잡는 그는 일어선 채로 전신을 부들부들 떨기 시작했다.

“대사형, 받아들이면 안 됩니다! 거부하세요, 어서!”

황태미는 놀란 표정으로 그에게 소리쳤지만 그는 그 소리를 듣지 못했는지 여전히 경련을 일으키며 몸부림치고 있었다.

“으으으!”

그의 신음 소리는 미약했으나 목소리가 조금씩 변하고 있는 것을 모두 들을 수 있었다.

“사형!”

황태미는 도철대의 뒤로 가 그의 뒷머리에 손바닥을 대었다. 내공으로 그의 머리에 붙어 있는 삼극마안을 떼어내기 위함이었다.

“아악!”

그러나 머리와 손 사이에서 검은 연기가 솟아나더니 황태미는 맥없이 뒤로 날아가 버렸다. 그녀는 땅에 주저앉은 자세로 멍하게 중얼거렸다.

“가장 순수한 힘이 이제… 우욱!”

그녀가 말을 다 잇지 못하고 피를 토하자 삼장로는 그녀에게 다가가 상체를 부축해 주었다.

“괜찮느냐? 안 되는 줄 알면서도 그런 무리를 하다니…….”

그는 그녀를 안쓰럽게 쳐다보며 혀를 찼다.

“다 제 잘못이에요…….”

"넌 죄가 없다. 다 인간의 욕심이 죄이니라."

관영호는 도철대의 몸에서 일어나는 경련이 더욱 심해지는 것을 보고 막아야 한다고 생각했지만 자신의 목을 아직 겨누고 있는 절대의 도와 회복되지 않은 자신의 힘 때문에 어찌할 방법이 없었다. 그녀가 막아주길 내심 기대했지만 그녀는 그저 입가에 묘한 미소를 지은 채 보고 있기만 할 뿐이었다.

'이 여인은 막을 생각이 없다? 오히려 만족스런 미소를 짓고 있다. 그럼?'

지금까지 했던 일들이 모두 의도적이었다는 생각이 번뜩 스치는 관영호였다.

'아직까지 힘이 돌아오지 않는 것은 삼극마안이 살아 있기 때문이라 하면 그녀는 아마 의도적으로 그것을 죽이지 않았을지도 모른다. 무엇을 원하는 것이지? 설마……?'

현 상황을 고려해 보아 나온 추측에 관영호는 놀란 눈으로 그녀의 옆모습을 보았다.

'정녕 머리 속에 귀계가 가득 찬 여인일지도 모른다. 순간의 임기응변과 앞을 내다보는 능력이 놀랍기 그지없구나.'

그의 상념은 사방을 울려 퍼지는 소리로 인해 멈추어져 버렸다.

"크아아아아!!"

엄청난 포효가 도철대의 입에서 터져 나왔고, 곧 삼극마안은 도철대의 머리 속으로 흡수되어 버렸다. 여전히 그의 몸은 경련하고 있었는데 갑자기 그의 양볼과 양 손등의 살이 꿈틀대며 움직이더니 살이 벌어지며 눈이 형성되었다. 피신해 있던 사람들은 그 끔찍한 광경에 몸서리쳤다.

"곧 완성될 것이다. 그래도 저 눈은 충분히 사람들의 힘을 빼놓지. 난 충분히 견딜 수 있지만 말이야."

그녀가 도를 거둔 순간 그녀의 몸은 이미 화성화의 앞에 가 있었다.

"저 녀석을 지배하려면 마지막 너의 눈이 필요하지. 원래 두 개의 요안으로는 저 녀석의 힘을 충분히 중화시켜 주고 너의 눈은 저 녀석을 지배할 수 있게 한다."

"그럼……!"

이장로는 그제야 모든 것을 눈치챈 듯 놀란 눈으로 냉미요를 보았다. 그는 그녀의 말을 듣고 모든 것이 처음부터 계획된 일이었음을 알게 된 것이다.

"맞아. 애초부터 삼극마안은 이효문에서 유출시켰고 나는 그것을 얻기 위해 이 년 전부터 계획했지."

그녀는 싸늘히 웃으며 화성화의 마혈을 짚어 움직이지 못하게 했다.

"저 녀석의 힘을 아는 데는 엄청난 손실이 있었다. 우리 선조들 중 하나가 사람을 실험체로 삼극마안을 폭주 상태로 흡수시켰고 수많은 사람들의 목숨을 대가로 저것에 대한 정보를 알아냈지. 그리고 지금 저놈을 지배할 순간이 온 것이다."

그녀는 냉혹한 표정으로 화성화의 목을 잡고 엄지와 검지를 그녀의 눈에 갖다 대었다.

"잔인한 여자!"

유아빈이 참지 못하고 그녀를 향해 달려갔지만 냉미요의 몸에서 생긴 반탄력에 의해 뒤로 날아가 버렸다.

"으… 저건 뭐지? 역겹군."

단소변이 얼굴을 찌푸리며 도철대를 가리키자 다들 그 모습을 보고는 얼굴을 찌푸리며 인상을 썼다. 도철대의 옷이 갑자기 재가 되어 날아간 후 나타난 그의 나신 전체에 수많은 눈들이 생겨나 있었기 때문이다.

"인간이 아니야……!"

"저건 뭐지? 나도 모르는 현상인데?"

냉미요는 의아한 표정으로 그를 보다 화성화를 놓고는 그를 향해 몸을 돌렸다.

"아악!"

"으아아!"

"큭!!"

사람들이 갑자기 저마다 머리를 움켜잡고 주저앉아 뒹굴기 시작했다. 그 모습에 놀란 그녀는 갑자기 엄습해 오는 알 수 없는 공포에 이제는 도철대가 아닌 괴물이 된 그를 보았다.

"학!"

괴물의 전면에 있는 수많은 눈들이 그녀를 주시하고 있었는데 그녀는 이를 보자마자 갑자기 온몸에 힘이 빠져 주저앉고는 몸을 떨기 시작했다.

"아아……!"

눈물 한 방울 날 것 같지 않은 완벽한 모습을 보여주던 그녀의 눈에서는 엄습해 오는 공포로 인해 눈물이 흘러내리고 있었다.

"싫어! 흐흐흑!"

장내는 고통과 공포로 인한 울부짖음으로 인해 아수라장이 되어 있었다.

괴물은 갑자기 두 팔을 하늘을 향해 들었고, 그에 따라 온몸에 있던 붉은 눈동자들이 검은자위로 변하며 일제히 위로 향했다. 그 장면은 누가 봐도 끔찍하여 고개를 돌릴 정도였다.

우르릉!!

갑자기 맑던 하늘 먼 곳에서 거대한 먹구름이 생성되더니 우렛소리를 내며 흘러오고 있었다.

고통에 거의 무감각한 관영호조차도 머리가 깨질 것 같은 고통에 얼굴을 찌푸리고 있었다. 그 고통에 정신이 없던 그는 우연히 고통에 울고 있는 유아빈을 보자 뭔가 가슴속에서 꿈틀거리는 것을 느낄 수 있었다. 그것은 자신을 향한 분노일 것이라 스스로 생각한 관영호는 다행히도 덕분에 아주 조금이나마 정신을 차릴 수가 있었다. 그러다 그는 문득 하늘에서 울리는 천둥 소리에 놀라 자신도 모르게 괴물을 쳐다보았다.

'역시! 으음……!'

그는 고통에 인상을 쓰면서도 괴물이 번개를 부르려 한다는 사실에 불안한 감정을 감출 수가 없었다.

'결국 모두 죽어야 하는가……?'

그는 힘겹게 고개를 돌려 울부짖는 사람들을 보았다. 하나하나가 누구에게든 소중한 사람들이었다. 특히 유아빈은 자신에게도 소중한 사람이었다. 다시 시선을 돌려 흐느끼고 있는 냉미요를 본 그는 독하고 잔인하면서도 아름다웠던 그녀가 지금은 무척이나 애처로워 보인다고 생각했다.

'절대의 도……!'

절대의 도를 보다 한 가닥 희망을 발견해 낸 그는 고통스럽고 무력감만이 맴도는 몸을 간신히 움직여 그녀에게로 향했다. 구름이 이곳에 당도하려면 아직 조금의 시간은 있었다.

'이때까지의 위기에서도 살아났고 지금도 가능하다. 가능성을 믿어야 한다. 나는 살아야 해.'

그의 온몸은 땀에 젖었지만 멈추지 않고 기다시피 하여 간신히 그녀의 곁으로 다가갈 수 있었다. 그는 그녀의 허리에 꽂혀 있는 도집에서 절대의 도를 뽑았다. 냉미요는 고통과 공포로 인해 눈치채지 못한 듯 흐느끼고 있을 뿐이었다. 도를 잡은 그는 전신에 청명한 기운이 훑고 지나감을 느낄 수 있었지만 이상하게도 다른 칼을 잡을 때와는 달리 매우 이질적인 느낌이었다. 마치 이 세상의 것이 아닌 것을 잡고 있는 것 같은 느낌이랄까?

먹구름은 이제 괴물의 머리 위에 떠 있었고 간혹 번개가 번쩍이고 있었다.

"크으으……!"

괴물의 수많은 눈들에서 흑광이 번쩍이자 구름에서는 엄청난 우렛소리가 울리기 시작했다.

"우르르릉!"

'힘을……'

그는 눈을 감고 정신을 집중했지만 끝없는 구렁텅이에라도 빠진 듯 내공이 모이질 않았다. 이에 그는 자신이 하고 있는 것이 헛된 일임을 깨닫고 금세 마음 자세를 바꾸어 '무의'의 끝 자락에 이르기 위해 마음을 편히 했다. 그의 선택이 옳은 듯 얼마 지나지 않아 한줄기 뜨거운 무언가가 단전에서 솟아났다.

'되었다! 앗?!'

하지만 그 힘은 맥없이 사라져 버리는 것이었다. 몇 번을 반복해도 되지 않는 그 와중에도 먹구름에서는 강력한 불빛이 계속 번쩍이며 무언가를 토해내기 직전이었다.

'무한의 힘이란 것은 여기가 한계인가…….'

꽈르릉!!

엄청난 우렛소리와 함께 빛이 번쩍이는 순간 그는 자신의 마음과 몸도 함께 무언가로 번쩍임을 느꼈다. 거대한 우렛소리가 그의 몸속에 숨어 있던 무언가를 끌어올린 기폭제라도 되는 양 동시에 일어난 일이었다. 그것은 가장 원초적인 생의 욕구!

"무한의 힘엔 한계가 없다!"

그는 자신도 알 수 없는 엄청난 힘을 주체하지 못하고 크게 외치며 하늘로 높이 솟아올랐으며 곧 떨어지는 번개와 부딪치게 되었다.

그는 절대의 도를 아주 단순하게 휘둘렀다. 도는 번개와 부딪쳤고 도저히 불가능할 것 같아 보이던 대자연 앞의 나약한 개체의 저항은 놀랍게도 번개의 낙하를 막아내고 있었다.

"크으……!!"

관영호는 자신의 전신을 뒤덮는 뇌력에 대항하기 위해 혼신의 힘을 다했다. 그리고 자신의 몸속에서 들끓고 있는 미증유의 힘은 무엇이든 가능하게 할 수 있을 것 같다는 생각을 하게 해주고 있어 그 힘을 더욱 증폭시키고 있었다.

하지만 대자연의 위력은 기적을 거부하는 듯 조금씩 관영호를 밑으로 밀어내고 있었다. 그의 옷은 조금씩 타 들어갔고 번개와 부딪치고 있던 절대의 도는 부서지진 않았지만 번개가 조금씩 빗겨 나가고 있었다.

'무한의 힘! 무한역도구……!'

그는 무한역도구를 형성시켜 절대의 도로 주입시켰으며 그것은 놀랍게도 곧 도강의 형태로 나타났다.

"하아아앗!!"

그는 강렬한 기합성과 함께 계속 무한역도구를 형성시켰고 생성시키는 족족 도에 주입시켰다. 도강의 형태를 띤 그것은 계속 늘어나더니 무려 오 장(약 15미터)의 길이가 되자 멈추었지만 그는 멈추지 않고 계속하여 무한역도구를 주입시켰다. 얼마나 많은 무한역도구를 생성시켰는지 모를 정도로 많이 만들었지만 그는 자신의 힘이 여전히 충만함을 느낄 수 있었다. 자신도 초인천에서 극현탁이 사용했던 믿기지 않던 무공을 충분히 사용할 수 있을 것 같았다.

'번개를 가른다!'

절대의 도는 서서히 번개를 밀고 있었다.

"흐아아앗!"

그의 손이 위로 움직이며 절대의 도를 날렸고, 그것은 말 그대로 번개를 가르고 있었다. 번개를 갈라 버리자 번개는 마치 자신의 생명을 다한 듯 사라져 버렸고 절대의 도는 어검술처럼 관영호의 손으로 돌아왔다. 쉴 틈 없이 그대로 낙하한 관영호가 괴물을 향해 도를 한 번 휘두르자 도강의 형태를 띠고 있던 무한역도구가 도에서 떨어져 빠른 속도로 날아가 괴물의 정수리부터 시작하여 회음부까지 반으로 정확히 갈라 버리고는 다시 회선하여 절대의 도로 돌아가 방금 전의 형태로 되었다.

"크아아아!"

괴물은 고통에 겨운 비명을 지르다 어느 순간 팍 소리와 함께 터져 버렸다. 몇 개의 눈의 잔해가 바닥을 뒹굴고 있어 참혹한 광경을 보여

주었다. 땅에 가볍게 착지한 관영호는 자신을 멍하게 바라보고 있는
냉미요에게 다가가 그녀의 목에 칼을 겨누었다.

"처지가 바뀌었군."

이상하게도 얼굴을 붉히며 고개를 돌려 버린 그녀는 두 눈을 질끈
감고 간신히 말했다.

"마, 마음대로… 하세요……."

또다시 경어체로 바뀐 것에 잠시 의아해한 그지만 일단 그녀를 점혈
수법으로 움직이지 못하게 만든 뒤 그녀의 부하들에게 다가가 일일이
점혈하였다. 부하들 중 누구도 그에게 반항하지 않고 고스란히 그의
점혈수법을 받았다. 어느 누가 번개마저 가른 자에게 대항하겠는가!

다 끝난 후 관영호는 앉아 있는 유아빈에게 다가가 그녀를 일으켜
세워주었다. 자신을 멍하게 보고 있는 표정에 피식 하고 웃은 그는 그
녀의 볼을 가볍게 토닥이며 말했다.

"뭘 그렇게 보느냐?"

"…오빠 사람이 아니에요."

"응?"

"누가 번개에 맞서서 그것을 소멸시킬 수 있겠어요?"

"하하!"

"정말 대단했어요. 고마워요, 오빠."

그녀는 그의 팔에 기대며 푸근한 미소를 지었다. 그런 그녀의 머리
를 가볍게 쓰다듬은 관영호는 절대의 도와 냉미요를 번갈아 보더니 말
했다.

"본 주인에게 돌려줘야겠군."

그는 그녀에게 걸어가 도를 도집에 꽂았다.

“고마워요……..”

그녀가 작은 목소리로 수줍게 말하자 관영호는 피식 웃으며 말했다.

“갑자기 말투가 바뀐 것은 왜 그런 것이오? 아무튼 이제 싸우거나 거짓말할 의욕은 없어 보이니 다행이군.”

“꺄악!”

“아니!”

갑자기 몇몇의 놀람에 찬 소리가 터져 나오자 그는 급히 신형을 돌렸다. 놀랍게도 시체의 잔해 중에서 눈 하나가 피를 흘리면서 공중에 떠 있었던 것이다. 그 눈은 자전을 하면서 서서히 사악한 기운을 흘리기 시작했다.

“끈질기군.”

관영호는 별 놀람 없이 그것을 보며 다시 힘을 끌어올렸다. 그 눈의 눈동자가 돌연 위로 올라가는 순간,

“꽤나 끈질긴 눈알이군. 물컹한 것이. 큭큭큭큭!”

어디선가 갑자기 목소리가 들려왔다. 나지막하면서도 긴 그의 웃음은 신기하게도 놀라운 흡인력이 있어 중인들의 시선을 끌기에 충분했다.

동로가 시작되는 입구 왼쪽의 나뭇가지 위에 한 사내가 유유히 서 있었다. 이십 중반 정도의 젊은 나이로 보이는 그 사내는 제법 준수하게 보였지만 이를 드러내며 웃는 그의 모습은 사악하게 보여 준수함을 가리고 있었다.

“키엑!”

그 사내가 잔인한 미소를 지으며 한 손을 내밀자 눈은 괴상한 소리를 내며 일그러지기 시작했다. 그의 손가락이 조금씩 구부러지자 구체

형태의 눈도 점점 쭈그러들었으며 이내 피를 사방에 쏟으며 터져 버렸다.

"크크크! 좀 끈질기군."

그는 손을 내리며 기이하게 웃었다. 잔인한 장면에 눈살을 찌푸리던 사람들은 한편으론 그의 사악한 웃음과 가공할 무공을 경계하게 되었다.

"아까 번개를 공격하여 가른 모습은 꽤 인상적이었어. 꽤 늘었는데? 이제 현무태와 싸워도 어느 정도 견디겠어."

"현무태?"

"……!"

관영호와 유아빈은 잠시 서로를 바라보다 다시 사내를 보았다. 그는 관영호와 유아빈을 번갈아 보다가 씨익 웃으며 자신의 손으로 얼굴을 쓰다듬으며 말했다.

"아아, 그새 잊었나? 그때는 계속하여 얼굴을 변화시키고 있었지. 지금 얼굴도 본모습은 아니지만 꽤 준수한 얼굴이지 않나? 괜찮아 보이는가? 크하하하!!"

"ㄱ때 ㄱ 다변인(多變人)이에요, 오빼!"

"……."

관영호는 침중한 표정으로 그를 보다가 냉미요의 혈을 풀어줬고, 이어서 내력을 이용해 멀리 있던 그녀의 부하들도 혈을 풀어주었다.

"이장로, 지금 당장 사람들을 이끌고 대피시키시오. 저기 쓰러져 있는 대장로도 마찬가지."

"알겠습니다."

사내의 등장에 상황이 심각해졌음을 느낀 이장로는 아무런 이의도

달지 않고 싸움의 여파에 의해 정신을 잃은 대장로에게 다가가 그를 업고 왔다.

"당신도 어서 부하들을 이끌고 피하시오. 죄 같은 건 묻지 않겠으니 마음껏 가도 좋소."

냉미요는 그의 말을 듣고는 자리에서 일어나더니 단호히 고개를 저으며 말했다.

"저는 가지 않겠어요."

"……?"

"저의 낭군 되시는 분 옆을 지키겠습니다."

"지금 그런 말은 아무런 도움이 되지 않음을 알 텐데?"

"저는 농담이 아닙니다."

"큭큭큭, 농담이 아니라는데? 그럼 마음대로 하라고 하라구. 여인의 사랑을 받으니 아주 좋겠군."

그의 말이 끝나는 순간 놀랍게도 그의 신형은 어느새 관영호의 삼 장 앞에 서 있었다. 마치 원래 그곳에 있었다는 듯 서 있는 그의 신형은 마치 유령의 움직임 그 이상이었다.

"아니!"

"저럴 수가!"

그의 움직임을 처음 본 겁황천의 사람들은 경악성을 낼 수밖에 없었다.

"큭큭큭큭! 혹시 겁황천 전체를 싸그리 옮겼으면 어쩌나 하고 걱정했는데 다행히도 있더라구. 멍청한 놈들, 초인천의 소식을 들었으면 빨리 도망이나 갈 것이지."

"……."

관영호는 두 걸음 앞으로 걸어나가 그와 마주 섰다.

"이장로, 어서 가시오."

"예, 알겠습니다."

"난 안 가요!"

유아빈은 단호하게 거절했다.

"죽어도 오빠와 함께 죽고 싶어요!"

"저도 가지 않겠어요!"

유아빈의 간절한 눈빛과 서문설의 단호하면서도 고집있는 표정을 본 관영호는 어쩔 수 없이 고개를 끄덕였다.

"걱정 말거라, 쉽게 죽진 않을 테니."

"아아, 물론 쉽게 죽으면 아쉽지."

사내는 사악한 미소를 지으며 관영호에게 말했지만 그는 아무 대꾸도 하지 않았다.

"저도 가기 싫습니다."

단소변이 유아빈의 옆에 서며 말하자 고안주도 아무 말 없이 그의 옆에 섰다. 그 두 사람은 손을 꼭 잡으며 서로를 보며 미소 지었다.

"검항천 사람은 결코 죽음을 두려워하지 않소. 천주께서 벌을 내리신다 해도 어쩔 수 없다오."

삼장로 역시 웃으며 가는 것을 거부했다.

"저도 가지 않겠습니다."

황태미도 삼장로의 옆으로 와 섰다. 이렇게 하나둘 거부하더니 결국 모두가 남게 되어버렸다. 쓴웃음을 지으며 그 모습을 보던 관영호는 어쩔 수 없다는 듯 고개를 젓고는 사내를 다시 보았다.

"다 끝났는가? 눈물겨운 장면이 끝났으니… 이제 우리는 한바탕 싸움을 해야겠지?"

관영호는 조금 더 앞으로 걸어나왔다. 그때 갑자기 냉미요가 그의 팔을 잡더니 허리에서 절대의 도를 빼 그에게 건네주며 말했다.

"당신이 긴장하실 정도의 사람이면 대단히 강한 자일 거예요. 이것을 가지고 싸우세요."

관영호는 그녀의 호의를 받을까 말까 잠시 망설이다 고개를 살짝 저으며 말했다.

"고맙지만 필요가 없을 것 같소. 내가 꼭 필요할 때가 있으면 가져가겠소."

"네……."

"이제 끝났는가? 그럼 바로 시작하지. 난 네가 상상치도 못할 만큼 오래 기다렸어."

관영호는 그의 알 수 없는 말에 고개를 끄덕이며 더 앞으로 걸어나갔다.

'나의 힘에 믿음을 가지자.'

그는 믿을 수 없을 정도로 강했던 자신 앞의 이 사내에 대해 생각하며 무의 끝은 없다는 것을 새삼 확인할 수 있었다. 그 정도로 그는 강한 자였다.

그는 바로 손을 내밀어 혈영천마장을 날렸다. 예전과는 판이하게 다른 위력에 뒤에 있던 사람들은 급히 뒤로 물러났다.

콰앙!

사내에게 정면으로 적중한 장력은 엄청난 파장으로 주변을 폭풍처럼 휘감고 있었다.

'맞았지만…….'

그는 약간 인상을 굳힐 수밖에 없었다. 정면을 맞았음에도 사내는 옷깃 하나 더럽혀지지 않았던 것이다.

"큭큭큭, 꽤 맵군. 하지만 이 정도로 날 어찌할 수는 없을 거야."

그는 한 손으로 옷을 가볍게 턴 뒤 그에게 한 손을 내밀었다. 전에 서문설에게서 그에 관해 자세히 들었기 때문에 관영호는 그가 어떤 공격을 하는지 대충 알 수 있었다.

카카캉!

관영호는 뒤로 살짝 물러나며 자신이 있었던 자리에 힘을 집중시켜 작은 강기 막을 형성시켰다. 그러자 어떤 힘과 강하게 부딪치는 소리가 나며 강한 반발력을 받곤 그는 자신도 모르게 뒤로 한 발자국 물러났다.

'이런 장력을 방어할 수 있는 것인가? 싸움이 한창일 때 쓰는 이런 장력을 무방비 상태로?'

관영호는 내심 회의가 일었지만 현무태라는 창을 쓰던 그자도 가능했으니 자신도 가능할 것이라 생각했다.

"역시 상당히 늘었군. 조금 전까지만 해도 이것을 막지 못했을 것인데 지금은 놀라운 정도야. 큭큭큭, 참고로 현무태도 무한의 힘을 가졌거든? 역시 무한의 힘을 가진 놈들은 가능성에 끝이 없어. 자, 이제 본격적으로 움직여 볼까?"

관영호는 그 말에 자신이 최선을 다해야 함을 본능적으로 느낄 수가 있었다. 사내가 한 발을 앞으로 내민 순간 이미 그는 관영호의 바로 앞에 다가와 그의 단전에 손을 대고 있는 상태였다.

"하앗!"

그는 자신도 모르게 본능적으로 몸속의 힘을 폭발시키며 뒤로 물러났다. 사내가 강력한 힘에 의해 뒤로 물러나자 관영호는 지체하지 않고 무한역도구를 날렸다. 그것은 엄청난 파괴력을 뿜으며 날아가 그를 적중시켰지만 그것은 생각뿐 사내의 신형은 어느새 사라져 관영호의 뒤에서 나타나 그의 등을 향해 장을 내밀고 있었다. 그때 사내의 장심(掌心)을 향해 새로운 무한역도구가 날아가 그의 장심과 부딪치려는 순간 어떤 힘에 의해 멈추어졌고, 사내는 팔을 접어 얼굴에 가까이 가져가더니 손바닥 위의 그것을 천천히 살피기 시작했다.

"크흐흐, 정말 특이한 것이야. 웬만한 고수라도 이런 것을 맞으면 죽기 직전까지 가버리는 필살의 힘이군. 물론 나에게는 소용없겠지만."

강하게 주먹을 움켜쥐며 무한역도구를 소멸시켜 버린 그는 곧바로 관영호를 향해 장을 내밀었다.

카캉!

관영호는 좀 전과 같이 뒤로 물러나며 강기 막을 형성시켰으나 반발력이 계속 생기자 그는 멈추지 않고 계속 강기 막을 유지했다. 그때 사내의 다른 손이 관영호를 향해 내밀어졌고, 관영호는 강력한 힘에 의해 내부가 진탕되는 것을 느끼며 피를 뿜으며 뒤로 날아가 버렸다. 사내는 거기서 그치지 않고 다시 장을 내밀었다.

콰앙!

강한 폭발음과 함께 관영호는 강하게 바닥에 내동댕이쳐졌다.

"크으윽!"

관영호는 자신도 모르게 신음성을 내뱉으며 배를 움켜잡았다. 그러나 이내 놀라운 힘이 다시 솟아오르더니 혈도를 따라 운기되며 내상은 금세 고쳐지게 되었다.

"흠……."

사내는 묘한 미소를 지으며 그를 보고 있다 갑자기 관영호의 오른쪽
으로 이동하더니 그의 머리를 향해 손을 내밀었다. 관영호는 놀라운
반사 속도로 몸을 앞으로 굴렸지만 사내는 번개같이 다른 손을 내밀어
그를 잡는 시늉을 했다.

“크윽!”

관영호는 무언가에 잡혀 버린 듯 공중에 살짝 뜬 채로 멈추어 버렸
다. 관영호는 얼굴을 찌푸리며 힘을 써서 벗어나려 했지만 그를 옥죄
는 힘은 너무나 강력한지라 요지부동이었다.

“크크크……!”

사내는 손을 꿈틀거리며 삼극마안에게 했던 것처럼 서서히 관영호
를 조여갔다. 하지만 경련을 일으키며 힘겨워하는 것이 관영호의 만만
치 않은 저항을 받고 있는 것 같았다.

“하앗!”

“크웃!”

관영호은 기합성과 함께 그 힘에서 벗어나 버렸으며 일순간 사내는
강한 반발력에 뒤로 팅겨났다. 이 허점을 놓치지 않고 관영호는 무한
역도구 두 개를 양 옆으로 날렸다. 번개같이 사내의 양 옆으로 다가가
그의 몸을 훑으려 할 때 사내는 잔영만 남긴 채 사라졌고 관영호의 뒤
에서 나타나더니 장을 보이지 않는 빠르기로 여러 번 왕복하며 내질렀
다.

“크으윽!”

관영호는 온몸이 으스러질 듯한 충격에 피를 쏟으며 날아가면서도
사내를 향해 검형 강기 세 개를 시간차로 날렸다. 사내도 갑작스런 공
격을 모두 피하지 못하고 마지막 강기에 옆구리를 스치고 말았다.

"큭큭! 좋았어!"

사내는 만족스런 미소를 지으며 살짝 떠 있는 몸을 천천히 지면으로 내렸다.

"허허, 기존의 무공 대결에 대한 개념을 벗어난 싸움이구나. 저런 상상을 초월한 강자들이 존재한단 말인가?!"

삼장로는 고개를 저으며 마음속에 있는 놀라움을 털어내려 했다. 다른 사람들의 내심 또한 그와 다르지 않은 듯 놀라워하는 기색이 역력했다.

관영호는 이번 공격에 꽤 심한 내상을 입었는지 쉽게 치료되지 않고 고통이 지속되는 것을 느낄 수 있었다.

'내 힘이 다해간다. 이번이 마지막일지도……'

관영호는 필살의 생각으로 내공을 일으킨 뒤 그를 향해 '무의' 를 시전했다.

"큭큭, 미약하지만 알고 있다는 것으로도 대단하다."

사내는 자신을 조여오는 느낌을 벗어나 그의 뒤에 나타나 장을 펼쳤다.

너무나 쉽게 파훼된 것도 모자라 어느새 공격을 당한 관영호는 다시 피를 토했지만 쓰러지지 않고 그를 향해 무한역도구를 날렸다. 그가 가볍게 피하는 순간 관영호의 몸에서 엄청난 수의 무한역도구가 사방으로 뻗어나갔다.

"크하하!"

사내는 의미를 알 수 없는 광소를 터뜨리며 자신을 향해 날아오는 여러 개의 무한역도구를 장을 내밀어 일부 소멸시킨 다음 그 틈으로 순식간에 관영호의 앞으로 다가갔다. 하지만 관영호는 미리 예상한 듯 사방으로 날아가던 무한역도구들이 순식간에 회선을 하여 사내에게 날아갔고, 관영호의 손에서 다시 십여 개의 무한역도구가 쏟아져 나갔다.

수많은 무한역도구들이 한 사람에게 쏟아지는 모습은 붉은 별똥별이 쏟아지는 듯 숨 막힐 정도의 장관이었다.

무한역도구들이 스치는 순간 사내는 어느새 관영호의 머리 위에 나타났으며 그의 머리를 향해 장을 내밀었다. 관영호는 내상으로 전신의 감각이 무뎌져 그의 움직임을 읽지 못했으나 앞에 사내가 갑자기 사라진 것에 자신도 모르게 몸을 주춤거렸고 덕분에 운이 좋았는지 사내의 장은 머리가 아니라 어깨를 적중시켰다.

"크윽!"

관영호는 왼쪽 어깨가 부서졌음을 느끼며 자리에 주저앉아 버렸다.

"큭!"

사내 또한 공중에서 몸을 회전시켜 바닥에 착지하다 무릎을 꿇었다. 완전히 피하지 못하고 무한역도구 몇 개가 오른 다리를 스친 것이다. 그가 무릎을 꿇은 순간 움직임이 불가능하다 생각될 정도로 심각한 부상을 입은 관영호가 몸을 벌떡 일으켜졌다.

파지지직!!

그의 손에는 무한역도구가 모여 도형(刀形)을 띤 채 공기마저 파괴시킬 듯 무시무시한 기운을 뿜어내고 있었다.

눈에 보이지 않을 정도의 빠른 속도로 사내의 머리를 벤 순간 사내의 신형은 사라져 이 장 뒤에 나타나 서 있었다. 그가 있던 자리에 도형의 무한역도구가 스치자 대기가 찢어지는 듯한 소리와 함께 주위의 공기가 심하게 요동쳤다.

우우우웅!

자신의 공격이 무위로 돌아간 순간 관영호는 또다시 피를 쏟으며 뒤로 날아갔다. 어느새 사내가 장을 내밀어 공격한 것이다.

"오빠!"

"정랑!"

바닥에 떨어져 무참히 나뒹군 그의 곁으로 유아빈과 냉미요가 다가왔다. 관영호는 이미 정신을 잃은 상태였다.

"크크크크크!"

사내의 조용한 웃음소리가 장내를 뒤덮었다. 그 웃음엔 뭐라고 설명하기 힘든 복잡한 감정이 섞여 있음을 그 누가 알까?

"아!"

사내의 배에서 피가 흘러내리고 있는 것을 본 누군가가 탄성을 내뱉었다. 놀랍게도 그의 갈라진 배가 순식간에 아물어 버리자 이를 보던 중인들은 할 말을 잃고 말았다. 방금 전 관영호가 시전한 무공은 대자연의 하나인 번개마저 갈라 버리는 힘을 지니고 있었는데 그것에 적중된 사내의 배가 무엇으로 만들어졌는지 괴물처럼 순식간에 재생이 되고 있었기 때문이다.

"저럴 수가……!"

"흠, 많이 는 것은 확실하지만… 여전히 실망이군. 큭큭큭큭!"

냉미요가 싸늘한 눈빛을 흘리며 절대의 도를 꺼내 검첨을 자신의 눈높이와 맞추고 몸의 중심을 살짝 뒤로 옮기는 기수식을 취했다.

"크하하하하! 넌 그 칼을 믿고 그러는 것이냐? 좋아, 너의 쾌도술(快刀術)을 어디 견식해 보지."

냉미요는 사내가 자신이 쾌도술을 펼치려는 것을 알고 있는 것에 놀랐지만 지체없이 쾌도술을 발동했다.

그녀의 속도는 거의 사내의 움직임과 흡사할 정도로 빨랐다. 거기에다 긴 길이의 절대의 도를 찌르기의 형태로 쥐고 있었으니 둘 사이의 격차는 움직임보다 더욱 빨리 좁혀진 것이나 마찬가지였다.

팍!

하지만 그 도는 기묘한 소리와 함께 멈추어져 버렸다.

"아! 이럴… 수가……?"

놀랍게도 절대의 도는 사내의 장심에 닿은 채 멈춰 있었던 것이다. 사내의 장심은 도끝에 의해 살짝 함몰되어 있었지만 피 한 방울조차 흘리지 않았다.

"조금 따갑군."

"아악!"

냉미요는 무언가에 감전된 듯 비명을 지르며 잠시 경련을 일으키다 자리에 주저앉아 버리고 말았다. 그의 압도적인 힘과 분위기에 장내의 사람들은 아무 말도 하지 못한 채 마치 그의 처분만 기다리듯 망연히 그를 보고 있을 뿐이었다.

"큭큭큭, 배가 짜릿하군. 아직도 마비감이 있어."

그는 가볍게 배를 쓰다듬으며 정신을 잃은 관영호를 보고 비소 지었다.

"아직이야, 아직. 크크크크!"

그는 긴 웃음소리를 남기고는 갑자기 사라져 버렸다.

"아……!"

사람들은 시선을 이리저리 돌리며 그를 찾았지만 그의 웃음소리의 여운이 끝나고 나자 그에 대한 아무런 흔적도 남지 않게 되었다. 사람들의 시선은 다시 관영호에게로 집중되며 하나둘 그에게 모이기 시작했다.

"흥! 뭐야?! 오빠! 완전 여자 천국이잖아요! 좋겠네~ 여자들한테 둘러싸이고 말예요!"

유아빈의 심술 섞인 투정은 흔들의자에 앉아 있는 관영호에게로 쏟아졌지만 그는 아무 말도 하지 못하고 쓴웃음만 지을 뿐이었다.

"무슨 말이라도 해봐요! 한 남자 집에 여자 셋이 뭐예요?"

"미안하구나. 막무가내로 따라오니 나도 어쩔 수가 없었단다."

"흥! 의외로 우유부단한 오빠! 저 여우, 반드시 쫓아낼 거예요!"

"어머, 유 동생, 무슨 말이지? 나보고 한 말 같은데?"

훤칠한 키에 늘씬한 몸매로 눈에 확 띄는 미녀 냉미요는 문을 열고 나오며 능청을 떨었다. 전처럼 갑옷을 입지 않고 간편한 차림의 자색 평상복을 입고 있었지만 그 속에 여전히 무적의 갑옷이 착용되어 있다는 것을 관영호와 유아빈은 잘 알고 있었다.

손에 쟁반을 들고 있던 그녀는 그 위에 놓인 찻잔을 들고는 관영호 곁에서 무릎을 꿇고 그에게 건넸다.

"차 드세요."

"…고맙소."

그는 떨떠름한 표정으로 그녀가 건네준 차를 받았다. 자리에서 일어난 그녀는 화난 표정을 짓고 있는 유아빈에게도 찻잔을 건넸다.

"동생도 마셔봐."

"흥!"

유아빈은 마지못한 듯 그녀가 주는 찻잔을 받아 한 모금 들이켰다.

"어머, 맛있어요!"

유아빈은 깜짝 놀라며 냉미요를 쳐다보았다. 냉미요는 웃으며 말했다.

"동영의 귀족들이 마시는 음료야."

"그, 그렇구나."

유아빈은 기분이 이상한지 어색한 표정으로 찻잔을 보았다.

"그럼 마시고 있어. 더 달여놓을 테니까."

그녀가 몸을 돌리자 문가에서 재미있다는 듯 웃고 서 있던 서문설이 급히 문 안으로 들어갔다.

"흥, 그래도 쫓아낼 거야."

"아빈이 그렇다면 그런 거지. 하하!!"

관영호가 놀리자 그녀는 눈을 흘기며 그를 보다가 뭔가 생각난 듯 그의 옆에 앉으며 물었다.

"참, 그 다변인, 왜 그냥 갔을까요?"

"글쎄다. 그것만은 나도 알 수 없구나."

"그리고 그 삼극마안 말예요, 왜 하필 대사형께 날아갔죠?"

그녀의 표정은 약간 시무룩해져 있었다. 자신의 사형이 그런 비극을 당한 것에 대한 슬픔이 유아빈의 마음에 아직 남아 있는 무양이었다

"아마 그 힘을 원하는 마음을 가진 자에게 갔을 것이다. 광무인이 그 힘을 얻었으니 자신도 충분히 얻을 수 있다고 생각했던 것이겠지."

"응? 오빠는 그것을 어떻게 알아요?"

"하하, 비밀이란다."

"치, 그런 게 어디 있어요."

"후후, 추측이라 생각하거라. 하지만 사람이 어떻게 다른 사람의 마음을 정확하게 알 수 있겠느냐."

“…….”

그녀는 고개를 살짝 끄덕이고는 머리를 그의 팔에 기대었다.

“육사저는 잘할 수 있겠죠?”

“그럴 거다. 훗날 후인들은 더욱 강성해진 겁황천을 볼 수 있을 거야.”

“네…….”

석양 무렵의 태양이 그들의 눈에 비춰지고 있었다.

“아름다워요…….”

이 순간만은 모든 것을 잊고 있는 둘이었다. 끝없이 멀리 있는 사구 끝에 걸린 태양은 물결처럼 알 수 없는 곳을 향해 흘러내리고 있었다.

“항상 이런 장면을 볼 수 있는 날만 왔으면 좋겠어요.”

“…….”

대자연의 장관. 그 숨 막히는 광경 속에 석양과 하나가 되어버린 듯한 두 사람과 집. 끝없는 사막의 고요는 두 사람이 이루고 있는 절대적인 아름다운에 할 말을 잃었기 때문에 그런 것일지도 모른다.

‘지금 이 순간… 잊을 수 없겠지…….’

[모월 모일. 맑음.

그 과정이야 어떻든 결국 만장일치로 겁황천을 옮기는 데 찬성하였다. 삼극마안의 일이, 그리고 마지막에 기다렸다는 듯이 나타났던 사내의 믿지 못할 힘이 그들의 생각을 바꿔놨을 것이다.

황태미는 선한 심성 때문에 냉정함과 통솔력이 떨어지긴 해도 겁황천주로서 잘해 나갈 수 있을 것이라 믿는다. 이장로와 삼장로가 그녀를 잘 보필해 줄 것이다.

　아빈의 아버지와 처음 대면했을 때 서로 어색함에 별말은 못했지만 좋은 사람임은 분명했다. 어쩌면 다신 못 볼지도 모르는 자신의 딸을 웃으며 보내준 그가 고맙기도 했고 한편으로는 미안하기도 했다.

　냉미요라는 이름의 여인이 보태어지기는 했지만 나의 일상은 여전히 그대로임에 감사한다. 이곳에서는 겁황천의 일도, 다변인의 두려울 만큼 강력한 힘도 모두 잊을 수 있다.

　냉미요는 매우 잔인하면서도 지략, 모략이 뛰어나며 결단력 또한 뛰어난 보기 드문 여인이었는데 왜 날 따라왔는지 이해가 되지 않는다. 그녀 말로는 자신의 절대의 도를 쥔 남자에게 자신의 모든 것을 맡기기로 천명했기 때문에 그랬다고 하지만 여전히 이해가 되지 않는다.

　그러나 그녀의 행동은 하나하나가 진심인 것 같아 조금은 혼란스럽다. 시간을 두고 지켜보면 그 진위야 저절로 알게 될 것이니 크게 마음 쓸 필요는 없을 것이다.

　이제 쉬면서 마음의 안정을 되찾아야겠다. 오랜 시간 사막을 지켜보며 세파에 찌든 내 마음을 씻을 것이다. 모든 것은 흐름에 맡긴다.]

◆제5장 ◆ 슬픈 결심

일 년 전, 사라성.

"…모든 조사를 백리 사매에게 맡기는 것이 미안할 뿐이오."

"하지만 백리 사매만큼 이런 일에 적격인 사람도 없어요."

임사우와 호사란은 자신들의 방에서 굳은 표정으로 이야기를 나누고 있었다.

사라성주가 출관한 지 두 달이 지나 있었다. 무슨 이유인지 사라성주는 자신의 딸들마저 방문을 허락하지 않고 자신의 거처에서 두문불출이었다. 그 이후로 이상한 소문이 퍼져 나가기 시작했다. 사라성주의 거처로 매일 여인들의 출입이 있다는 것이었다. 심지어는 들어가서 나오지 않는 여인도 있다는 소문도 있었다.

"그런 소문… 전 믿지 않아요. 분명 누군가의 교란책일 것입니다. 회골림의 첩자들이 은밀히 활동하고 있는 것일 거예요."

　호사란의 단호한 표정에 임사우도 미소를 지으며 고개를 끄덕였다.

　"나도 그렇게 생각하오. 그것보다 세 분 장로의 실종이 더욱 문제요. 그것과 성주님의 은거가 어떤 관계가 있는지를 알아내야 하오. 성주님이 어서 나타나셔야 우리 사라성이 본격적인 활동을 할 수 있는데 성주님께서는 도통 모습을 보이지 않으시니 사기 측면에서도 매우 심각하오. 그리고 혹자는 성주님의 거처에서 지독한 마기가 충천하고 있다 하며 어떤 자는 여인의 음탕한 교성이 울려 퍼진다는 등 온갖 해괴망측한 소문이 퍼지고 있으니 이를 종식시키고 또한 장로의 행방을 찾기 위해서 수치스럽고 수고스럽지만 조사를 해야 될 것 같소."

　세 장로는 사라성주가 폐관 수련할 장소에서 성주의 호위 겸 자신들의 수련을 겸하기 위해 같이 폐관한 상태였다.

　사라성주의 폐관이 끝난 후 본래라면 그들이 속해 있는 성주 직속 기관인 십헌비로 돌아가야 했지만 그들은 그러지 않았다. 만약 어디를 간다면 반드시 행선지를 밝혀야 하는 것이 규칙인데 그런 것도 없었다. 그랬기에 사라성에서는 세 사람을 잠정적으로 실종 처리를 한 것이다.

　그 세 사람이 사라졌다는 것은 사라성 자체의 큰 전력 손실이었다. 그들이 십장로 중 다섯 손가락 안에 들어가는 강자인 것뿐만 아니라 그들이 각각 거느리던 개인적인 세력 또한 다른 장로들에 비해 상당했던 것이다.

　그들이 사라졌다는 소문은 금세 퍼져 버렸으며 사라성 내는 꽤나 큰 혼란이 일어나게 되었다. 특히 그 세 명의 직계 존속들의 문제는 더욱 심각했다. 그들의 입에서 온갖 억측과 원망이 터져 나왔으며 일전(一殿) 소속 사람들은 그들을 진정시키느라 진땀을 뺄 수밖에 없었다.

　그들은 성주의 직접적인 회답을 원했지만 성주는 두문불출이었기에 더욱 그들의 반발을 살 수밖에 없었다.

"당신의 말이 맞아요. 우리 사라성을 위해서라도 빨리 시작해야겠죠? 백리 사매에겐 미안하지만 그녀도 사라성을 위해서라면 기꺼이 승낙할 것입니다."

"별일은 없을 것이오."

임사우는 걱정 말라는 듯 푸근히 웃으며 그녀를 안심시켰다.

"네."

그녀의 다소곳한 대답에 두 사람의 얼굴에 똑같이 따뜻한 미소가 서렸다.

두 달 후.

자련소(紫蓮所)는 혈미소(血眉笑) 백리경이 일을 할 때 사용하는 거처였다. 그녀의 남달리 뛰어난 지식과 지혜는 사라성 내에서도 정평이 나 있어 성주의 직속 제자임에도 일이 제법 많았고 그만큼 사라성에서 그녀의 인지도와 위치는 컸다.

자련소 안의 사무용 탁자에 앉아 있는 그녀의 표정은 매우 심각하게 굳어 있었다. 그녀의 손에 들려 있는 보고서가 미미하게 떨리는 것이 그녀의 심정을 대변하고 있었다.

"대체… 왜? 사부님이 정말 이런……."

그녀는 자신이 보고서를 써놓고도 믿기지 않는 눈치였다. 회의, 당혹, 경악, 슬픔, 분노 등이 보고서를 보는 그녀의 눈에 담겨 있었다.

그녀는 창백한 얼굴로 깊은 한숨을 내쉬며 고개를 저었다. 이어 신경질적으로 보고서를 구기고선 두 손으로 얼굴을 감싸 쥐었다.

"어떻게… 어떻게 그럴 수가 있지? 이럴 순 없어!"

그녀가 손에 분노를 담은 채 탁자를 내려치자 탁자는 그 충격을 견디지 못하고 산산조각나 버리고 말았다. 자리에서 일어나 거친 숨을 내쉬고 있는 그녀의 눈에 눈물이 그렁그렁한 것이 자칫하면 스스로 화를 이기지 못해 폭발할 기세였다.

한참을 씩씩거리던 그녀는 얼마 지나지 않아 특유의 냉철한 이지로 냉정을 되찾고 눈물을 닦으며 자리에 다시 앉았다.

"배신……."

알 수 없는 말을 중얼거리던 그녀는 구겨진 채 바닥을 뒹굴고 있는 보고서를 주워 펼치더니 다시 읽었다. 그리고는 입술을 꼭 깨물더니 삼매진화를 일으켜 보고서를 태운 후 병풍 쪽의 작은 탁자에 있는 지필묵을 이용해 무언가를 적기 시작했다.

"……."

누가 근처에 와도 모를 만큼 적는 것에 집중하던 그녀는 반 다경이 지나자 다 썼는지 붓을 놓은 후 종이를 몇 번 접어 봉투에 넣었다. 그리곤 그것을 가만히 바라보던 그녀는 곧 사람을 불렀다.

일각이 지나자 한 여인이 들어왔다. 화려한 꽃처럼 화사한 외모를 가진 그녀는 바로 모용규영이었다. 이곳에 남아 사라성의 일을 하며 지내고 있는 그녀였다.

시간이 지남에 따라 일취월장하는 그녀의 무공과 타인을 매혹시킬 듯한 그녀의 외모로 그 명성이 사라성에서 무림으로까지 퍼져 나가고 있음을 모르는 사람이 없었다.

밝은 표정의 그녀는 백리경의 표정이 살짝 굳어 있는 것을 보고는 걱정스런 표정으로 말했다.

"경, 무슨 일 있는 거야?"

　두 사람은 서로 비슷한 성격으로 이미 매우 절친한 사이가 되어 있었다. 그런 둘이었기에 모용군영은 백리경의 표정에서 무슨 일이 일어났음을 쉽게 느낄 수 있었던 것이다. 부서져 있는 탁자는 그녀의 생각에 확신을 더해주었다.

　"…지금 내가 믿을 수 있는 사람은 군영 너뿐이야."

　백리경의 담담한 말에서 모용군영은 진심을 느낄 수 있었으며 절실함 또한 느낄 수 있었다. 그랬기에 무슨 일인지에 대한 궁금증과 불안감이 더해졌다.

　백리경은 그녀에게 조금 전 쓴 봉투를 건네주었다.

　"지금은 열어보지 마. 절대 열지 마. 지금 내가 어떻게 해야 할지 모르겠어. 하지만……."

　그녀는 고개를 저으며 한숨을 쉬었다. 그런 그녀의 손을 살포시 잡은 모용군영은 손등을 쓰다듬으며 이야기했다.

　"무슨 일인지는 모르지만… 나도 널 믿어. 그러니 네가 하고 있는 일, 믿는 대로, 네가 옳다고 생각하는 방식대로 해. 내가 도와줄 일이 있으면 도와줄게."

　"내가 준 그 서찰, 만약 내가 실종되었다고 판단되면 다섯 달 후에 호 사저한테 전해줘. 부탁이니 그전에는 절대 읽으면 안 돼. 절대로!"

　"경아……."

　모용군영은 자신의 입에서 스스로 실종이란 말을 쓴 것에 놀란 눈으로 그녀를 쳐다보았지만 백리경의 표정은 어느새 예전과 같이 돌아와 있었다.

　"걱정 마, 어디까지나 만약이니까. 그리고 절대 날 만난 사실은 누구에게도 말하면 안 돼."

“알았어, 네가 말한 대로 할게.”

“……..”

“조심해.”

“걱정 마.”

백리경의 얼굴을 잠시 바라보던 그녀는 무언가 더 말하고 싶은 표정이었지만 이내 고개를 살짝 저으며 품에 서찰을 넣은 뒤 아무 말 없이 문을 열고 나갔다.

“확인해야 돼, 내 두 눈으로. 난 감(感)을 믿지 않지만 이번엔……. 그리고 호 사저에게 줄 다른 서신도 써야겠어. 훗날 있을지도 모를 끔찍한 사태에 대비해서.”

그녀는 곧 침묵하며 한참을 아무 말 없이 그렇게 서 있었다.

임사우, 호사란, 모용군영, 소한천, 소류연은 기다란 탁자가 놓여 있는 제법 큰 방의 중앙에 각각 앉아 있었다. 현 성주의 대리인인 임사우가 업무를 보고 회의를 하는 장소인 이곳 방 안의 분위기는 매우 가라앉아 있었다.

“이런 일은 처음이오. 그녀가 우리에게 서찰을 보낸 이후 넉 달이 지나도록 백리 사매는 소식이 없소.”

“대체 무엇 때문이죠? 백리 소저가 맡은 일이 그렇게 위험한 것이었나요?”

소류연이 얼굴을 찌푸리며 묻자 임사우가 고개를 저었다.

“모르겠소. 난 실종 사건에 대해서 조사를 부탁했소. 그리고 실종과 성주님의 은둔이 어떤 관계가 있나 하는 것도 말이오.”

“음……..”

성주란 말이 나오자 그를 제외한 네 사람의 안색이 다시 굳어졌다.

"성주님과 관련된 조사는 위험하지 않습니까?"

"하지만 그 당시엔 그런 위험은 없었던 것으로 짐작되오."

소한천의 반문에 임사우는 해명했다.

"그녀가 남긴 서찰대로 우리는 일을 진척시켜 왔어요. 하지만 우리는 아직도 그 이유를 모른 채 일을 하고 있는 실정입니다. 사라성에는 비밀로 한 채 말이에요. 만약 이 일이 탄로난다면……."

"……."

"……."

호사란의 말에 네 사람은 그 확연한 결과를 알고 있었기에 아무 말도 하지 못했다.

"설령 성주님의 딸인 나라고 할지라도 사라성의 법은 피해갈 수 없을 거예요."

성주가 출관한 지 여섯 달이 지난 지금 사라성 내부의 상태는 매우 심각했다. 두문불출하던 사라성주는 출관한 지 넉 달 만에 모습을 드러냈다. 그때 그를 본 사람들은 백이면 백 모두 경악할 수밖에 없었다. 오십 세에 육박했던 나이의 그의 외모가 갑자기 이십대 초반의 젊은이로 돌아와 있었기 때문이다.

모두가 그의 성취를 축하하기에 바빴다. 그의 두 딸도 떨떠름하긴 했지만 엄청난 대공을 이룬 아버지에게 큰 축하를 해주었다. 사십대의 나이에 반로환동의 경지를 이룬 것은 실로 그 사례가 없는 일이었던 것이다. 하지만 바뀐 것은 그것만이 아니었다.

─천하를 일통하겠다! 이에 불복하는 자는 피의 대가를 치를 것이고

순응하여 받아들이는 자는 사라성의 위대한 대성의 일부를 차지할 수 있는 영광을 주겠다!

그의 우렁찬 일갈은 은근히 광기마저 품고 있어 모여 있던 모든 사람들의 간담을 서늘하게 했다.

그의 선언 이후 사라성은 본격적인 세력 확장에 들어갔다. 모든 무림의 군소방파에 개방되어 있던 사라성의 문은 굳게 닫혀 버렸고 사라성 주위의 모든 문파는 그의 세력으로 흡수되기 시작했다. 그에 반발하는 세력도 있었지만 결과는 참혹 그 자체였다. 직접 출정에 나선 사라성주는 믿기지 않는 가공할 무공으로 반발 세력들을 잔인하게 학살했던 것이다.

어느 날 출정에 함께했던 무인 하나가 한 말은 사라성 내의 사람들에게 충격을 주기에 충분했다.

—그동안 알고 있던 사라성주가 아닌 것 같았소! 인자하면서도 호탕한 모습은 사라지고 살인을 즐기고 잔인한 웃음을 짓고 있을 뿐이었소! 그리고 난 봤소! 사람이 피를 마시는 것과 여인네를 무참히 강간하는 것도! 사라성주는 폐관하여 대공은 이루었으나 필경 심마에 빠진 것이 분명하오!

비록 술에 취해 한 말이었다고는 하나 그는 얼마 지나지 않아 성주에 대해 없는 말을 만들어 사라성을 내분시키려 한다는 죄명으로 사형에 처해지고 말았다. 그러나 그의 말은 사라성 내의 사람들에게 큰 파문을 던져 준 것은 틀림없었다. 생각이 있는 자라면 그가 첩자가 아닌 이상, 그리고 환영을 보지 않은 이상 지어낸 말은 아닐 것임을 충분히 짐작할 수 있었기 때문이다. 그의 말은 사형이란 벌로 일단락되었지만 그 여파는 종잡을 수 없었다.

─위업을 이루려는 이 시점에서 나에 대해 쓸데없는 말을 하거나 조사를 하는 자는 누구를 막론하고 죽음으로 대가를 치르게 하겠다!

수뇌부의 회의에서 나온 그의 이 말은 그날부터 철저하게 지켜지고 있었다. 공포정치(恐怖政治). 그가 무공 수련을 위해 은거하기 전과 후의 판이하게 달라진 모습에 한탄을 하며 속으로 이렇게 중얼거리는 사람들이 자연 많아지게 되었다.

이렇게 두 달이 더 흐른 지금 사라성은 서서히 알게 모르게 두 부류로 나뉘고 있었다. 그의 공포정치와 천하 통일의 위업에 동참하며 충성을 다하자는 쪽과 그의 변화를 달가워하지는 않지만 사라성이 하는 일에 노골적으로 반대하지 못해 무관심해 버리는 쪽으로 분류되고 있었다. 일단 지금까지는 드러내 놓고 반대하는 세력은 없었다. 워낙 사라성주의 세력이 컸고 그의 인정사정없는 손속을 두려워했기 때문이다.

호사란은 좌중을 둘러본 후 가볍게 침을 삼키고 차를 한 모금 들이킨 후 다시 입을 열었다.

"아버지가 변한 모습에 언니와 전 안타깝기 그지없어요."

그녀의 힘없는 목소리에 좌중의 분위기는 더욱 가라앉아 버리고 말았다.

"…얼마 있지 않으면 여러분들도 아시다시피 전 배가 불러오게 될 거예요."

갑자기 그녀가 미소 지으며 임신에 대한 이야기를 하자 분위기가 그제야 조금 풀리는 듯했다.

"란매……."

임사우가 따스한 미소를 지으며 그녀의 손을 꼭 잡자 호사란도 좋은지 활짝 미소를 지었다.

"사람들 있는 데서 깨를 쏟으면 어떡해요? 손까지 잡으면서 말이에요. 그러다 입까지 맞추겠어요?"

소류연이 그녀의 성격답게 할 말 못할 말 다 하자 두 사람은 멋쩍게 웃으며 잡고 있던 손을 놓았다. 그 바람에 다섯은 모두 웃음보를 터뜨렸다.

"하하하!"

"호호호!"

"미매도 나처럼 결혼해 봐. 나처럼 되나 안 되나. 호호!"

한바탕의 웃음은 분위기를 화기애애하게 만들어 다섯 사람은 한층 편하게 이야기할 수 있게 되었다.

"백리 시매기 연락이 두절된 지 오래되었으니 그에 대한 조사가 필요할 것 같아요."

호사란의 제안에 나머지 네 사람은 타당하다는 듯 고개를 끄덕이며 수긍했다.

"소 소협, 소 소협이 이 조사를 맡아주시겠어요?"

"예, 제가 꼭 그분의 자취를 찾겠습니다."

소한천이 결연한 의지로 다짐하자 만족스러운 듯 그녀는 웃으며 고개를 끄덕였다.

“부탁드려요.”

“네.”

“우리가 비밀스럽게 외부 세력을 만드는 것은 백리 사매가 남긴 서찰 때문이기도 하지만 저는 이 세력이 언젠가는 꼭 필요할 것이라고 생각되었기 때문에 더욱 적극적이었어요.”

그녀가 임사우를 돌아보자 그는 고개를 끄덕이며 말했다.

“맞소. 지금 사라성 내부는 기묘한 갈등으로 이분되어 예전보다 약해진 실정이오. 이런 시점에서 만약 아직은 조용한 회골림이 그 끝을 알 수 없는 신비스런 힘을 노출시켜 야욕을 드러낸다면 패하기 십상이오. 비록 사라성주님의 목표로 인해 타 세력을 흡수해 가고 있어 겉으로 보기에는 방대하고 강력해 보일지도 모르나 실상을 본다면 엉성하게 뭉쳐진 실타래일 뿐임을 지자(智者)들은 충분히 예상할 것이오.”

좌중은 그의 말에 동감하듯이 미미하게 고개를 끄덕이며 경청했다.

“회골림은 어두운 곳에서 내실을 튼튼히 하고 있소. 우리 또한 그들이, 그리고 사라성조차 모르는 힘을 기르고 있소. 지금은 미약하나 다섯 달, 정도만 더 있으면 누구도 무시 못할 강한 세력이 될 것이라 확신하오.”

임사우가 담담하지만 믿음을 주는 목소리로 마지막 말을 마치자 나머지 네 사람의 표정에는 강한 자부심과 결연한 의지가 솟아오르고 있었다.

‘내가 실종되었다 판단되고 다섯 달 후…….’

모용군영은 마지막으로 백리경과 만났을 때 그녀가 자신에게 한 말을 떠올렸다. 순간 그녀의 마지막 모습이 떠올라 울적해지는 그녀였지만 마음을 다잡고 그녀가 자신에게 했던 말을 다시 떠올렸다.

‘다섯 달 후 이 서찰을 두 사람에게 보여주라고 했지?’

그녀는 아직도 자신의 품 안에 있는 서찰을 생각했다. 정말 보고 싶은 유혹에 빠진 적이 한두 번이 아니었지만 백리경이 신신당부하던 모습을 기억하며 마음을 다스리곤 했다. 다섯 달만 더 지나가면 된다. 하지만 모용군영은 그 시간이 지나기 전에 그녀가 다시 나타났으면 하는 심정이었다.

‘그녀는 이 모든 것을 알고 서찰을 보여주는 시기까지 정한 것인가?’

알 수 없는 일이었다. 백리경은 말수가 별로 없고 생각이 깊은 여인으로 묘계은밀대에서도 분석력과 추리력을 최고로 칠 정도로 그녀의 그쪽 계통의 능력은 가히 천재적이었던 것이다. 그런 측면에서 본다면 모든 것을 예측하고 자신에게 남겼을지도 모르는 일이었다.

‘그렇게 본다면 그녀가 남긴 서찰은 앞으로 할 일에 대한 방향을 제시하고 있는 것은 아닐까? 최악의 상황이 닥치고 난 후에……’

“모용 낭자, 어디 불편한 곳이 있나요? 안색이 좋지 않아 보이는군요.”

“아, 아니에요. 그냥 정이기 생각니서요.”

그녀는 애써 미소 지었다. 그녀와 백리경이 절친한 사이임을 아는 호사란은 고개를 끄덕일 뿐 더 이상 묻지 않고 좌중을 향해 말했다.

“그럼 이제 회의를 끝내죠. 자주 모이면 의심받을 수 있으니 한동안은 모이지 않겠어요. 그동안은 서신으로 소식을 주고받으며 서로의 일에 대한 정보를 주고받기로 해요.”

네 사람의 동의를 받은 후 모두는 회의처를 벗어났다.

넉 달 후.

자신의 거처에서 나오는 호미란의 안색은 그다지 좋지 않아 보였다. 그녀의 미모는 나날이 성숙한 느낌을 더해가 지금은 그 아름다움을 주체하지 못하여 폭발할 듯 위태해 보일 정도였다.

미인의 한숨은 뭇 남성들의 마음을 아프게 한다고 했던가? 지금이 바로 그 모습이었다. 중천에 뜬 태양을 잠시 바라본 그녀는 가볍게 한숨을 짓고는 걸음을 옮겼다.

확실히 그녀의 마음은 혼란 그 자체였다. 요 근래 좋지 않은 일들만 발생하였고 그 일들이 제대로 풀리지 않고 있기 때문이었다. 그중 그녀에게 가장 걱정되는 일은 바로 자신의 남편 일이었다. 사라성주, 즉 자신의 아버지가 출관한 뒤 얼마 후 자신의 남편을 불렀는데 그 이유인즉 차기 성주감으로서 좀 더 수련이 필요하기에 자신이 다시 가르치겠다는 것이다.

두 사람은 성주직에 아무런 관심이 없어 거절했음에도 불구하고 그는 극구 가르쳐야 한다며 자신의 남편을 데려가 버렸다. 결혼 당시 약속했던 말과는 다른 이야기라 다시 거절하려 했다. 하지만 이상하게도 젊어진 아버지의 눈과 미소가 왠지 섬뜩하다는 느낌을 받은 그녀는 더 이상 아무 말도 하지 못하고 물러나고 만 것이 지금까지 계속 이어져 오고 있는 것이다.

여섯 달 후면 출관할 것이라는 약속은 벌써 석 달을 넘기고 있었다. 수련이 지체되어 그런가 보다 생각할 수도 있었지만 워낙 두 사람 사이의 금슬이 좋은 탓도 었었지만 한 번 약속한 것은 대쪽같이 지키던 분이 말을 바꾼 것에 대한 알 수 없는 불안감으로 걱정이 심했다. 남편의 상황을 알아보기 위해 수차례 아버지를 만나보려 했지만 아버지는 도무지 그녀를 만나주지 않았다. 공무가 많다던가 수련 중이라던가 하는 갖가지 이유를 대며 거절하기 일쑤였다.

그렇게 석 달이란 시간이 지난 오늘도 그녀는 반은 습관적으로 아버지를 만나기 위해 가고 있는 중이었다. 당연하지만 기대감 따위는 가지고 있지 않았다. 그렇기에 그녀의 표정은 더욱 좋지 않았다.

무공의 원류가 전국시대의 색마로 너무나 유명했던 벽사혈색마(碧邪血色魔)인지라 자칫 오해를 살까 유난히 여색에 대해 엄격했던 아버지였다. 그랬던 그가 지금은 채음보양을 통해 음사(淫邪)한 무공을 익히고 있다는 소문마저 퍼져 있었다.

그녀는 걸음을 옮기며 마지막으로 보았던 아버지의 눈빛과 미소를 떠올렸다. 지금에 와서 아버지가 타인처럼 여겨지고 있는 것은 그런 소문 때문만은 아니었다. 그때 소름 끼치도록 무서웠던 눈빛과 광기 서린 미소 때문이라 생각하고 있는 그녀였다.

갖가지 상념을 떠올리던 그녀는 자신이 어느새 사라성주가 기거하는 옥룡전(玉龍殿)에 도착한 것을 알았다. 육층으로 된 거대하고 웅장한 기운을 풍기는 옥룡전은 두 눈이 휘둥그레질 정도로 넓은 연무장을 끼고 그 길이가 삼백 장을 육박하는 담장에 의해 경계 지어지고 있어 그 규모를 짐작할 수 있었다.

항상 그랬지만 성주의 딸이라는 신분이었기에 정문은 아무런 제지 없이 통과할 수 있었다. 하지만 옥룡전 안으로는 두 노인에 의해 들어갈 수가 없었다. 사악한 기운이 느껴지는 두 노인은 전신이 모두 깡말라 있었고 벽에 자신들의 키보다 두 배는 됨 직한 창을 세워놓고 서 있어 위압감을 풍기고 있었다.

비약적으로 늘어난 내공과 선천적인 두뇌로 인해 그녀의 무공은 지금 그 끝을 알 수 없을 정도로 강해져 있어 그녀는 그 두 사람이 충분히 강하다는 것을 느낄 수 있었다. 그리고 그녀는 자신의 해박하고 방대한 지식으로 두 사람이 누구인지도 알고 있었다.

"아버지를 뵈러 왔어요. 오늘은 되겠어요?"

그녀가 여태껏 한 것처럼 두 사람에게 물었다. 그러면 보통 이유를 대며 안 된다고 대답을 했었는데 오늘은 달랐다. 왼쪽에 있는 검고 긴 수염을 기른 노인이 말했다.

"잠시 기다려 보시오."

이 말을 하고 그 노인은 문을 열고 안으로 들어갔다.

"……!"

평소와는 다른 반응에 그녀는 놀랐고, 이내 가슴이 뛰기 시작했다. 혹시나 하는 기대감이 생긴 것이다. 아버지를 만나봤자 할 수 있는 건 남편의 상황과 언제 수련이 끝나는지에 대해 물어보는 것뿐이었지만 석 달간 남편의 소식에 목말라 있던 그녀에겐 그것으로도 충분했다.

"들어가도 좋소."

"……!"

다시 밖으로 나온 노인이 말하자 벅차오른 감정을 조절한 뒤 그녀는 문을 열고 안으로 들어갔다. 층이 오를수록 작아지는 형태로 되어 있는 옥룡전이라 가장 규모가 큰 일층엔 오십여 명은 족히 앉을 수 있는 긴 탁자가 전내(殿內) 가운데에 놓여 있었다. 방의 끝에는 이층으로 올라가는 계단이 있었는데 그 입구에 한 여인이 서 있었다.

호미란이 다가가자 그녀는 기다렸다는 듯 허리를 숙여 보이고는 아무 말 없이 계단을 올라갔다. 육층에 자신의 아버지가 기거하는 것을 아는 그녀는 올라가는 여인을 따라 계단을 밟았다. 이층부터 사층까지 올라가는 데 각 층마다 아무도 없어 매우 조용했다. 옛날의 모습과는 너무 달라진 옥룡전 내부에 그녀는 혹시 사람들이 은신해 있는가 싶어 기척을 감지해 보았지만 아무것도 느껴지지 않았다.

'그게 더 이상해……'

오층으로 올라간 순간 그녀의 표정은 바로 굳어지고 말았다. 곳곳에 숨어 있는 무사들의 기척 때문이 아니었다. 바로 육층에서 간간이 들려오는 여인의 신음 소리 때문이었다. 육층으로 올라가는 계단까지 안내한 그녀는 오른쪽으로 비켜서더니 허리를 살짝 숙인 채 가만히 있었다. 자신만 올라가라는 의미인 것을 안 호미란은 걸음을 옮겨 계단을 올라갔다.

'음?'

계단을 밟는 순간 그녀는 잠시 멈칫했다. 은근한 희열을 띤 여인의 소리가 순간 고통스런 비명으로 바뀌더니 잠시 후엔 아무런 소리도 들리지 않았기 때문이다. 불안한 감정이 조금씩 싹트기 시작했지만 그녀는 내색하지 않고 계단을 올라 육층으로 들어갔다.

사치스런 물품들로 방 안을 장식한 육층은 전체적으로 붉은 느낌이 들었었다. 결혼을 해 여인의 길을 들어선 지 오래된 그녀는 이 음사한 느낌들에 순간 두근거렸지만 이내 눈살을 찌푸리며 가슴을 진정시켰다.

붉은 휘장에 의해 가려진 침상에 세 사람의 인영이 보였다. 한 사람은 남자고 두 사람은 여자임을 파악한 그녀는 이내 그 사내가 바로 자신의 아버지임을 알 수 있었다. 표정이 굳은 호미란은 어색한 목소리로 말했다.

"아버지, 제가 있으니 웬만하면 여인들은 물리시는 것이……."

“하하하, 괜찮다. 신경 쓰지 않아도 된단다.”

젊고 낭랑한 목소리에 이질감을 느낀 호미란은 순간 온몸이 굳는 것을 느끼며 말까지 더듬거렸다.

“다, 당신은 누구죠?”

“이런, 그새 아버지의 목소리를 잊었느냐?”

그는 그렇게 말하며 붉은 휘장을 돌아 그녀에게 모습을 보였다.

“흡!”

그녀는 순간 너무나 놀라 두 눈을 크게 뜬 채 손으로 입을 막아버렸다. 그녀의 앞에는 이십 초반의 젊은 사내가 있었는데 얼굴 선이 매우 부드럽고 이목구비가 수려한 것이 대단한 미청년이었다. 그는 금색 비단으로 벗은 몸을 둘러 나체를 가리고 있었다.

“아, 아버지?”

그녀는 예전에 한 번 보았던 모습보다 훨씬 젊어지고 아름다워진 그의 모습에 할 말을 잃고 말았다.

“하하하, 너무 젊어져서 놀랐나 보구나.”

그는 그녀를 보며 기이한 미소를 지었다. 그 미소가 왠지 섬뜩하다고 느낀 그녀는 자신도 모르게 온몸을 부르르 떨고 말았다.

‘아버지가… 맞는 것 같은데……. 아냐! 아니야!’

그녀는 불신의 빛을 띤 채 그를 보았다.

“왜 그러느냐, 미란아? 오랜만에 본 아비에게 인사조차 안 하니 섭섭하구나. 하하하하!”

“…아버지가… 맞나요?”

“그럼 누가 아버지겠느냐? 아비의 내공이 한계를 초월해 너무 젊어진 것뿐이란다.”

“예······.”

그녀는 너무나 강하게 느껴지는 이질감에 혼란스러웠다. 머리는 자신의 아버지가 맞다고 하는데 마음으로는 아니라고 하고 있어 그 혼란은 더욱 가중되었다.

“그동안 아비가 바빠서 만나주지를 못했구나. 공무와 수행을 동시에 하다 보니 시간이 나질 않았단다. 하지만 오늘 마침 마지막 수련을 위해 널 볼 일도 있고 해서 겸사겸사 널 들인 것이다.”

“네?”

호미란은 그의 영문을 알 수 없는 말에 의아한 표정을 지었다. 그 표정을 본 사라성주 호극철은 다시 기묘한 미소를 지으며 말했다.

“후후, 딸아, 넌 지금 네 남편의 소식이 궁금하지 않느냐?”

“네, 궁금해요.”

그녀는 말끝에 아버지란 말을 하려 했지만 이상하게 그것이 어색하다는 느낌을 받았다. 이런 적이 한 번도 없는 그녀는 이유를 모른 채 심하게 가슴이 두근거리고 있었다.

‘이상해. 기분이 나빠······.’

“네 남편은 지금 잘하고 있으니 걱정하지 않아두 된단다.”

“지금 어디서 수련하고 있나요?”

“흐흐흐, 딸아, 잠시만 이리로 와보거라.”

“아······!”

호미란은 자신의 아버지의 눈에서 분홍색 기운이 서리는 것을 볼 수 있었다. 그 눈을 본 순간 그녀는 보면 안 된다는 생각을 했지만 이미 봐버린 후였고 곧 몸에서 기이한 열류가 피어오름을 느낄 수 있었지만 항거할 수 없었다.

“어서… 이리로 오거라.”

그의 말은 마치 연인의 귓가에 대고 속삭이듯 뜨거운 기운을 품고 있었다. 놀랍게도 호미란은 뭔가에 홀린 듯이 한 걸음 앞으로 걸어나 갔다.

‘안… 돼……! 이건… 으음……!’

그녀는 자신의 깊은 곳에서부터 솟아오르는 이유를 알 수 없는 열기에 당혹스러워하면서도 자신도 모르게 앞으로 천천히 걸어나가고 있었다. 가면 안 된다고 생각은 하고 있었지만 그녀의 몸은 그 반대였다.

“천천히… 서두를 필요 없다……. 천천히……. 그게 더욱 좋으니까…….”

호극철의 눈에서는 이제 좀 전과는 비교도 되지 않을 정도로 진한 분홍빛 기운을 발하고 있어 무공이 약한 사람도 충분히 느낄 수 있을 정도였다. 그의 입에서는 사악하며 음탕한 미소가 서려 있어 누가 봐도 그가 어떤 마음을 품고 있는지를 알 수가 있었다.

패륜을 바라는 그의 손은 앞으로 내밀어져 그녀를 원하고 있었다.

“자, 내 손을 잡거라…….”

“아아……!”

그녀의 입에서 열락에 겨운 신음 소리가 미약하게 퍼져 나왔다. 한 걸음 앞으로 걸어나온 그녀는 스스로의 손으로 자신의 옷을 풀어 내렸다. 그리고 다시 한 걸음을 옮겼을 땐 가슴을 가린 천을 벗었고 다시 한 걸음을 옮겼을 땐 속곳을 풀어 내렸다.

옥룡전 육층을 지배할 것만 같은 그녀의 매혹적인 나신을 본 호극철의 눈에서 더욱 진한 분홍빛이 흘러나왔다.

“후후, 내 손을… 잡거라…….”

“네…….”

멍해진 그녀의 눈은 아무것도 생각나지 않는 듯 허공만 바라보고 있었다. 그의 손을 잡은 순간 호극철은 그녀의 손을 당겨 가볍게 자신의 품에 안았다.

“아……!”

호극철은 그녀의 터질 듯 솟아오른 가슴을 거칠게 베어 물었다. 고개를 뒤로 젖히며 그 느낌을 음미하던 호미란은 자신도 모르게 그의 몸을 두 팔로 안았다.

‘제발… 안 돼……!’

그녀의 마음속은 고통과 분노, 절망으로 가득 차 있었다. 자신의 아버지가 변한 것에, 그리고 자신이 처한 미칠 듯한 상황을 그녀의 이성이 철저히 거부하고 있었다.

‘안 돼!!’

그의 손이 깊은 곳으로 들어간 순간 그녀의 눈은 한없이 크게 떠졌다.

“하악! 아아!”

“후후…….”

어느 순간 호미란의 눈에서 마음을 온통 휘젓는 고통을 참지 못하고 눈물이 흐르기 시작했다.

그의 손이 깊은 곳에서 빠져나오는 순간 그녀는 자신도 모르게 번쩍 정신이 들어 본능적으로 소리를 질렀다.

“아아악! 안 돼!!”

퍼엉!

“헛!”

“꺄악!”

호미란의 전신 내력이 담긴 손이 호극철의 두 어깨를 강하게 쳤지만 놀랍게도 호극철은 인상을 살짝 찌푸리며 두 걸음을 물러날 뿐이었다. 오히려 엄청난 반발력으로 인해 호미란이 입에서 피를 쏟으며 뒤로 날아갔다.

“저년을 잡아라!”

호극철의 입에서 거친 소리가 터져 나오자마자 호미란은 날아가던 몸을 그대로 한 바퀴 회전시킨 후 벽을 향해 강력한 장력을 내뿜었다. 그곳에는 호위무사인 듯한 자가 서 있었는데 갑작스런 그녀의 장력에 속절없이 맞고 피떡이 되어 벽과 함께 날아가 버렸다.

부서진 벽 사이로 가벼운 바람이 불어오자 이에 이상하게도 편안함을 느낀 호미란은 이러한 상황에서도 침착해질 수 있었다. 심한 내상을 입은 그녀였지만 그녀는 죽는 한이 있더라도 이곳을 빠져나가야 한다는 생각에 나체인 것도 잊고 재빠른 몸놀림으로 벽 밖으로 뛰어내렸다.

“이런! 잡아야 한다!!”

몇몇의 고수들이 그녀의 뒤를 따라 벽 밖으로 뛰어내리는 동안 그녀는 놀랍게도 허공에서 잠시 멈추더니 그대로 앞으로 튕기듯이 쏘아져 나갔다. 그녀가 걸음을 내딛듯 하여 떨어지는 몸을 멈추고 화살이 튕기듯 앞으로 쏘아져 나가는 모습은 말 그대로 일순간이었기에 누구도 그녀를 어찌하지 못했다.

“흐흐흐, 역시 선택한 보람이 있었군. 허공답보 이상의 경공술을 익히고 있었다니. 크크크크!”

호극철의 눈에서는 좀 전과는 달리 주위를 질식시킬 듯한 처절한 광기를 내뿜고 있었다.

　"언니! 언니!!"
　호사란은 크게 떠진 눈으로 바닥에 쓰러져 있는 자신의 자매 호미란을 미친 듯이 불렀다.　임사우와 호사란이 아침 식사를 마치고 앞으로의 일에 대해 한참 논의를 하고 있을 때였다. 두 사람은 갑자기 누군가가 엄청나게 빠른 속도로 다가오는 것을 느꼈는데 그 순간 이미 그자는 놀랍게도 방문을 몸째로 들이밀고는 방 안으로 쏘아져 들어왔던 것이다.
　급히 방어 자세를 취한 두 사람이었지만 이내 둘은 경악에 물들 수밖에 없었다. 방 안으로 들어오자마자 방바닥에 강하게 나뒹굴어 버린 그자가 일어날 줄 몰랐던 것은 둘째 치고 그 정체가 놀랍게도 호미란이었던 것인데다 나체인 채로 심한 내상을 입고 있었기에 더욱 놀라고 말았다.
　임사우는 뭔가 심상치 않음을 느끼고 경계 강화령을 내리기 위해 밖으로 나갔고, 호사란은 내상이 생명을 좌지우지할 정도는 아님에 안도를 하면서도 정신을 차리지 못하는 그녀가 걱정되어 평소의 그녀답지 않게 흥분한 상태였다.
　행실이 단정하고 언제나 차분하며 마음씨 착한 자신의 언니가 이른 아침부터 내상을 입고 나체로 여기까지 왔다면 대단히 심각한 일을 겪었음이 틀림없었다. 그렇지 않아도 혈미소 백리경의 행방에 대한 실마리가 조금씩 풀리며 심상치 않은 결과를 가져오려던 차에 벌어진 이 일은 상황을 더욱 나쁘게 하고 있음을 호사란은 느낄 수 있었다.
　"무슨 일이죠?"

모용군영은 이곳으로 오면서 심상치 않은 분위기에 의아해하다 회의실 앞에서 어두운 표정으로 서 있는 임사우가 어서 안으로 들어가보라는 말에 급히 들어왔던 것이다.

"아!"

모용군영은 한 올의 천도 걸치지 않고 있는 호미란을 보고 잠시 놀란 표정을 지었지만 이내 냉정을 되찾았다. 그리고는 아직까지 자신의 언니를 부르고 있는 호사란의 어깨에 손을 가져다 대었다.

"호 소저, 지금 그럴 때가 아니에요. 어서 내상부터 치료하셔야 해요."

"아……!"

역시 호사란은 평범한 여인이 아니었다. 모용군영의 말 한마디에 바로 자신의 추태를 깨닫고는 곧바로 호미란의 내상 치료를 위해 그녀의 몸을 세우고 있었던 것이다.

'역시…….'

모용군영은 내심 고개를 끄덕이며 호사란과 호미란을 보호하기 위해 두 사람의 곁에 섰다. 밖에서는 임사우가 사람들을 지휘함과 동시에 안을 보호하고 있었지만 만에 하나를 위해 안에서도 보호가 필요하다고 생각한 그녀였다.

'무슨 일이지?'

자신이 아는 호미란은 그 대단한 천재성으로 인해 끝이 보이지 않을 정도로 강했다. 관영호—그녀는 여전히 그를 관영으로 알고 있지만—에게서 치료를 받은 이후 엄청난 내공의 성취를 이룬 그녀는 천부적인 두뇌와 수많은 지식으로 순식간에 초절정고수의 대열에 올라가게 되었다. 그런 그녀가 나체인 상태로 내상을 입은 채 이곳에 있는 것은 의아한 일일 수밖에 없었다.

‘내부의 사람? 설마? 그렇다면 대체 누가 그녀를 저렇게 만들었단 말인가? 그녀보다 강한 사람이 얼마나 된다고? 그리고 무엇 때문에?’

그녀는 생각을 해봐도 답이 나오지 않자 답답해졌다.

‘그녀의 입으로 직접 들어볼 수밖에 없겠구나.’

약 일 다경이 지나자 호사란의 치료는 끝이 났다. 내상은 그렇게 심한 것이 아니었는지 금방 깨어났지만 호미란의 표정은 여전히 창백했다. 두 눈에는 눈물이 맺혀 건드리면 터질 듯했고 두 손도 미미하게 떨고 있었다.

“언니!”

호사란은 걱정스런 표정으로 그녀의 어깨를 잡고 가볍게 흔들었지만 그녀는 여전히 뭔가에 충격을 받은 듯 멍한 눈으로 허공만 보고 있었다.

“언니, 대체 왜 그런 거야?”

“으흐흐흑!!”

호미란은 결국 울음을 터뜨렸다. 흐르는 눈물은 서러움에 가득 차 있어 방 안을 순시간에 비감(悲感)으로 가득 채웠다.

“언니…….”

호사란은 불치라는 절맥에 걸려 있을 때에도 언제나 밝은 모습만 보여주던 그녀가 이렇게 서럽게 우는 것이 처음이었기에 어찌할 바를 몰랐다.

“대체 그게 무슨 말입니까?”

콰앙!

호사란은 분노 반 당혹감 반 섞인 표정으로 보고자를 향해 소리치며 탁자를 거세게 쳤다.

"확실합니다. 아침 무렵이었기에 호미란님이 옥룡전 최상층에서 벽을 부수고 튀어나왔다는 것을 본 사람이 상당수입니다. 저희들도 믿어지지 않아 계속 알아봤지만 결론은 똑같습니다."

"분명… 옥룡전이 확실하죠?"

호사란은 이를 꽉 깨물고 씹듯이 물었다. 비도대의 세 개 단(團) 중 제일단장인 마공도(魔恐刀) 삼송현(三松玹)이 냉막한 표정으로 대답했다.

"네, 확실합니다."

"……."

임사우는 심각한 표정으로 듣고 있다 그에게 말했다.

"지금 즉시 부대주와 소류연 소저를 불러오시오."

"네, 알겠습니다."

그가 빠른 걸음으로 밖으로 나가자 호사란은 무너지듯이 자리에 주저앉아 버렸다.

"설마… 그럴 리가……!"

그녀는 손으로 이마를 짚으며 고개를 저었다.

그녀의 눈가에 뭔가가 반짝인다고 생각한 임사우는 그녀의 어깨에 손을 살포시 올려놓았다. 그녀가 어떤 생각을 하는지는 대충 느끼고 있었지만 절대 그런 일은 있어서는 안 되었다. 그것은 그녀에게나 그녀의 언니에게나 너무나 불행한 일이었기 때문이다.

일각 정도가 흐른 후 다섯 인물이 방 안에 모여 있었다. 예전과 마찬가지로 임사우, 호사란, 모용군영, 소한천, 소류연 남매였다. 이들은 예전부터 사라성과는 떨어진 하나의 독립된 집단처럼 모여 회의하고 일을 추진하고 있었다. 그것은 이들이 바깥에서 은밀히 키우고 있는 세력의 주력들이기 때문이었다.

이들의 회의는 반 시진을 흐르고 있었다. 중대한 사항이었고 그런 만큼 결론도 잘 나지 않았다. 이들의 상황 추측은 실제로 있었던 일과 거의 비슷하게 맞춰 나가고 있었지만 애써 피하고 싶은 내용이었기에 회의는 힘들 수밖에 없었다. 만약 그렇게 결론이 난다면 대처 방안도 힘들 뿐만 아니라 그들, 특히 호미란과 호사란의 입장은 답이 나오지 않았다.

"지금 호미란님의 상태는 좋지 않습니다. 내상은 거의 회복되었지만 정신적인 충격으로 인해 거의 백치인 상태입니다. 그런 상황에서 그분에게 상황을 듣는다는 것은 힘든 일입니다. 어려운 일이지만… 저희들이 분명 결론을 내려야 할 것이며 입장을 표명해야 합니다."

소한천은 절박한 표정으로 자신의 의견을 정리했지만 네 사람은 침묵으로 일관했다. 쓴웃음을 지으며 그가 자리에 앉을 때 소류연이 말했다.

"성주님이 먼저 어떤 조치를 취할지도 모르죠. 그때 우리들은 어떻게 할 거죠?"

그녀의 말에 아무도 대답을 하지 않자 소류연이 단호하게 말했다.

"그런 상황은 성주님이 인성을 잃었다거나 마기에 휩싸였다든지, 아니면 진짜 성주가 아니라는 것이죠."

그녀의 단호한 말에 나머지는 놀란 표정으로 그녀를 보았다. 다들 꺼려하던 말이 그녀의 입에서 튀어나왔지만 또한 모두들 생각하고 있었던 것이라 다른 반박의 말은 없었다. 그녀는 네 사람을 둘러본 후 다시 말했다.

"하지만… 가짜 성주일지도 모른다는 추측은 아닐 거라고 봐요. 저희들이 직접 본 것은 아니지만 그간의 조사와 보고를 통한 바로는 분명 성주님의 일신상에 어떤 변화가 온 것이 분명해요. 다시 말해 폐관수련 중 주화입마를 입었고, 그로 인해 인성에 큰 변화가 생겼을 것이라는 추측이 가장 타당하다고 봅니다."

"……!!"

"음……."

그녀의 말에 대한 반응은 모두 경악이었다. 그녀는 모두가 설마 하며 알게 모르게 피하던 것에 흔들리지 않고 자신의 의견을 매우 타당성있게 내비추었던 것이다.

모용군영은 그녀의 말을 듣고 나자 깨달아지는 무언가가 있었다. 그것은 백리경이 무엇을 짐작했는지, 그리고 무엇을 찾으러 갔는지에 대한 막연한 이해였다. 그리고 자신에게 준 마지막이라고 할 수 있는 최후의 서찰, 이것을 펼쳐야 할 때가 왔다고 느꼈다. 아직 백리경이 말한 다섯 달에는 아직 한 달이 더 남아 있었지만 정확히 지킬 필요는 없다고 보았다.

'분명…….'

그녀는 서찰의 내용이 자신들이 피하고 있는 무언가를 확신시켜 줄 내용을 담고 있을 것이라 생각했다. 그것은 추측이 아니라 확신이었다.

"임 대협."

그녀의 부름에 임사우는 고개를 돌렸다. 그의 얼굴이 예전보다 빛이 바래 버렸음을 느끼며 모용군영은 품속에서 그동안 떠날 줄을 몰랐던 백리경의 서찰을 건네주었다.

"이건……?"

"이제 때가 된 것 같아서 드리는 거예요. 백리경이 마지막이라면 마지막이랄 수 있는 그날 저와 만났고, 이 서찰을 주면서 자신이 실종되었다고 판단되어지는 순간부터 다섯 달 뒤에 이 서찰을 공개하라고 했어요. 그녀가 대협께도 할 일을 건의한 서찰을 남겼지만 이것이 진정한 마지막 서찰이라 할 수 있어요."

그녀의 말은 나머지 네 사람에게 큰 충격을 주기에 충분했다.

"실종된 지 다섯 달 후?"

호사란이 그렇게 중얼거리자 모용군영이 고개를 끄덕였다.

"네, 실종되었다고 판단되는 시기는 정확하지 않기에 다섯 달 후라는 것도 정확하지 않겠죠. 하지만 상황으로 보나 시기로 보아 지금이 그때라고 생각됩니다. 제 느낌도 강하게 그것을 말해 주고 있어요."

"……."

소류연은 모용군영의 마지막 말에 눈빛을 반짝이며 그녀를 주시하기 시작했다. 약간은 흥미롭다는 표정을 짓고 있는 그녀는 입가에 묘한 미소마저 띠고 있었다.

'느낌? 언니가 그린 밀을?'

그녀는 모용군영의 성격이 백리경과 마찬가지로 느낌과는 거리가 먼 매우 이지적인 사람임을 알고 있었다. 백리경과 더불어 향기없는 여인으로 소문이 은근히 퍼져 있을 정도였다.

임사우는 그녀에게서 서찰을 받아 펼치고는 소리를 내어 읽기 시작했다.

"이 글을 읽을 때가 왔다면 상당한 시간이 흘렀을 것이고 어떤 중대한 결정을 해야 할 때가 왔을 것이라 추측됩니다. 만약 이것을 읽고 있을 때 제가 없다면 저는 일단 죽었다고 봐도 좋을 것입니다……."

서찰의 내용은 모두에게 충격으로 다가왔다.

그녀는 은밀한 조사를 통해 성주의 행적 및 상태 등을 파악하기 위해 총력을 기울이고 있었다. 하지만 상대방 쪽에서는 사라성의 두뇌라고 할 수 있는 묘계은밀대와 무서운 무력 집단이라 할 수 있는 혈잠대(血簪隊)와 검마대(劍魔隊)가 있었다. 그들의 철통같은 보안과 방어벽은 백리경이 행적을 숨기고 조사하기에는 불가능한 일이었다. 그래서 백리경이 내린 극단의 조치는 행적이 밝혀지는 한이 있더라도 조사를 착수한다는 것이었다. 그래서 얻어낸 것이 충격적인 사실이었고 기다리는 것은 예측한 대로 위험이었다.

사라성주의 세력 확장을 위한 출정에 대한 뒷조사에서는 사람의 피를 마시며 잔혹한 살상을 자행했다는 것이 진실임을 알게 되었다. 그리고 더욱 충격적인 것은 매일 일정한 수의 여인들이 옥룡전으로 은밀하게 들어가서 그 이후로는 나오지 않는다는 것이었다. 여기서 더욱 파고드는 것은 위험했지만 그녀는 더욱 파고들었고 결국 그녀는 그가 여인의 음기를 취하면서 모종의 일을 벌이고 있다는 사실을 알게 되었다.

하지만 여기서 그녀는 이상한 점 한 가지를 알게 되었다. 출정에서 보여준 무력을 판단하건대 당금 무림에서 그의 힘이 천하제일임을 쉽게 판단할 수가 있었다. 그럼에도 그는 더욱 높은 힘을 원하고 있다는 것이다. 그것에 근거해 그녀는 그가 여인의 정기를 취함으로써 어떤 무공을 익히려 한다는 것을 추측할 수 있었다.

이에 그녀는 자신의 사부이자 사라성의 성주인 호극철에게 큰 배신감을 받았고 큰 혼란에 휩싸이게 되었다.

　마지막으로 그녀는 그가 왜 이런 변화를 가지게 되었는지에 대해 의문을 품었고 그것에 대한 가장 신빙성있는 추측으로 수련 중의 주화입마를 생각하게 되었다. 주화입마를 입은 것과 세 명의 장로가 실종된 것을 연결 짓는다면 분명 이야기가 맞아들었다. 그럼 남은 것은 폐관 수련 장소의 현장 조사뿐이었지만 자신의 자취가 드러난 이상 지금부터의 행적에는 목숨이 위험할 것이 분명했다.

　거기까지 생각한 그녀는 마지막 결론으로 만약 자신이 이 서찰을 읽을 때까지도 나타나지 않았다면 죽은 것이 분명하며 그것은 사라성주의 인성이 주화입마로 인해 완전히 변해 버린 것을 의미한다고 적어놓았다.

　"……."

　다들 임사우가 읽은 서찰의 내용을 듣고 아무 말도 하지 않고 있었다. 내용을 곱씹는 사람도 있었고 놀라운 내용에 할 말을 잃은 사람도 있었다. 특히 모용군영은 소리없이 눈물을 흘리고 있었다. 인생에 있어서 처음 마음을 준 친구였던 백리경이 죽었다는 말에 흘리는 슬픔의 눈물이었다.

　임사우는 놀라움 와중에서도 이 서찰과 자신에게 날아왔던 서찰의 내용을 연관시키고 있었다.

　'그녀는 분명 우리와 성주가 반목하게 될 것이라고 추측했을 것이다. 그것에 대비해 우리가 독립할 수 있도록 외부에 세력을 형성하라고 건의했던 것이겠지. 놀라운 식견이다. 그녀는 목숨을 걸고 이 사실을 알아낸 것이고 우리를 위해 희생한 것이나 마찬가지이다. 하지만… 그녀의 바람대로 우리가 성주와 반목을 해야 한다면 사란은? 그리고 처형은?

　가장 큰 문제는 그의 장인이자 아내의 아버지인 성주와의 관계였다.

어쩌면 자신들은 패륜을 저지르는 것이 될지도 모르는 일이었다. 그는 다른 사람들의 표정을 훑어보았다. 자신이 그 생각을 하고 있어서 그런지는 모르겠지만 다들 같은 생각을 하고 있는 것처럼 보였다.

증거는 확실했다. 그녀가 분명 옥룡전에서 나왔을 때 그런 상태가 된 것은 두말할 나위 없었다. 만약 성주가 그런 끔찍한 일을 저지른 것이 아니라면 어떤 해명이라도 있을 것이지만 몇 시진이나 지난 지금도 옥룡전은 조용했다. 마치 아무 일도 없었다는 듯 아무런 움직임이 없었던 것이다.

"결정을 할 때예요."

직선적인 말을 잘하는 소류연이 한 말이었다. 그녀의 시선은 정확히 호사란을 향해 있어 그것이 누구를 향한 말인지는 당사자를 포함해 모두가 알 수 있었다.

소류연이 한 말은 엄청난 의미를 지니고 있었다. 그녀가 말한 결정이 내려진다면 그 옛날 언제부터인가 내려왔던 인륜이라는 개념이 호사란과 그의 아버지 사이에서는 존재하지 않게 되는 것이다. 이는 호미란에게나 호사란에게서는 너무나 가혹한 일일지도 모르나 피할 수 없는 현실이었다. 결정은 모두를 위해 어떤 방향으로든 내려져야 하며 남은 것은 그녀의 결정뿐이었다.

그녀가 결정해야 할 것은 바로 지금의 사라성주를 마인(魔人)으로 분류하고 그와 적대시하는 것이었다.

자신들이 여태껏 키워왔던 세력으로 무림의 평화를 위해 사라성과 싸워야 하는 것을 그들은 원하고 있었다. 이런 바람은 이미 사라성주가 무림 재패라는 선언을 했을 때부터 많은 사람들에게 있어왔다. 군림하던 그들이 지배를 원하는 순간 이미 반대 세력은 보이지 않는 곳에서부터 생겨나고 있었던 것이다.

임사우는 입 안이 바싹 말라 있음을 느낄 수 있었다. 그만큼 그는 그녀의 결정이 어떤 것일지에 대해 긴장하고 있었지만 아무런 도움도 줄 수 없는 자신의 상황이 한심스러웠다. 그것은 예전에 자신의 친구가 살인자로 누명을 받았을 때 가졌던 심정보다 더했다. 자신이 이처럼 무력한 것인지를 새삼 느낀 임사우는 참을 수 없는 부끄러움을 느꼈다.

'내가 약한 것이다……'

그는 주먹을 꽉 쥐었다. 그리고 자신의 아름다운 아내를 바라보며 어느새 결심하고 있었다.

'그녀가 어떤 결정을 내리든지 그녀를 따라갈 것이다. 이것이 내가 해줄 수 있는 최선이다.'

침묵은 상당히 오래가고 있었다. 모두의 시선은 호사란을 향해 있었지만 반 시진이나 지난 지금 임사우를 제외한 다른 세 명은 각자의 상념에 빠져 있었다.

호사란의 표정은 반 시진 전이나 지금이나 변함이 없었지만 그 심정이 어떨지는 충분히 짐작할 수 있었다. 임사우는 그녀가 표정은 태연해도 마음속으로는 엄청난 갈등을 겪고 있을 것임을 알았기에 가슴 아플 수밖에 없었다.

그녀의 결정은 어디까지나 객관적일 수는 없었다. 주관에 맡기는 수밖에 없었고 그렇기에 더욱 힘들었다. 혈연으로 관계되어진 그녀와 사라성주 간의 일에서 사라성주 자신은 몰라도 그녀의 딸인 호사란에게는 인륜을 저버리느냐와 아니냐에서 객관적인 기준도 없이 선택해야 하는 상황이었다. 한순간의 선택은 많은 사람들의 운명을 바꿀 수 있는 것이기도 했다. 그 여파가 어디까지 갈 것인지는 알 수 없었지만 대단히 클 것임은 분명했다.

호사란은 자리에서 일어나 호미란이 누워 있는 작은방 안으로 들어갔다. 그녀의 행동을 네 사람은 묵묵히 지켜보고 있을 뿐이었다.

누워 있는 호미란의 모습을 본 호사란은 가슴이 찢어질 듯 아파왔다. 멍한 두 눈으로 하염없이 천장을 바라보고 있는 그녀의 모습은 예전에 절맥을 잃고 있을 때보다 더욱 비참하고 슬퍼 보였다. 자신의 하나뿐인 언니이자 정신적 지주였던 그녀가 생각하기도 싫은 일에 연루되어 이렇게 되어 있다. 그녀의 모습에 호사란은 일순 모든 것이 부질없다는 생각이 들었었다.

'인간의 마음이… 그리고 인간의 관계가… 모두가 싫다. 떠나 버리고 싶어. 모든 것을 버리고.'

그녀의 얼굴은 어느새 투명한 줄기에 의해 그어져 있었다. 바닥으로 떨어지는 물방울은 작지만 강렬한 힘으로 그녀의 마음을 두드리고 있었다.

'하지만……'

그녀는 자신이 사랑하는 남편이 생각났고 이내 자신의 뱃속에 있는 아기가 생각났다. 남이었던 관계가 하나가 되고 새로움을 낳는 경이로운 기적. 혈연조차도 인간의 진실한 모습 앞에서는 위선일 뿐이었다.

'날 위해주는 사람들… 날 진심으로 따르는 사람들……'

진정한 인륜이란 태어날 때부터 정해지는 것이 아니라 진실한 마음으로 서로를 위함으로써 형성되는 것이다. 누구와도 인륜은 형성될 수 있었고 누구와도 인륜은 깨질 수 있었다. 인륜의 고리를 연결 짓는 것은 인간의 서로에 대한 진실되고 선한 마음이었다.

'허울을 보지 말고 진실을 보아야 해! 얽매이는 것들에 따라갈 필요

는 없는 거야! 진실을… 진심을 보고 따르는 거야, 언니.’

그녀는 무릎을 꿇어 호미란의 손을 잡아 자신의 볼에 비볐다. 아직은 따뜻한 그녀의 손에 호사란의 눈물이 닦이고 있었다. 하염없이 흐르는 뜨거운 눈물이 느껴졌는지 호미란의 고개가 살짝 옆으로 돌려졌다.

“언니!”

“…….”

그녀의 얼굴은 무표정했지만 호사란은 그녀가 웃고 있다고 느꼈다.

“고마워……. 그리고 미안해.”

호사란의 입가에 간신히 메마른 웃음이 걸린 순간 그녀는 자리에서 일어났다. 눈물을 소매로 훔친 그녀의 얼굴은 어느새 예전의 철사접 호사란으로 돌아가 있었다. 철의 여인이라 불리던 그때로. 아직 눈망울에선 눈물이 살짝 달려 있었지만 그것이 이상하게도 그녀를 더욱 강인하게 보이도록 했다.

“이제 때가 온 거야.”

◆제6장 ◆ 은마(隱魔)

"결정을 한 거예요?!"

소류연은 놀란 눈빛으로 그녀를 쳐다보았다. 마치 의외의 말을 들었다는 듯한 표정이 숨김없이 드러나 있어 자칫 당사자가 기분 나빠할 수도 있었지만 호사란은 그녀의 성격을 알기에 전혀 기분 나빠하지 않았다. 그녀는 조금은 슬프게 미소 지으며 말했다.

"그래, 결정했어. 난… 날 따르는 사람들의 진심과 천륜을 따르기로 했어. 인위적인 인륜은 허위일 뿐이겠지? 언니도 내 생각에 동의할 거야. 하지만 우랑(羽郞)은……."

그녀가 임사우를 돌아보자 그는 그녀의 한 손을 힘있게 잡고 말했다.

"난 당신의 결정에 따를 것이오. 그것이 힘들어하는 당신에게 할 수 있는 유일한 것이오."

“여보…….”

호사란의 눈빛은 감동으로 물들어 있었다. 그의 말에서 자신을 향하는 사랑을 새삼 느낄 수 있었던 것이다.

“임 대협.”

“말씀하시오, 모용 소저.”

“저는 그녀가 마지막으로 갔다는 성주의 폐관 수련 장소를 보고 싶어요.”

“저도 그렇습니다.”

소한천이 그녀의 말을 거들고 나섰다.

“그녀가 정말 그곳에서 죽었는지를 알고 싶어요. 그뿐만 아니라 그곳에 간다면 성주가 한 일에 대한 더 많은 정보를 얻을 수 있을지도 몰라요.”

“위험할 텐데…….”

“하지만 꼭 가고 싶군요. 어쩌면 백리경의 행방에 대한 단서도 얻을 수 있을지 몰라요.”

모용군영의 진짜 이유는 거기에 있는 것 같다고 생각한 임사우는 호사란을 한 번 바라본 뒤 고개를 끄덕였다.

“알겠소. 모두 다 가기보다는 나와 모용 소저, 그리고 한천, 이렇게 셋이 가는 것이 나을 것 같소. 사란과 려매는 남아서 일을 처리해 주길 바라오.”

사라성주의 폐관 수련 장소는 사라성에서 가장 깊숙한 곳에 위치하고 있었다. 사라성의 뒤쪽은 햇빛마저 들지 않는 울창한 나무들로 이루어진 숲이었다. 이 숲이 시작하는 곳에서 약 반 시진 정도 걸으면 높은 절벽으로 인해 막다른 곳이 나오게 된다. 절벽의 넓이는 사라성을 충분히 감싸고도 남았으니 그 규모를 충분히 상상할 수 있었다. 이 절벽 안에 인공적으로 만들어놓은 동굴이 있었는데 그곳이 폐관 수련 장소였다.

보통 때는 햇빛도 잘 들지 않는 어두운 장소라 음습함마저 주고 있었다. 성주는 폐관 수련 시 항상 세 명의 장로와 함께 왔는데 그들 네 사람 외에는 아무도 올 수 없는 금지(禁地)였다.

하지만 그 금지에는 지키는 사람이 아무도 없었다. 그럼 아무나 출입할 수 있지 않을까 하는 생각을 하는 사람도 있겠지만 그곳으로 가기 위해서는 반드시 한 장소를 지나야 들어갈 수 있었기에 엄청난 고수가 몰래 들어가지 않는 한 결코 허락 없이 들어갈 수 없는 곳이었다.

그 장소는 촌휴소(寸休所)라는 건물로 사람들의 행적에 대한 관리를 하는 인행축(人行軸) 소속이었다. 촌휴소는 잠시 쉬어가는 장소란 의미로 물론 성주를 비롯한 세 사람만이 출입이 허락되는 곳이었다. 이곳을 제외한 다른 곳은 완전히 막혀 있기에 폐관 수련 장소로 가기 위해선 촌휴소를 지나갈 수밖에 없었고, 촌휴소는 철저하게 이십사 시간 교대 근무를 섰기에 결국 네 사람을 제외한 누구도 그곳을 들어갈 수 없었다.

임사우와 소한천, 그리고 모용군영은 촌휴소에서 멀리 떨어진 곳에 몸을 숨긴 채 주위를 살피고 있었다. 한밤중이라 밖을 돌아다니는 사람은 없었고 간간이 경계 근무자들의 발자국 소리만 들리고 있었다.

"임 대협, 이제 어떻게 하실 겁니까? 촌휴소를 몰래 지나치는 방법뿐인 것 같은데……."

소한천이 전음으로 임사우에게 말을 전하자 임사우는 고개를 가볍게 끄덕였다. 사실 촌휴소에 대해 자세히 아는 사람은 아무도 없었다. 어느 누가 성주의 폐관 장소에 침입할 생각이나 해보았겠는가? 그랬기에 그들이 선택할 수 있는 방법은 잠입뿐이었다.

"촌휴소를 지나쳐 가는 건 꽤나 어려운 일일 것이오. 웬만한 고수가 아니라면 불가능하지. 그래서 우리가 선택할 수 있는 방법은 순식간에 그들의 혈을 제압하는 것이오. 다행인 것은 촌휴소는 근무 교대 전까지는 아무도 이곳을 오지 않는다는 것이오. 두 시진 반 동안은 그들이 어떤 상태가 되어도 모른다는 것이지. 어차피 우리는 이제 사라성주와 반목할 것이므로 우리의 정체를 철저히 숨길 필요는 없소. 그들이 후에 우리가 한 일임을 안다 해도 어찌할 방법은 없을 것이오."

두 사람에게 동시에 전음으로 전하는 그의 말을 듣고 있던 모용군영은 그에게 질문했다.

"그럼 그들을 제압하고 들어갈 것인가요?"

"그렇소. 촌휴소 안의 사람 수를 파악한 뒤에 그들을 제압할 것이오. 적어도 두 시진 내에는 폐관 수련 장소를 탐색하고 올 수 있을 것이니 시간상으로도 충분할 것이오."

그의 방법이 꽤 괜찮다고 생각한 수한천은 고개를 끄덕이며 동의했다.

"다른 의견이 있소?"

"아니에요. 임 대협의 의견이 가장 적당한 것 같아요."

세 사람의 시선은 동시에 서로를 바라보았고, 곧 실행에 옮기기 시작했다.

잠시 후 교대를 위해 무사들이 다가왔다. 모두 일곱 명이었는데 그 중 인솔자가 한 명이고 나머지가 근무자들임이 분명했다. 세 사람의 생각처럼 교대는 여섯 명으로 이루어졌다. 얼마간의 이야기가 오고 간 후 여섯 명이 안으로 들어가자 교대된 여섯 명은 인솔자를 따라 걸음을 옮겨 곧 어둠 속으로 사라져 버렸다.

"바로 지금이오. 교대가 막 된 지금이 가장 경계가 허술할 때니 제압을 해야 하오. 기척없이 다가간 뒤 문 안으로 쳐들어가 순식간에 제압해야 하오. 내가 세 명, 한천이 두 명, 그리고 모용 소저가 한 명을 맡으면 될 것이오."

"알겠습니다."

"알겠어요."

세 사람은 기척을 숨기며 천천히 건물을 향해 걸어갔다. 촌휴소를 지키는 무사들은 아주 뛰어난 무공을 지니고 있지는 않았기에 건물까지는 그리 오래 걸리지 않고 접근할 수 있었다. 문제는 지금이었다. 만약 그들을 단숨에 제압하지 못한다면 분명 어떤 방법을 써서라도 침입자가 있음을 알리는 신호를 보낼지도 모르는 일이었다. 임사우가 예전에 읽은 비밀 문서에 그들이 신호탄을 가지고 있다는 것을 기억해 내고 그것에 대해 두 사람에게 주의를 주었다. 그 후 임사우는 안에 있는 여섯 무사들의 기척을 느끼기 시작했다.

'가까운데 둘, 오른쪽에 떨어져서 하나, 그리고 멀리 셋. 딱 맞군.'

그는 다시 두 사람에게 무사들의 위치를 말해 주었다.

"셋을 셈과 동시에 내가 먼저 문을 열고 들어가겠소. 문은 천천히 열되 열리는 순간 나 또한 최대한의 속도로 쳐들어가 멀리 있는 셋을 제압할 것이니 두 사람은 나머지 사람들을 제압하시오."

"네."

"네."

"하나, 둘, 셋!"

끼이이익!

"앗!!"

"어억!"

문이 천천히 열리는 순간 여섯은 순간적으로 영문을 몰라 방심할 수밖에 없었고, 그 틈은 셋에게는 절호의 기회였다. 순간적인 방심을 일으키도록 한 임사우의 계획은 정확히 들어맞았던 것이다. 순식간에 마혈을 제압당한 여섯 명의 무사는 영문도 모른 채 의식을 잃었다.

"어서 갑시다."

임사우의 재촉과 동시에 세 사람의 신형은 정문의 반대쪽에 있는 쪽문을 열고 나갔다. 그들이 숲 안으로 사라지자 촌휴소 안은 의식을 잃은 여섯의 무사들로 인해 적막감으로 싸이기 시작했다.

그때 예전부터 그곳에 있었던 듯 어느새 한 사람이 가운데 서 있었다. 누구도 알아채지 못할 정도의 뛰어난 경신술이었는지 기척도 소리도 나지 않았다. 그는 검은색 야행복을 입고 복면을 하고 있었는데 주위와 동화되어 있는 듯 없는 듯한 존재감을 내고 있는 독특한 분위기의 사람이었다

"흠, 성주님의 말이 확실하군. 이번이 두 번째지? 크크크!"

그의 눈빛이 형언할 수 없는 무언가로 번뜩이는 순간 이미 그의 신형은 어디론가 사라져 버렸다.

햇빛조차 들어오지 않아 어두컴컴한데다 음침하기까지 한 분위기는 그들에게 묘한 불안감을 심어주기에 충분했다. 내공에 의지해 시야를 확보하고 있던 그들은 거대한 바위들에 의해 막힌 폐관 수련 장소를

볼 수 있었다. 하지만 이렇게 돌로 막혀 있을 줄은 몰랐기에 잠시간 어떻게 해야 할지 마땅한 생각이 떠오르지 않아 잠시 주춤할 수밖에 없었다.

"음, 이 바위를 부수는 방법뿐이겠군."

임사우는 허리춤에 차고 있던 신마검을 뽑아 들더니 내공을 일으켰다. 백색 검기가 검에 맺히는 순간 그는 바위를 향해 검첨을 내밀었다. 검첨이 바위에 닿는 순간 검기는 바위를 뚫고 사방으로 퍼져 나갔고, 바위는 놀랍게도 흔적도 없이 사라져 버렸다.

'역시!'

소한천과 모용군영은 임사우의 놀라운 무공에 내심 고개를 끄덕였다. 임사우는 지금은 은거해 버린 천풍공자 뇌운룡과 함께 사라성주 다음 가는 고수였다. 지금은 사라성의 업무를 맡아 대내적인 활동만 했기에 그의 실력에 대한 의구심을 품는 사람도 있었는데 방금 전의 한 수는 그런 의심을 일거에 날릴 정도로 충분히 놀라웠다.

바위가 사라지자 곧 그들의 눈앞에 동굴의 입구가 드러났다.

"한천, 가져온 화섭자에 불을 붙이게."

"네."

화섭자에 불이 붙자 사방이 밝아졌고, 셋은 불빛에 의지해 심연의 끝처럼 보이지 않는 동굴 안으로 들어갔다.

폐관 수련 장소라서 그런지 그다지 크지는 않았지만 한 명이 있기에는 제법 큰 동굴이었다. 얼마 들어가지 않아 셋은 막다른 벽에 다다를 수 있었다.

"기관 장치가 있을 거예요."

모용군영은 벽면 여기저기를 살피더니 곧 어딘가를 손으로 가볍게 눌렀다. 그러자 벽이 육중한 소리를 내며 천천히 좌우로 갈라지더니 입구를 만들어냈다.

"놀랍군. 이런 기관 장치는 아무나 만드는 것이 아닌데."

임사우는 감탄한 듯한 목소리로 말했다. 새삼 사라성주의 힘을 느낄 수 있었던 것이다.

셋은 입구가 완전히 다 열리자 안으로 들어갔다. 안은 제법 큰 석실이었는데 세 사람분의 침구와 의자 등 여러 가지 물건이 있었다. 셋은 여기가 성주와 함께 오는 세 장로의 거주지라고 생각하고는 안으로 더 걸어 들어갔다.

안으로 조금 더 들어가자 석실의 입구가 보였다. 한 사람이 겨우 들어갈 수 있을 정도로 작은 크기였기에 셋은 임사우를 선두로 한 사람씩 차례대로 들어갔다.

"음……."

먼저 들어간 임사우가 석실을 둘러본 순간 그의 입에서는 놀라움을 참는 신음성이 흘러나왔다.

"아니?"

석실 안에는 정확히 네 구의 시신이 있었다. 그중 세 구는 석실 벽에 박혀 있었는데 그들의 내공이 심후했는지 아직도 사체가 썩지 않고 보존되어 있었다.

"저분들은……?"

모용군영은 말을 다 끝내지 못한 채 시선을 돌려 바닥에 해골이 되어 있는 시신을 바라보았다.

"……."

소한천은 해골 옆으로 다가가 두개골을 자세히 살펴보았다. 한참을 이리저리 살피던 그는 굳은 얼굴로 임사우를 보며 말했다.

"여자의 시체입니다. 두개골의 모양과 골반의 크기를 보면 분명 여자임이 분명합니다."

"설마……?"

"아직 속단하기엔 이르오. 하지만 세 분 장로의 시신을 보건대 이건 분명…….'

"속단이 아니다."

"누구냐?"

뒤에서 갑작스럽게 음산한 말이 들려오자 세 명은 대경하며 순식간에 방어 자세를 취했다. 이중에서 가장 강한 임사우도 알아차리지 못했으니 상대방이 얼마나 깊은 공부를 가졌는지 짐작할 수 있었다.

"은마(隱魔)."

"은마?"

그들은 처음 듣는 명호에 의아해했지만 일단 상대방이 자신들의 시야에 없었기에 그의 기척을 찾으려 했다.

"…속단이 아니라고 했던가?"

임사우가 묻자 소리는 석실 입구쪽 밖에서 흘러 들어왔다.

"그렇지. 그 시체는 지금 너희들이 찾는 백리경의 시체다."

"아아!"

모용군영이 은마의 말을 듣고 충격에 비틀거렸다. 그러자 그런 그녀를 부축하며 소한천이 밖을 향해 소리쳤다.

"어떻게 그 말을 믿을 수가 있지?"

"큭큭큭! 내가 여기 와서 그런 거짓말까지 해야겠나? 바보 같군. 난 너희들을 죽이러 왔기 때문에 거짓말을 할 필요가 없다."

“누가, 누가 죽었지?”

모용군영은 슬픔을 억누르고는 입술을 깨물며 물었다.

“성주.”

“그럴 수가!”

“나도 보지 않아 모르지만… 분명 성주가 죽었다. 그것도 아주 재미있는 방법으로. 후후후, 요 몇 달간 성주는 아주 재미있는 일을 하더군. 큭큭큭.”

“그럼… 정말 채음보양을 하고 있단 말인가?”

임사우가 설마 하는 표정으로 물었다.

“채음보양이라고 하기엔 그 수법이 너무나 고명하지. 천단음양적공술(天丹陰陽積功術)이라고 부르면 될 거야.”

“경아……”

모용군영은 충격이 컸는지 멍한 표정이었다. 이성이 강한 그녀도 자신의 절친한 친구가 채음보양 같은 끔찍한 방법으로 죽었다는 사실에 큰 충격을 받은 모양이었다.

“이제 이야기는 다 들었나? 성주가 너희들의 생각처럼 많이 변했다는 것도 알았고 백리경이란 여인도 어떻게 죽었는지 알았으니… 이제 죽어야겠지?”

“흥! 쉽게 당하지는 않을 거다!”

소한천은 싸늘하게 대꾸하며 허리춤에서 도를 뽑았다. 두 자 반 정도 되는 길이의 단도로 그의 명성을 드높이게 한 무기이기도 했다.

임사우 역시 정신이 나가 있는 모용군영의 앞에 서서 그녀를 보호하며 신마검을 뽑아 들었다.

“음, 네가 들고 있는 검에서 특이한 기운이 느껴지는군.”

석실 밖에서 들려오는 은마의 목소리는 특유의 사무적인 말투였지만 뭔가 어색함이 섞여 있어 임사우는 이상함을 느꼈지만 깊이 생각하지는 않았다.

"먼저 움직이지 않으면 내가 먼저 움직이겠소."

임사우는 조용히 말했지만 누가 들어도 압박감이 느껴질 만큼 강인했다.

"후후, 내가 어디 있는지 느낄 수 있단 말인가?"

"직접 당해보면 알지."

임사우의 말이 채 끝나기도 전에 그는 지절(指絶) 무음광선지(無音光線指)를 시전했다. 소리없이 그의 손가락에서 뻗어나간 지력은 빛처럼 이어져 벽을 아무 소리 없이 뚫어버렸다.

"……."

잠시간의 침묵 후 석실 밖에서 은마의 웃음소리가 살짝 울려 퍼졌다.

"후후후……."

"……."

"제법이군. 나의 위치를 파악했다는 것만으로도 칭찬받을 만하다! 아주 뛰어난 무음광선지였다."

"무음광선지를 알다니?!'

"큭큭큭! 알고 있으니 두려운가? 간다!'

그의 말을 들은 두 사람은 상대의 공격이 어떤 것인지를 알 수가 없었기 때문에 바짝 긴장했다. 두 사람은 석실의 입구를 주시하며 내공을 끌어올리고 있었다. 이곳에 들어오기 위해서는 반드시 석실을 지나야 하기 때문에 그도 사람인 이상 반드시 포착될 것이 분명했다.

쉬이익.

바람을 가르는 소리가 아주 작게 들리는 순간 석실 입구에서 검 하나가 빠른 속도로, 그러나 아주 조용하게 소한천을 향해 날아왔다.

너무나 갑작스럽고 의외의 공격이었기에 소한천은 깜짝 놀라고 말았지만 단도로 일단 부딪쳐 갔다.

“은월막(銀月膜)!!”

도막(刀膜)의 경지는 아니었지만 그에 못지않은 위력적인 기의 막이 형성되며 곧 은마의 이기어검과 부딪쳤다. 자신이 손해를 봐도 약간의 내상만 입을 것이라 생각한 소한천은 부딪치는 순간 일어난 현상에 눈을 크게 뜰 수밖에 없었다.

은월막이 펼쳐진 곳에서 마치 검이 사라지는 듯하더니 놀랍게도 은월막을 지나 계속 그를 향해 날아갔기 때문이다.

“신검비(神劍飛)!”

외침과 동시에 번개같이 날아간 임사우의 신마검은 소한천의 한 자 앞까지 다가온 은마의 검과 부딪쳤고 은마의 검은 두 자루로 동강 나버리고 말았다. 임사우의 검은 살짝 곡선을 그리며 임사우의 손 안으로 들어갔다.

“이기어검? 그 나이에 그 경지에까지 이르렀나? 상당하군. 후후후후!”

“음…….”

두 사람은 어느새 석실 입구 앞에 나타나 있는 은마의 모습에 침음성을 흘렸다. 이름답게 이기어검의 특징이나 경공의 특징이 너무나 은밀했던 것이다.

임사우는 자신의 이기어검과 부딪치는 순간 받았던 결코 무시하지 못할 저항력을 생각하고는 그리 쉬운 싸움이 되지 않을 것이라 느꼈다.

‘이기는 것보다는 여기서 빠져나갈 생각부터 해야겠구나.’

은마는 전신에 검은 야행복을 입었고 얼굴은 검은 복면을 하여 오직 보이는 것은 그의 두 눈과 코, 입뿐이었다. 그 모습은 마치 자객을 연상시켰지만 결코 자객들은 가질 수 없는 강렬한 분위기를 내고 있었다.

“검을 갈라 버렸으니 할 수 없이 나의 특기를 써야겠군.”

그는 말을 끝냄과 동시에 품 안으로 손을 넣었고, 빼는 순간 두 손은 두 사람을 향해 뻗어나왔다. 그의 손에서 무언가가 날아온다 생각되자 두 사람은 지체없이 좌우로 흩어졌다. 소한천은 아직 정신을 차리지 못한 모용군영과 같이 옆으로 피했다.

천장에 있는 야명주의 빛에 반사되어 어떤 무기인지 확인은 할 수 없었지만 그것은 사방으로 빛을 뿌리며 두 사람을 향해 양 옆으로 갈라졌다.

“하앗!”

임사우가 자신을 향해 날아오는 무기를 향해 신마검을 휘두르자 이내 쇠가 부딪치는 강렬한 소리가 났다.

“큭!”

임사우가 전신을 강타하는 듯한 둔탁한 힘에 자신도 모르게 뒤로 세 발자국 물러날 때 그 무기는 잠시 멈춘다 싶더니 놀랍게도 다시 그를 향해 날아왔다.

임사우는 상대방이 자신들을 최대한 신속하게 죽이기 위해 강한 무공을 쓰고 있음을 판단하고 자신 역시 길게 끌 필요 없다고 생각하였다.

그때 은마가 다시 품에서 무언가를 꺼내 두 사람을 향해 내던졌다.

‘반월도!’

임사우는 자신에 의해 잠시 멈추었던 그 무기가 손바닥보다 훨씬 작은 날이 휜 반월도임을 알 수 있었다. 그가 다시 던진 반월도는 원을 그리며 회전하면서 두 사람을 향해 날아왔다.

그가 시전하는 것은 이기어도술이었지만 반월도라는 암기의 특성을 이용해 네 개를 동시에 시전한 놀라운 무공이었다.

은마의 이기어도술에 더 이상 지체했다가는 그뿐만 아니라 피하고 있는 두 사람 역시 위험해질 것이 분명했다.

자신의 바로 앞에 있는 반월도를 향해 강력한 힘으로 검을 부딪쳐서 밀어낸 임사우는 내공을 더욱 끌어올렸다. 그의 전신에서 흰 기운과 검은 기운이 동시에 서로 엉키며 뿜어져 나왔고, 이어서 그는 자신이 들고 있던 신마검을 던졌다.

"횡회륜광검(橫回輪狂劍)!"

"아니!!"

은마의 놀람에 찬 목소리가 울렸지만 그 소리는 신마검이 반월도를 박살 내버리는 광경에 묻히고 말았다.

임사우가 던진 신마검은 횡으로 보이지 않을 정도로 빠르게 회전을 하며 일청의 검강이 되어 날아가 두 개의 반월노를 차례대로 박살 내었고, 이어 크게 회선하더니 소한천과 모용군영을 위협하던 두 개의 반월도 역시 박살 내버리고는 임사우에게로 날아갔다.

그가 손바닥을 내밀자 그것은 신기하게도 그의 손 세 치 정도 위에서 고속으로 회전을 하며 그의 손의 움직임에 따라 같이 움직이고 있었다.

"크… 크크……!"

은마는 그 놀라운 광경에 놀란 것인지, 아니면 우습게 보이는 것인지 의미를 알 수 없는 웃음을 쥐어짜듯이 냈다.

"다시 간다."

"나 역시."

은마는 품에 다시 손을 넣더니 무언가를 꺼내었다. 꺼내는 순간 바로 던질 줄 알았던 임사우는 긴장했지만 그가 꺼내기만 할 뿐 아무런 행동도 취하지 않자 그의 손에 들려 있는 것을 보았다.

"철구(鐵球)?"

그의 손에 들려 있는 것은 빛마저 흡수해 버린 듯한 묵빛의 철구였다. 한 손으로 감싸 쥐면 딱 맞을 정도의 크기인 철구는 은마가 주먹을 쥐자 이내 임사우의 시야에서 사라져 버렸다.

"이것마저 그 횡회륜광검으로 받을 수 있다면 내가 여기서 물러나 주지. 큭큭!"

그는 말이 끝남과 동시에 가볍게 손바닥을 펴며 팔을 앞으로 내밀었다. 뭔가를 살며시 미는 듯한 행동이었지만 그 철구는 마치 강력한 힘에 밀린 듯 좀 전과는 비교도 되지 않는 속도로 임사우를 향해 쏘아져 나갔다.

"헛!"

엄청난 빠르기에 임사우는 순식간에 자신의 미간까지 날아온 철구에 당황하며 급히 허리를 뒤로 젖혔고 철구는 그의 머리 위를 지나가 버렸다.

하지만 임사우는 혹시나 하는 마음에 방심하지 않고 좌측으로 몸을 빠르게 회전하면서 날렸다. 철구는 임사우의 생각대로 원래 있던 자리로 회선하여 지나가고 있는 중이었다.

"핫!"

임사우의 손에서 다시 검이 회전하며 은마를 향해 날아갔고 되돌아오던 철구는 급히 방향을 바꾸며 검과 부딪쳐 갔다.

카캉!!

"크읏!"

"흡!"

두 사람은 서로 강력한 충격을 받으며 뒤로 밀렸지만 철구는 반월도처럼 잠시 멈칫하더니 이내 임사우를 향해 날아갔다. 임사우는 피하지 않고 떨어지던 검을 다시 회전시키며 철구와 맞부딪쳐 갔다.

"아니!"

"아!"

관전하던 소한천과 모용군영의 입에서 경악에 찬 탄성이 터져 나왔다. 놀랍게도 철구는 검과 부딪치는 순간 두 개로 나뉘어졌고 그중 하나가 허공 위로 튀어 오르더니 다시 임사우를 향해 날아갔기 때문이다.

생각지 못한 의외의 공격에 임사우는 완전히 피하기는 늦었다고 생각하며 몸을 최대한 빠르게 뒤틀었다.

퍼억!

"크윽!!"

둔탁한 소리와 함께 반 조각이 난 철구는 임사우의 왼쪽 팔 상박에 부딪치자 임사우는 온몸을 저릴 듯이 전해져 오는 고통에 소리를 냈지만 절륜한 인내력으로 참으며 은마를 향해 무음광선지를 시전했다.

은마의 오른쪽으로 회선하며 날아간 무음광선지는 은마가 채 알아채기도 전에 그의 단전을 적중시키려 했다. 하지만 암습을 뒤늦게나마 알아챈 은마는 원래부터 그곳에 없었다는 듯 자리에서 사라져 버리고 말았다.

쨍그랑!

반 조각 난 철구와 신마검이 땅에 떨어지는 소리가 석실을 울렸고, 장내는 적막에 휩싸였다.

임사우는 부서진 왼팔을 부여잡으며 시선을 돌렸다. 그가 향한 시선은 석실 입구 왼편의 구석이었는데 그곳에는 은마가 서 있었다.

"……."

"후후후, 그 노력이 상당하군. 마지막 무음회선지. 하마터면 단전이 뚫릴 뻔했다."

임사우는 아무 말 하지 않고 은마를 보고 있을 뿐이었다.

"하지만 횡회륜광검이 그 정도뿐이라면 아쉽군. 횡회륜광검의 진정한 극의를 깨우치지 못했군. 그 정도라면 천섬도(天閃刀)의 경지는 알 만해. 그리고 신마공(神魔功)의 백미라 할 수 있는 검도요(劍刀窈)는 건드리지도 못했을 것이 뻔하지."

그의 말에 임사우는 두 눈을 크게 치켜뜨며 말했다.

"대체 당신은… 어떻게 아무도 모르는 것을……?"

"큭큭큭, 약속은 지키겠다. 나의 손바닥에 구멍을 내버렸으니 약속은 지켜야겠지."

그는 그렇게 말을 끝내고는 미련없이 석실 밖으로 사라져 버렸다.

"임 대협, 괜찮습니까?!"

"괜찮네. 팔이 부서지긴 했지만……."

"임 대협, 좋지 않은 모습 보여줘서 죄송해요."

모용군영은 자신이 정신을 차리지 못해 두 사람에게 부담만 된 것에 미안한 듯 고개를 푹 숙인 채 사과했다.

"괜찮소. 백리 사매의 죽음은 정말 뭐라 말해야 될지 모르겠구려."

“…….”

“…….”

임사우의 말에 두 사람은 아무 말도 할 수가 없었다. 자신들의 조력자이자 또한 친구이기도 했던 사람이 너무도 끔찍하게 죽어버린 사실이 그들에게는 큰 상처로 남을 것이다.

“이제 모든 윤곽은 확실해졌소. 남은 것은 행동뿐.”

그는 두 사람을 데리고 밖으로 나왔다. 석실 안은 야명주로 밝았지만 밖은 드리워진 나무들로 인해 빛조차 들어오지 않아 매우 어두웠다.

두 눈을 밝게 빛내던 임사우는 아까 싸웠던 은마의 말을 기억해 내고 있었다. 그가 자신의 무공에 대해 안다는 것은 그리 중요한 사실이 아니었다. 자신이 그에게 졌다는 것이 중요했다. 그것은 자신의 무공이 아직 부족하다는 가슴 아픈 사실임을 뜻했다.

‘아직 올라갈 데가 있다는 것은 다행일지도 모른다. 하지만……. 운성 형님…….’

그는 갑자기 뇌운성이 뇌리에 떠올랐다. 자신을 성장시키기 위해 모든 것을 버리고 떠나 버린 그.

‘그러고 보니 관영도 그동안 잊고 지냈구나. 후후, 아직 난 멀었다는 것을 잊고 지냈는지도 모른다.’

기묘한 대치 상태인 채로 어느새 두 달이 지났다. 대치 상태라고 볼 수도 없는 것이 양쪽 모두 서로 경계를 하는 것이 아니라 임사우와 호사란 쪽만이 사라성주 쪽을 경계하고 있는 한 방향 대치였다.

두 측 사이에는 아무런 일도 없었다. 서로에 관한 어떤 행동도 입장도 없었기 때문에 사라성 내의 상당수 사람들은 평소와 같은 줄 알고 있겠지만 알고 있는 자들은 알고 있었다. 언젠가는 터지고 말 것이라는 것을.

이미 임사우와 호사란 쪽은 사라성주를 마인으로 규정 짓고 있었고 그들에 대항할 힘을 기르며 상대방의 반응을 기다리고 있었다. 하지만 사라성주 쪽의 반응은 감감무소식 그 자체였는지라 그들로서도 힘이 완전히 길러질 때까지 가만히 있을 수밖에 없었다. 사라성 쪽도 무엇을 하고 있긴 하는지 그 활발했던 대외 활동조차 호미란의 일이 있은 후부터는 없었다.

서로가 서로의 눈치를 보는 듯 그렇게 시간은 두 달이 조금 넘었고 결국 임사우, 호사란 쪽은 그들이 원하던 힘을 완성시킬 수가 있었다.

사라성은 타 세력을 흡수한 단체가 아니라 단독으로 세워진 집단이었다. 그렇기 때문에 따로 세력을 기르기 위해 걸림돌이 되는 것은 사라성에 대항할 세력들을 설득하는 것뿐이었다.

사라성이 하는 일에 대한 부당성과 자신들이 하려는 일에 대한 타당성, 그리고 앞으로의 계획과 자신들이 현재 가지고 있는 힘들, 이런 것들을 내세워 그들은 끊임없이 타 세력을 설득해 나갔다. 그리고 타 세력의 흡수뿐만 아니라 직접 무력 단체를 기르며 결국 사라성 못지않은 힘을 기를 수 있었다.

"이제 어떻게 해야 하죠?"

소류연은 모여 있는 네 사람에게 앞으로 할 일에 대해서 물었다.

"물론 이제 우리들의 입장을 표명하는 것이야. 그것을 사라성뿐만 아니라 전 중원에 알려야 해. 지금까지는 비밀스럽게 일을 해왔지만 힘이 생긴 이제부터는 그럴 필요가 없어졌어. 며칠 후 우리는 사라성에게 먼저 입장을 표명할 것이고 그 다음부터 정식으로 사라성을 나가

서 활동할 것이야."

"이제야……."

소류연은 기대에 찬 눈빛으로 호사란을 바라보았다. 그녀의 눈을 직시하며 고개를 끄덕인 호사란은 입가에 미소를 지으며 말했다.

"이제 우리는 연합무림맹(聯合武林盟)이라는 이름으로 강호 활동을 시작할 거야."

그녀의 강인한 의지가 서려 있는 말에 네 사람은 은연중 고개를 끄덕였다. 그녀의 가슴 아픈 결정이 있었기에 오늘이 올 수 있었던 것이다. 그녀가 용단을 내리지 못했다면 자신들이 하고 있던 일들은 유야무야되어 버렸을 것이 뻔했고 다섯 명의 모임도 흐지부지되었을 것이 분명했다. 어쩌면 자신들의 목숨마저 위험했을지도 몰랐다.

"소 소협, 마지막으로 저희들에게 그동안의 일에 대해 전반적으로 말해 주세요."

"네, 알겠습니다."

소한천은 고개를 끄덕이며 자리에서 일어나 자신이 준비해 온 책자를 들어 펼쳤다.

"본 연합무림맹은 일 년여 전부터 일을 도모해 왔다. 초창기에는 혹시나 있을지 모를 사태에 대비하여 비밀스럽게 기르던 비밀 단체였으나 사라성주가 무림의 평화를 깨뜨릴 조짐이 보이면서부터 본 연합무림맹의 색깔은 조금씩 확연해지기 시작했다. (중략)… 연합무림맹의 조직 구성원은 실질적인 전투 세력 비도대를 위시하여 검묘비의 두 분과 대헌비의 두 분, 오대무림세가인 독패장(獨覇莊), 금단장(金緞莊), 중광장(中廣莊), 혈명각(血鳴閣), 비궁(飛宮)과 수많은 군소방파 및 기인 이사들로 이루어져 있다. 이는 모두 무림의 평화를 이루기 위한 의지로 모인 결사대적인 성격을 띠고 있으며 목적이 이루어진 후에는 다시 예전으로 돌아가 지배와 피지배의 관계를 만들지 않기로 약속되어 있다. (후략)……."

그의 말은 약 반 다경이 지난 후에야 끝이 났다. 그가 읽은 내용 중에는 상당수가 나중에 표명할 선언문에도 포함될 내용이었으므로 중요한 것이라 할 수 있었다.

소한천이 자리에 앉자 임사우가 자리에서 일어나 네 사람을 둘러보며 말했다.

"이제 최대한 빠른 날짜에 거사를 시작하겠소. 반드시 만반의 준비를 갖추어 만일의 사태에 대비하여야 하오."

"임 대협, 사라성주님께서 사자를 보내셨습니다."

"무슨 일이죠?"

밖에서 들려온 의외의 전달에 다섯은 의아해함과 동시에 약간의 불안한 감정이 생기기 시작했다.

"들어오라고 하세요."

"네, 알겠습니다."

호사란은 허락을 하고는 네 사람에게 말했다.

"어차피 올 것이라고 생각했습니다. 단지 그 시기가 좀 더 빨랐을 뿐이죠. 분명 사라성주는… 우리가 하는 일에 대해 많은 것을 알고 있을 겁니다."

그녀는 자신의 아버지를 삼자 부르는 듯이 부르는 것에 순간 가슴이 아팠지만 이미 결정한 일로 왈가왈부하기 싫었고 감정적으로 되기 싫었기 때문에 모질게 마음먹고 이야기를 계속 이어나갔다.

"아마 우리에게 경고를 하러 왔을 거예요. 사라성주는… 미쳤을지는 몰라도 지략은 여전해요. 그리고 묘계은밀대 역시 치밀하죠. 특히 사라성주는 애초에 백리 사매를 없애려는 계획을 가지고 있었을지도 몰라요. 그래서 그 죽음은 피할 수 없었던 것이죠. 백리 사매가 죽음도 두려워하지 않고 많은 것을 알아내고 결국 직접 폐관 수련소까지 갔던 것은 아마 백리 사매가 그 사실을 알고 있어서였기 때문일 겁니다."

그녀의 말에 네 사람은 감탄하며 고개를 끄덕였다. 상당히 일리가 있는 말이었던 것이다.

소류연은 그녀의 말에 감탄하며 칭찬했다.

"정말 대단해요, 그런 생각을 할 수 있다는 것이."

"후후, 실은 내가 한 것이 아니야."

"그럼?"

"언니."

"아!"

호사란의 대답에 네 사람은 기쁜 기색이었다. 호미란은 무림인이 아니었을 때도 대단한 두뇌로 세인을 깜짝 놀라게 한 천재였다. 그녀의 끝 모를 지식과 나이 든 현명한 노인들도 혀를 내두를 정도의 지혜는 단순히 그 능력에서만 뿐만 아니라 사라성에 이용되었을 때의 그 여파에도 대단한 기대를 모았을 정도였다.

그런 그녀가 호사란에게 그 말을 했다는 것은 정신적 충격에서 상당히 회복되었다는 것이었고 그녀 또한 자신들과 같은 길을 가겠다는 의미가 되기도 했다.

"그녀는 이제 괜찮나요?"

모용군영의 물음에 호사란은 고개를 끄덕였다. 모용군영은 그녀의 대답에 말을 더 이으려 했지만 그때 사라성주가 보낸 사자가 도착했다는 말에 그만둘 수밖에 없었다.

"들어오라고 하세요."

그녀가 말하자 문이 열렸고, 이어서 검은 무복에 검은 복면을 한 사람이 천천히 걸어 들어왔다. 그는 바로 임사우와 소한천, 모용화란에게 강한 인상을 남겨주었던 은마였다. 사자로서 의외의 인물이 들어오자 세 사람은 자연히 긴장하게 되었고, 호사란과 소류연 역시 평범한 기운이 아닌 사내에게 경각심을 가지게 되었다.

"긴장할 필요 없다. 흐흐흐! 단지 사자로서 성주의 말을 전달하러 왔을 뿐이니까."

"무슨 내용이냐?"

임사우가 싸늘하게 말하자 은마는 품에서 서찰을 꺼내더니 그에게 건네주었다.

임사우는 그가 내공으로 살짝 던진 서찰을 가볍게 받아 들고는 펴 읽기 시작했다.

"……."

"우랑, 무슨 내용이죠?"

임사우는 은마 때문에 말하기가 꺼려졌지만 이미 다 알고 있는 사실이었기 때문에 그가 들어도 크게 변할 것은 없다고 생각하고는 말했다.

"성주가 항복을 권고하고 있소. 당신의 말처럼 이미 우리가 하고 있는 일에 대해 상당한 부분을 알고 있는 것 같구려."

"음……."

임사우의 말에 네 사람은 침음성을 흘릴 수밖에 없었다. 호미란의 말이 정확했던 것이다.

"크크… 너희들이 뭘 하려고 하는 것인지는 알고 있다. 내용에 써

있는 것처럼 성주의 두 딸은 이제 쓸데없는 짓은 그만 하고 돌아오는
것이 신상에 좋을 것이다. 그렇지 않으면 다른 사람들이 위험해질 것
이라는 걸 잊지 말도록."

"저의… 저의 남편은 어떻게 되었죠?"

갑자기 문밖에서 호미란이 나타났다. 그녀는 아무도 모르게 기척을
숨긴 채 듣고 있다가 더 이상 참지 못하고 나와 자신의 남편에 대한 이
야기를 물은 것이었다.

"돌아온다면 모든 것을 돌려준다고 하였으니 결정을 내리거라. 큭큭
큭, 그렇지 않으면 너희들은 모두 죽을 것이다. 이미 이 서신이 전달된
시점에서 도망은 소용없다는 것도 알아야겠지?"

"제 남편… 살아 있나요?"

호미란은 혹시나 하는 표정으로 그에게 물었다. 그의 표정을 살피고
싶었지만 복면을 가리고 있는 상태였고 눈빛 또한 무감정해 보였기 때
문에 그의 마음 상태를 안다는 것은 불가능했다.

"좋아, 좋아. 가르쳐 주지. 크크크! 성주가 상당히 아끼는 여자이니
까. 네 남편 군역효는 아직 살아 있다."

"아!"

호미란은 은마의 말에 고개 숙여 흐느끼기 시작했다. 이 와중에도
너무나 기쁜 소식이었다.

하지만 호사란은 은마의 말에 역겨움을 금치 못했다. 성주라는 자는
자신의 언니를 상당히 아끼고 있다고 했다. 그것은 분명 언니의 놀라
운 내공 때문이리라. 호사란은 끓어오르는 분심(忿心)을 참지 못하고
탁자를 세게 치며 자리에서 일어났다.

"흥! 성주에게 가서 전해라! 우리는 결코 항복 따위는 하지 않는다

고! 그 따위 미혹책으로 우리를 분열시킬 셈이냐! 어서 가라!!"

이렇게 심하게 화낸 적이 없는 그녀였기에 이런 불같은 분노는 장내에 있던 사람들을 매우 놀라게 했다.

"흐흐흐흐!"

은마는 사람을 압사시킬 듯한 놀라운 기도를 내뿜는 호사란이 앞에 있음에도 꿈쩍도 하지 않고 음산한 웃음을 한동안 지었다. 얼마나 길게 웃었을까. 은마는 어느 순간 웃음을 그치고는 몸을 돌려 문으로 향했다.

"큭큭, 내가 바라던 바다. 아주 재미있겠군."

"이익!"

은마의 비꼬는 듯한 마지막 말에 호사란은 주먹을 꽉 쥐며 가까스로 살심(殺心)을 참아내었다. 이런 일순간의 분노를 참지 못하고 함부로 행동을 해봤자 자신에게만 손해일 뿐임을 그녀는 알고 있었다.

은마가 사라진 후 호미란은 호사란에게 뛰어와 그녀의 손을 잡고 눈물을 흘렸다.

"미안하구나. 미안해, 사란아. 너는 그렇게 힘든 결정을 하고 모진 마음을 먹고 있는데 나는 이렇게 나약한 모습을 보이는구나."

"아니야. 미안한 건 오히려 나야. 나 때문에 언니가 이런 고생을… 미안해."

"사란아……."

호미란은 그녀의 말에 계속 눈물만 떨굴 뿐이었다.

"이럴 때가 아니에요. 죄송하지만 이제 상황이 굉장히 심각하게 됐군요. 어서 대책을 마련해야 해요."

소류연의 말에 두 여인은 고개를 끄덕이며 잡았던 손을 놓았다. 소류연의 말처럼 지금은 감상에 젖을 때가 아니었다. 성주의 권고를 거절한 이상 그가 말한 대로 분명 자신들을 해하기 위해 조치를 취할 것이 분명하기에 자신들도 그에 대비할 필요가 있었다.

"언니, 이제 어떻게 해야 하지?"

"성주의 상태로 보면 상당히 호전적이니까 실력 행사를 할 거야. 그에 대비하기 위해 우리는 지금 즉시 긴급 소집령을 내려야 해. 외부의 세력을 여기까지 몰고 오는 것은 전면전을 의미하는 것이니까 완전한 준비가 되지 않은 우리에게는 상당히 불리하니 일단 내부의 세력이라도 모아 방어전을 펼쳐야 해."

"하지만 우리도 사라성의 전력과 비슷하지 않습니까? 전면전도 크게 밀릴 것 같지는 않습니다."

소한천이 반박하자 호미란은 고개를 저었다.

"그동안 우리가 예전의 사라성의 힘에 맞추어 힘을 키웠다면 그들은 그동안 무림을 재패하기 위해 아주 은밀히, 그리고 거대하게 세력을 키웠을 거예요. 아까 그 사람만 보아도 알겠지요? 은마라는 자인데 전전대 마도에서 살명(殺名)을 떨쳤던 무서운 고수예요. 아마 살마(殺魔)라는 자도 성주 곁에 있을 거예요. 은마와 살마는 그 당시 이마(二魔)로 불리며 강호를 종횡한 마두들입니다. 그들의 무공 정도는 몰라도 살명은 결코 예전의 혈영천마에 못지않은 무서운 자들입니다."

"그럼 대체 나이가……?"

"상상도 할 수 없겠죠. 은마도 문제이지만 살마라는 자는 더욱 무서운 자예요. 무공에 있어서 은마를 훨씬 뛰어넘죠. 은마는 교활함과 치밀함 면에서 정말 무서운 자이지만 무공만을 논한다면 살마를 따라갈 수가 없어요. 살마의 무공은 여태껏 나타난 것으로 추측하면 결코 성주의 아래가 아닐 정도예요. 아니, 예전의 성주와 비교하면 되겠군요."

“그 정도란 말이에요?”

소류연이 놀라자 호미란은 고개를 끄덕이며 다시 말을 이었다.

“분명 저쪽의 세력 또한 엄청날 것입니다. 그러니 우리는 이곳에서 포섭한 우리의 세력을 서둘러 소집해야 합니다. 그리고 최대한 적은 피해로 이곳을 빠져나가야 해요. 아, 제가 조금만 더 일찍 정신 차릴 수 있었더라면……..”

“아닙니다. 사라성주 또한 우리가 예측하지 못한 시기에 이런 일을 벌였습니다. 그러니 지금이라도 이런 대처를 할 수 있다는 것이 다행일 뿐입니다. 한천, 나의 이름을 빌어 지금 당장 긴급 소집령을 내리게. 그리고 그 본부를 비도대(飛刀隊)로 옮기겠네. 지금 즉시 시행하게나.”

“네, 알겠습니다!”

임사우가 자신의 신분을 나타내는 명패를 꺼내 그에게 주자 소한천은 그것을 받아 든 뒤 지체없이 회의실을 나갔다.

“우리는 서둘러 비도대로 간 뒤 방어선을 구축해야 할 겁니다. 그리고 퇴로를 만들어야 해요. 그렇지 않으면 우리는 꼼짝없이 적지에 갇힌 채 죽게 될 것입니다.”

한 시진이 지나자 긴급 소집령은 약 육 할이 이루어져 있었다. 하지만 육 할이라 해봤자 그다지 많은 수가 아니었다. 사라성 내에서 포섭한 자들은 사라성 전체에 비교하면 턱없는 수에 불과하기 때문이었다.

그래도 포섭한 자들은 대부분 무림의 평화를 원하는 자들이었으며 무공 또한 높았다. 물론 이들 중에는 단지 사라성주의 독주가 싫어서 참여하는 자들도 있었으나 두 측의 공통점은 분명히 존재했다. 바로 사라성주가 혈세하려는 것을 막는 것. 그들은 세상이 피로 씻기는 것을 원치 않는 자들이었다.

비도대의 대사청에는 이십여 명에 달하는 사람들이 모여 있었다. 모두 임사우와 호사란 측에서 그간 사라성이 사도로 빠져드는 것을 지켜보다가 못해 막기 위해 포섭한 세력들이었다.

이 중에는 검묘비에서 옛날 관영호와 잠시 대치한 적이 있는 천하쌍괴 두 사람도 있었고 대헌비에 있던 장로들 중 두 사람도 와 있었다.

두 사람 중 한 명은 문학문과 간도민의 결혼식에 왔었던 백소화의 아버지인 검명 백무도였다. 다른 한 명은 한 자루의 봉으로 무림을 질타했던 천하제일봉(天下第一棒) 추계연(秋契連)이었다.

이 네 사람만 해도 한 장소에 모였다는 것이 엄청난 일이 아닐 수 없었다. 특히 괴이하게 생긴 두 노부부는 그 옛날 이마(二魔)가 존재하던 시절 천하쌍괴(天下雙怪)라는 별호로 강호를 종횡무진한 고수들로 현재는 검묘비에서 은거하는 것으로 알려져 있는데 여기에 있는 것이었다.

백무도와 추계연 역시 현재 무림천하를 뒤흔들고 있는 고수 중의 고수였기에 그 이름이 결코 무색하지 않았다.

"비도대주께서 오셨습니다."

비도대 제일단장 마공도 삼송현이 들어와 말했다. 그는 현재 연합무림맹의 총관 격이나 마찬가지인 인물로 그 직책에 맞게 연합무림맹의 대소사를 총괄하는 중책을 맡고 있었던 것이다.

"어서 들어오라고 하시오."

"네."

잠시 후 대사청의 문을 열고 세 사람이 들어왔다. 세 사람은 바로 천수환도 궁상과 그의 자식들인 궁소현과 궁대현이었다. 예전 관영호와 만났을 때의 앳된 얼굴은 사라지고 어느새 성숙한 아름다움과 사내다운 기상을 풍기는 모습이 되어 있었다.

"임시 맹주께 인사드립니다."

천수환도 궁상이 임사우에게 정중하게 인사하자 임사우는 고개를 저으며 어색해했다.

"아직 임시 맹주조차 아니니 그런 호칭은 부담스럽습니다. 그냥 보통 때처럼 불러주십시오."

"하하, 역시 겸손하십니다."

"과찬입니다."

"임가야, 혹시 혈영천마는 없느냐?"

쌍괴 중 남자 노인이 혹시 그가 이곳에 있지 않을까 해서 임사우에게 물었지만 대답은 자명했다.

"혈영천마? 그자는 옛날의 인물입니다. 전대 고수들이 생존해 있긴 하지만 그자는 실종된 지 오래고 아마 죽었을 겁니다."

"으음, 알았다."

그는 안타까운 표정으로 입맛을 다셨다. 아무래도 그는 강호에서 활동하고 있지는 않은 듯했기에 더 이상 물을 필요가 없는 것 같았다. 만약 그가 자신들에게 와준다면 아주 큰 힘이 될 것이다. 아니, 자신들의 목적은 이룬 것이나 다름없었다.

그때 보았던 십 자 길이의 엄청난 검강. 무림 역사에서 십 자 길이의 검강을 구사할 수 있는 무림인은 단언코 한 명도 없었다. 아직도 그 상황을 떠올릴 때면 가슴이 두근거리는 노인이었다.

"빠른 시간 내로 사라성주가 무력을 행사할 것입니다."

임사우는 사람들의 주의를 집중시킬 겸 해서 바로 이번 일과 관련된 말을 꺼내었다.

"그것 때문에 긴급 소집령을 내린 것이었습니다. 아시다시피 묘계은 밀대의 정보력과 계략은 매우 뛰어나 사라성주는 우리에 대해 많은 것을 알고 있습니다."

그는 좌중을 둘러본 뒤 다시 말을 이었다.

"그는 우리에게 항복을 권고하며 그렇지 않을 경우에는 모두 죽일 것이라고 했습니다. 그는 이미 우리에 대한 존재를 파악하고 때를 기다리다 오늘 저희에게 경고를 한 것입니다."

임사우는 그녀에게 발언권을 돌리려는 의도로 호미란을 향해 시선을 돌렸다. 호미란은 가볍게 고개를 끄덕이고는 그의 말을 이어받았다.

"그가 우리가 하고 있는 일을 파악한 데다 이제 정식으로 선전포고를 했다는 것은 그쪽에서 무림 재패를 위해 힘을 기르던 것이 어느 정도 완성이 되었다는 반증이기도 합니다. 무력을 행사한다면 우리는 수도 적고 흩어져 있기 때문에 굉장히 위험합니다. 그러므로 이렇게 모인 것이고 곧 있을 그들의 공격에 대항하여 퇴로를 만들어 사라성을 빠져나가야 합니다."

"지금 당장하면 되지 않겠소? 아직 움직임이 없는 것 같은데 이 기회를 틈타 나가면 되지 않소?"

좌중 중의 한 명이 그렇게 말했다. 그는 사라성의 칠축 중에서 낭인축의 축주인 낭객(浪客) 수현군(洙玄君)으로 상당히 많은 낭인들을 거느려 제법 비중이 있는 자이기도 했다.

"아닙니다. 사람을 통해 알아보았는 바 이미 사라성의 유일한 출입구인 정문으로 향하는 모든 통로가 폐쇄되어 있습니다. 그것으로도 이미 사라성주는 우리를 이곳에서 모두 죽일 생각인 것으로 알 수 있어요.”

“음…….”

그녀의 말에 사람들은 수긍하지 않을 수 없었다. 그렇다면 이제 남은 것은 사라성과의 접전뿐이었다.

“반드시 도망가야만 하오?”

누군가가 그렇게 묻자 대답한 것은 호미란이 아니라 백무도였다.

“정면 대결로는 승산이 없소. 이미 사라성주는 엄청난 힘을 지니고 있소. 전대 거마두들을 대거 영입하였고 또한 은밀히 키워놓은 세력도 대단한 데다 사라성주의 무공 또한 추측을 할 수 없을 정도로 강해졌기 때문에 일단 후퇴한 뒤 중원에 포섭해 놓은 세력들을 모아 대결을 해야 하오. 이대로는 바위에 계란을 던지는 꼴밖에 되지 않소.”

그의 말에 아무도 이견을 내놓지 못했다. 그의 말 한마디가 결정적이었던지 다들 수긍하는 분위기였다.

“이미 경계 강화 지시령을 내렸습니다. 동서남북 사방에서 이곳 비도원(飛刀園)을 지키고 있지만 만약 그들이 먼저 공격할 것에 대비하여 만반의 대비를 해야 할 것입니다. 오늘 밤이 지날 때쯤 우리들은 퇴로를 확보하여 사라성을 빠져나갈 것이니 경계를 늦추지 말고 퇴각 준비를 해주십시오.”

회의는 대략 끝이 나고 사람들이 나갔지만 몇몇은 아직 남아 있었다. 임사우와 호사란, 그리고 호미란, 쌍괴 노부부였다.

“노선배, 저희들에게 어떤 할 말이 있습니까?”

“너희들 중에 제일 강한 사람이 누구냐?”

임사우는 천하쌍괴가 말한 의도를 눈치채고는 솔직하게 말했다.

“여기 계시는 처형이 가장 강할 것입니다.”

“음, 그 다음에는?”

“그 다음에는… 송구스럽지만 저라고 할 수 있습니다.”

“그래? 쯧쯧쯧, 너희들 가지고 어떻게 대사에 임할 수 있겠느냐? 물론 맹주 너야 아직 강해질 가능성이 무한하긴 하지만 지금 중요한 것은 그게 아니지 않느냐? 좀 더 강한 자들을 영입해야 한다. 그렇지 않으면 심마를 입었어도 무섭도록 강해진 사라성주를 이길 수 없다.”

“아냐, 이 영감탱이. 사라성주한테는 채 가지도 못하고 그 측근인 마두들에게 끝장나고 말 거야.”

“그럼 어떻게 해야 합니까?”

“당연히 고수들을 더 찾아야지. 고수는 많을수록 더욱 좋다. 하다못해 그때 보았던 천풍공자라는 애송이 녀석이라도 있으면 큰 도움이 될 텐데…….”

“하지만 지금 당장 영입할 수 있는 고수는 없는 것 같습니다. 일단 퇴로를 확보한 후 저희들의 기반이 확실히 다져지면 그때는 고수를 얻는 데 총력을 기울이겠습니다.”

“그래, 할 수 없구면.”

“아냐, 혈영천마가 있잖아!”

노인이 마치 투정 부리듯이 소리치자 노파가 신경질적으로 소리쳤다.

“이런 벽에 똥 바를! 아니라니깐! 없어, 그 사람은! 죽은 사람이란 말이야!”

“흥!”

“하하, 진정하십시오, 노선배님들. 반드시 고수를 영입할 테니 걱정하지 않으셔도 됩니다.”

임사우는 웃으면서 두 사람의 행동을 말렸다.

“젠장! 아무튼 고수가 더 필요해! 알았어?”

“네, 명심하겠습니다.”

임사우는 두 사람의 성격을 잘 알고 있었기 때문에 전혀 거슬리지 않는 듯 웃는 낯으로 거친 입담을 가진 그들을 상대했다.

두 사람이 나가고 나자 남은 세 사람은 서로를 쳐다보며 황당한 표정으로 웃음 지을 수밖에 없었다.

“혈영천마를 찾으시다니, 이상하시네요.”

“혈영천마가 존재하던 시절에 막 무림에 나오셨던 분이니까. 혈영천마와 같은 극강 고수가 필요하다는 것이겠지.”

두 부부의 말에 호미란은 고개를 끄덕이며 말했다.

“그래, 차라리 혈영천마라도 있었으면 좋겠어. 그 정도로 강한 자라면 우리에게도 엄청난 도움이 될 테니까. 아, 그리고 보니까…….”

“뭐예요, 언니?”

“내 병을 낫게 해주신 그분, 그분이 있었어. 대단히 강한 분이시지? 임 대협의 친구이기도 한 그분.”

“아!”

“음, 그 친구가 있다면 분명 큰 도움이 될 것입니다. 정말 잘 생각하셨습니다. 이번에 나가면 반드시 그 친구를 찾아가 우리를 도와달라고 해보겠습니다.”

세 사람의 앞으로에 대한 이야기는 한동안 계속되었다.

◆제7장 ◆ 척사비한단(斥邪悲恨團)

척사비한단(斥邪悲恨團)

簫骨片月滿
地碎陰清
絶技非枝南
竟有散
無哭
龐肯燈
顔折

"와아아아!"

"죽여라!!"

어스름한 새벽. 비도원은 수많은 무인들이 서로 죽이고 죽이는 살육전을 벌이는 아수라장이 되어 있었다.

그들이 뿜어내는 피는 여명을 붉게 물들이고 있었고 그들이 내뱉는 고통의 신음 소리는 대지를 뒤흔들고 있었다. 처절한 살육의 현장 속에서 싸움은 계속되었고 어느새 날은 서서히 밝아와 태양이 뜨기 시작했다.

싸움은 새벽이 오기 시작할 무렵부터 시작되었다. 마치 모든 것을 예측했다는 듯이 퇴로 확보를 위해 출발하려는 시점에 그들이 급습한 것이었다. 가장 흐트러질 때이기도 했지만 급습인데다 엄청난 수의 인원이 쳐들와 막기에는 역부족이었다.

그러나 임사우를 비롯한 여러 고수들이 이곳저곳에서 분전하였기에 지금까지 간신히 올 수 있었다. 그들은 사라성주가 직접 나서지 않기를 바랄 뿐이었다. 그전에라도 어서 퇴각을 해야 했지만 사라성 쪽의 공격은 너무나 집요했고 강했다.

임사우는 날이 밝아오자 더 조급해졌다. 날이 밝으면 자신들이 더 확연히 노출될 것이고 그러면 저들은 자기 같은 주요 인물들을 향해 집중 공격할 가능성이 농후했다. 그렇게 되면 모두들 퇴각하기가 힘들어지므로 피해가 더욱 커질 것이다.

'이곳에 검마대와 혈잠대도 투입했다. 그건 우리를 확실히 해결하려는 의도겠지!'

임사우는 갑자기 땅속에서 솟아오른 검을 본능적으로 피한 뒤 검을 땅에다 박아버렸다. 살가죽이 뚫리는 느낌이 들자 그는 서슴없이 검을 뽑아 다시 자신을 향해 맹렬한 공격을 하던 검마대원 둘을 베어버렸다.

"임 대협!"

"아!"

호미란이 온몸에 피를 묻힌 채 그에게 날아왔다. 그녀는 평소답지 않게 두려움에 찬 표정으로 그를 바라보고 있었다.

"무슨 일이 있습니까?"

"사, 사라성주가……."

그녀는 끝까지 말을 잇지 못하고 고개를 숙여 버렸다. 이에 불길함을 느낀 그는 다급히 그녀를 재촉했다.

"말해 보십시오. 사라성주가 나타났다는 말입니까?"

"네……."

임사우는 주위에서 달려드는 다섯 명의 검마대원을 확인하고는 일단 신마검을 그들을 향해 휘둘렀다.

"하앗! 괴형탈마(怪形脫魔)!!"

거대한 검기가 사방으로 뻗어나가자 다섯은 흩뿌려지는 검기에 속절없이 죽어버렸다. 임사우는 그녀의 말에 다급함을 느낄 수밖에 없었다. 정말 그가 나타났다면 부딪쳐 봤자 결코 승산이 없기 때문에 무슨 수를 써서라도 퇴각을 해야 했다.

"이제 사람들을 모두 모아야 합니다! 모두 힘을 합쳐 사라성주가 쳐오기 전에 퇴로를 만들어야 합니다!"

임사우가 다급하게 그녀를 향해 소리쳤다. 갑작스런 기습으로 흩어져 버려 더욱 불리해진 자신들이었기 때문에 지금은 어떻게든 모여야 했다.

"저도 사람들을 모을 테니 처형께서도 사람들을 모아 비도원 뒤쪽으로 오십시오!"

"네!"

호미란은 그렇게 대답하며 그와 반대쪽으로 뛰어갔다. 임사우는 경신술을 발휘해 사람들을 찾아다니기 시작했다.

여기저기 누워 있는 시체들은 누구라 할 것 없이 처참했다. 사라성 쪽과 자신의 편인 연합무림맹 쪽 모두 큰 피해를 입은 듯했지만 그렇게 되면 결국 위험한 것은 자신들임은 자명한 일이었다. 자신들은 적지의 중심에 있기 때문이었다.

얼마쯤 갔을까. 그의 귀에 엄청난 비명 소리가 들려왔다.

"크아아악!"

"아아악!"

임사우는 혹시나 하는 마음에 서둘러 소리가 들리는 곳으로 날아갔다.

그곳은 큰 나무 몇 그루가 심어져 있는 정원으로 십여 명의 사람들이 모여 있었는데 한 사람을 가운데 두고 십여 명이 동시에 공격하고 있었다. 하지만 아까의 비명은 공격하는 쪽인 듯 몇 명의 시신이 바닥에 나뒹굴고 있었다.

시체들 중에 낭인 측 소속의 무사들도 몇 명 있는 것을 본 그는 연합 무림맹의 무사들임을 알 수 있었다.

"아!"

그는 그곳에 자신의 아내인 호사란도 한 사람을 공격하기 위해 그 중에 끼어 있음을 보고 놀라고 말았다. 임사우는 십여 명이나 모여 공격하려는 자가 누구인지 의아해 그를 향해 시선을 돌렸다.

"맙소사!"

그는 놀랍게도 손에서 장환(掌環)을 형성시키고 있었다. 장환을 쓴다는 것은 이미 그자가 장법에 있어서는 거의 극에 다다른 자임을 말해 주는 것으로 물론 그에 따른 무공 실력 또한 굳이 확인하지 않아도 당연히 알 수 있는 것이었다.

그자의 손에 있던 장환이 공격하던 사람들을 향해 날아가자 사람들은 그 장환을 막기에 급급했다. 검은색 장환은 사람들의 무기를 거침없이 부수고 있었고 사람의 몸마저 뚫어버리고 있었다. 그에 따라 터져 나오는 끔찍한 비명 소리는 사람들의 가슴속에 그에 대한 두려움과 경외감으로 처절히 인식되고 있었다.

임사우는 더 이상 지체해서는 안 된다는 생각에 재빨리 사람들이 있는 곳으로 다가가 소리쳤다.

"다들 물러서시오! 내가 상대하겠으니 비도원 뒤쪽으로 가서 기다리시오! 모두 모여서 함께 퇴각할 것이니 어서 그곳으로 가시오!"

임사우의 외침에 사람들의 시선이 그를 향했다. 그가 임시 연합무림 맹주 임사우임을 안 사람들은 그의 말을 믿고 하나둘 물러났다. 그러자 마지막에 남은 사람은 단 셋. 장환을 시전하고 있는 괴인과 임사우, 호사란이었다.

"크하하하!! 넌 또 무슨 애송이냐! 명령을 내리는 것을 보니 좀 하는 모양인데, 어디 이 노괴(老怪)랑 한번 손을 맞대어보자꾸나!!"

육십대의 나이로 늙수그레한 외모의 노인은 생긴 것과는 다르게 광소를 터뜨리며 그를 향해 장환을 날렸다. 검은색 장환은 부지불식간에 임사우의 심장을 향해 날아갔지만 임사우는 충분히 긴장하고 있었기에 신절(身絶) 무영종횡보(無影縱橫步)를 시전하여 놀라운 빠르기로 장환을 피한 다음 노인의 옆으로 다가갔다.

"크크크크!!"

노인은 기괴하게 웃으며 내밀었던 팔을 잡아당겼고, 그에 따라 장환역시 엄청난 빠르기로 되돌아와 임사우의 옆을 공격했다.

임사우는 장환의 빠르기가 예상보다 너무 빨라 자신이 노인을 공격한다면 자신 또한 크게 다칠 수밖에 없다고 판단하며 뒤로 물러났다.

장환은 놀랍도록 신속하게 임사우가 있던 자리에서 멈추어 서서 제자리에서 맴돌기 시작했다.

"좋아, 젖비린내 나는 녀석답게 상당히 빠르군! 크아앗!!"

노인의 눈에서 임사우를 죽일 듯한 광기가 분출됨과 동시에 장환이 임사우를 향해 날아갔다. 무시무시한 기세였지만 이번에는 피하지 않고 신마검을 맹렬히 찔러갔다.

"괴형첨(怪形尖)!"

신마검의 끝에서 동그란 구체가 모인 순간 검첨은 장환과 부딪쳤다.

쨍!!

마치 쇠와 쇠끼리 부딪친 듯한 소리가 나면서 장환은 소멸되어 버렸고 임사우는 그 반동으로 두 걸음 뒤로 물러났다. 내공에서의 우열은 드러났지만 임사우는 이 정도면 충분히 해볼 만하다고 생각하며 자신감을 가졌다.

"여보, 저도 같이 싸우겠어요!"

"안 되오! 당신은 지금 홀몸이 아니기 때문에 최대한 싸움을 자제해야 하오! 그러니 내가 아주 위급한 상황이 아닌 이상… 웃!!"

임사우는 갑작스럽게 날아오는 장환으로 말을 멈추고 급히 무영종횡보를 시전해 피해야만 했다.

"크크크!! 쓸데없는 말 많이 하지 마라! 어차피 너희들도 시간 끌어봤자 좋을 건 없지 않느냐! 크카카카!!"

그가 광소를 터뜨리며 팔을 이리저리 마구 휘젓자 장환 역시 그의 움직임에 따라 미친 듯이 이리저리 움직이기 시작했다.

임사우는 무영종횡보와 검법을 시전하며 그의 장환에 맞서갔지만 정신없이 빠른 장환의 움직임 때문에 임사우는 노인을 공격할 생각은 하지도 못하고 있었다.

"하앗!"

그의 검이 갑자기 횡으로 회전을 하기 시작하더니 원형 검강을 이루고는 이내 장환과 부딪쳤다.

파팍!!

무언가가 부딪치는 소리가 나면서 검과 장환은 일순간 정지했고, 이를 놓치지 않고 임사우는 노인을 향해 무음광선지를 쏘았다.

빛이 반짝이는 순간 임사우가 시전한 지공은 노인의 단전 바로 앞까지 날아갔고, 그렇게 노인의 단전은 속절없이 뚫리는 듯했다.

퍽!

놀랍게도 노인은 손으로 왼손으로 단전을 가리더니 무음광선지를 손으로 받아버렸다. 하지만 손은 뚫리지 않고 무음광선지만 허공으로 튕겨나 버리고 말았다.

"크크크!! 하아앗!!"

노인이 단전을 가렸던 왼손을 임사우를 향해 내밀자 또 하나의 장환이 날아갔고, 이내 두 개의 장환이 임사우를 위협하게 되었다.

하지만 임사우는 당황하지 않고 횡회륜광검으로 침착하게 두 개의 장환과 맞서기 시작했다. 사방으로 검과 장환이 부딪치는 소리가 진동하면서 돌부리와 먼지가 사방으로 치솟았고, 이에 시선이 주목되자 조금씩 사라성 쪽의 무인들이 몰려들기 시작했다.

막상막하의 치열한 공방전이었지만 시간을 끌수록 자신이 여러모로 불리하다는 것을 아는 임사우였기 때문에 최대한 빨리 해결을 봐야 했다.

'큰일이군!'

"여보! 일단 물러나요! 지금은 후퇴하는 것이 급선무이니까 물러서요!"

호사란의 전음이 그의 귓속을 파고들었다. 그도 그녀의 말에 그러고 싶었지만 이상하게도 상대방의 장환은 끈질겨 빠져나올 기회를 만들기가 여간 어려운 게 아니었다.

"란매, 상대방의 장환이 아주 집요하오. 마치 일부러 시간을 끄는 듯 놓아주질 않소."

그는 싸움 와중이라 간신히 틈을 내어 급히 전음을 그녀에게 보내었다. 자신을 향해 날아오는 장환을 다시 검으로 튕겨낸 그는 직감적으로 상대방이 전력을 다하지 않고 있다는 것을 알 수 있었다.

'이대로 가다가는 위험하다!'

"하앗!"

갑자기 노인의 옆으로 호사란이 공격해 들어갔다. 원래 이런 행위는 상당히 비겁한 것으로 간주되었지만 지금의 상황에서 그런 것을 따질 때가 아니라고 생각한 그녀였기에 비겁함을 충분히 감수할 수 있었다.

그녀의 검이 강렬한 빛을 내며 분홍빛 검기를 뿜어내기 시작했다. 그것은 그녀가 가지고 있는 최고의 검법인 옥룡천추삼십육검(玉龍天追三十六劍)이었다.

차례대로 펼쳐지기 시작한 검법은 연계되어 계속 펼쳐졌고 순식간에 자신을 위협하게 된 그녀의 검에 노인은 어쩔 수 없이 물러날 수밖에 없었다.

"크아악!! 이년!!"

그는 중요한 선기를 놓친 것에 분개하며 그녀를 향해 공격하려 했지만 장환을 소멸시킨 임사우가 어느새 횡회륜광검을 그에게로 날렸기에 노인은 그녀의 검과 임사우의 검을 동시에 받게 되어버렸다.

"크ㅎㅎㅎㅎ!!"

그는 기괴한 웃음을 지은 후 양손을 교차시키더니 두 사람을 향해 장을 내밀었다.

"묵환혈세(墨環血世)!!"

그의 양손에서 장환 수십 개가 쏟아져 나가 두 사람을 향해 날아갔다. 그 숨 막히는 광경에 두 사람은 대경하며 공격을 거두려 했지만 이미 늦은 후였다.

'안 돼!!'

임사우는 순간 호사란과 아직 뱃속에 있는 아이가 생각났다. 만약 이 공격을 막지 못하면 자신뿐만 아니라 자신의 아내와 아기마저도 생명을 보장할 수가 없음에 자신도 모르게 내공을 모조리 끌어올렸다.

"천섬도!!"

그의 신마검이 놀랍게도 순식간에 검에서 도로 바뀌며 그의 입에서 주위를 울리는 엄청난 사자후가 터졌다.

신마검이 아닌 신마도는 그의 손을 빠져나가자마자 형체가 사라져 버렸고 그 순간 그의 앞에 있던 장환은 모두 소멸되어 버렸다.

"크아아악!!"

신마도는 어느새 주위의 나무들을 모두 뚫어버리고 삼십 장 밖까지 날아가 나무에 박혀 있었다. 나무들의 몸에는 주먹보다 작은 크기의 구멍이 나 있어 천섬도의 무서운 위력을 보여주었다.

노인의 비명 소리는 사방을 울릴 정도로 처참하고 컸다. 그의 단전에는 나무에 있는 것처럼 주먹보다 작은 구멍이 나 있었고 피가 뭉클 뭉클 흘러내리고 있어 비명 소리 못지않은 처참함을 풍기고 있었다.

"……"

엄청난 수의 장환으로 속절없이 죽을 뻔한 호사란은 자신의 남편이 만들어낸 상황에 너무나 놀라 멍한 표정으로 노인을 바라보고 있었다. 주위에 모여들고 있는 사라성의 무인들은 눈에 들어오지 않을 정도로 그녀는 놀라고 있었다.

털썩!

노인은 경악의 표정으로 눈을 감지도 못한 채 앞으로 고꾸라져 버렸으며 임사우 역시 엄청난 무리로 인해 심한 내상을 입어 무릎을 꿇고 있었다.

"울컥! 우우욱!"

그의 입에서는 곧 죽지 않을까 걱정될 정도로 피가 하염없이 흘러나오고 있었다. 부족한 화후로 무리한 무공을 사용하여 몸에 큰 부담이 간 것이었다.

"하아… 하아……!"

그는 온몸이 흐느적거리는 것을 느꼈지만 그 무력감은 불가항력에 가까웠다.

"여보!!"

호사란은 그의 상태에 뒤늦게 정신을 차리고 그에게 다가갔다.

"괜찮아요, 여보?"

그녀는 자신의 남편이 이렇게까지 내상을 입은 적이 없었기 때문에 어지간히 놀란 표정이었다. 그것도 지금같이 시급한 상황에서 벌어진 일이라 그 놀람은 더할 수밖에 없었다.

"어서, 어서 저기 신마검을……."

그녀는 그의 말에 삼십 장 밖의 나무에 꽂혀 있는 신마검을 주우러 날아갔다. 온 힘을 다하여 경신술을 전개했기에 짧은 시간 안에 검을 가져올 수 있었지만 그 시간 동안 이미 적들의 모습은 하나둘 나타나고 있었고, 곧 자신들을 포위하게 되었다.

"크크크크크!"

"……!!"

"아!"

소란스러운 장내가 갑자기 고요해지면서 그들의 귀로 낮지만 아주 선명하게 음침한 웃음소리가 들려왔다. 두 사람은 본능적으로 불길한 느낌을 받았고, 이내 그 느낌은 현실로 드러났다.

"제법이군, 살마(殺魔)를 죽이다니. 살마 정도면 모두 끝날 줄 알았거늘… 너무 방심했던 것인가? 아냐. 내 사위의 무공 수위가 그 정도일 줄은 나도 몰랐으니까."

그 말이 위에서 들려오자 두 사람은 급히 고개를 들어보았다. 하늘에 떠 있던 그는 마치 누군가가 줄을 그의 몸에 매달아 위에서 내려주듯이 천천히 내려오는 놀라운 경공술을 보여주며 곧 그들의 십 장 앞에 서게 되었다. 바람이 불고 있었지만 사내의 옷은 그의 몸에서 일어나는 기운으로 인해 미동도 하지 않았다.

매우 준수한 얼굴에 서린 사악한 미소. 그의 얼굴은 미소와 더불어 은은한 마력을 품고 있었다. 어떤 여인이라도 넘어가 버릴 듯한 무서운 매혹력을 지닌 얼굴. 그는 사라성주 호극철이었다.

두 사람은 그의 등장에 할 말을 잃고 말았다. 특히 호사란의 얼굴은 평생 보지 못할 것 같은 두려움마저 서려 있었다. 그것은 자신의 야욕을 위해서 인륜마저도 저버릴 수 있는 부친에 대한 본능적인 두려움이었다.

만약 다른 사람이었다면 결코 두려워하지 않았을 테지만 이십 년 이상을 아버지라 부른 그녀였다. 그런 사람이 지금은 자신의 적이다. 그녀는 도망쳐야 하지만 상대는 그녀를 잡아서 생각하기도 싫은 끔찍한 난행을 저지르려 하는 관계가 두렵지가 않다면 그것은 인간이 아니거나 겁을 상실한 사람일 것이다.

"잘 있었느냐, 나의 딸아. 그리고 사위."

"…당신은 이제 그렇게 부를 자격이 없소."

임사우는 간신히 자리에서 몸을 일으키며 그에게 그렇게 말했다.

"그게 무슨 말인가? 부를 자격이 없다니?"

“…하… 하하하……..”

임사우는 호극철의 뻔뻔한 말에 그만 참지 못하고 웃음을 터뜨렸다. 사람과 사람의 관계가, 그리고 한 사람의 모습이 이렇게 쉽게, 그리고 어이없게 변할 수 있다는 것에 대한 슬픔의 웃음이기도 했고 너무나 가여운 자신의 아내와 처형에 대한 안타까움의 웃음이기도 했다.

‘정말… 사람이란 것이 이럴 수도 있다는 말인가? 개돼지만도 못한 일을?’

그는 문득 사람 자체에 대한 회의마저 들었지만 그래 봤자 답은 나오지 않는 일이었다. 마치 자신이 아이에서 순식간에 어른이 되어버린 듯한 이상한 느낌이 들었지만 그는 더 이상 이에 대해 생각하는 것을 그만두기로 했다. 지금 해야 할 일을 생각하는 것이 지금의 상황에서는 급선무이기 때문이었다.

“란매, 당신은 어서 사람들이 집결한 곳으로 가서 퇴각을 시작하시오.”

“여보, 난 그러지 않을 겁니다. 당신과 함께 있겠어요.”

“후후후, 내 말을 들으시오.”

“……!!”

호사란은 자신에게 처음 대하는 그의 싸늘한 태도에 순간 가슴이 저려왔지만 그를 이해할 수 있었다. 분명 뒤를 도모해야 하는 중요한 일이었다. 여태껏 그것을 위해 일해왔는데 지금에 와서 쉽게 버리면 안 되는 일이 아닌가.

“어서, 어서 지금 가시오.”

“큭큭큭! 도망을? 좋아, 상관없지. 어차피 모두 갇힌 꼴이니까 여기 있으나 그곳에 있으나 갇힌 것은 마찬가지야. 크크크크!”

호사란은 호극철의 광기 서린 웃음에 온몸에서 소름이 돋는 것을 느졌다. 그리고 동시에 슬픔도 느끼고 있었다. 예전에 결정을 내리던 그 때의 슬픔과는 또 다른 슬픔이었다.

그녀는 아무 말 없이 몸을 돌리더니 경공술을 전개해 빠르게 날아가 버렸다. 상당히 빠른 속도였기 때문에 누구도 쉽게 잡을 수 없었을뿐 더러 아무도 잡을 생각도 하지 않고 있었다.

도망치던 그녀는 결코 울지 않았고 임사우가 살아 돌아올 것이라는 생각도 하지 않고 있었다. 그녀는 남들과는 다른 사람이었던 것이다.

'반드시, 반드시 난 살아서 당신이 원하던 일을 하겠어요! 반드시!'

"자, 이제 내 아내도 갔으니… 본색을 드러내는 것이 어떤가, 호극철?!"

임사우는 그와 더 이상 예전의 관계가 아니었기에 서슴없이 그의 이름을 불렀다. 격식을 차릴 필요가 없는 지금 호극철은 그의 앞에서는 단지 한 명의 극악한 마인(魔人)일 뿐이었다. 요 근래 직접 대면한 것은 처음이었지만 그는 단 한 번의 대면으로 마인이라는 느낌을 아주 강하게 받을 수가 있었다.

"흐흐흐흐! 그 자신감은 어디서 오는 것이지? 좋아, 어디 그 천섬도라는 도법을 한 번 견식해 보지. 하지만 그 망가진 몸으로? 크하하하하!!"

호극철은 광소를 지으며 그를 향해 장(掌)을 내밀었다. 그의 손에서 쏘아져 나온 불그스름한 빛을 띤 장력이 임사우를 향해 날아갔다. 옥룡장은 벽사옥룡공을 기초로 한 장법으로 시전하고 거둠이 아주 자연스러우며 음유한 성질이라 그 기운을 느끼기가 매우 힘들고 적중당하면 끊임없이 공력을 소진시켜 죽게 만드는 매우 음사한 장력이었다. 전국 시대의 벽사혈색마를 상징했던 벽사옥룡공과 옥룡장이 바로 지금 시전된 것이다.

임사우는 내공을 끌어올리기가 굉장히 힘들었지만 이미 죽음을 각오하고 있었기 때문에 고통쯤은 감수할 수 있었다. 그가 해야 할 일은 몸을 아끼는 것이 아니라 몸을 바쳐서라도 시간을 끄는 것이었기 때문이다.

내공을 끌어올린 그는 무영종횡보로 우측으로 피하고는 그를 향해 장력을 시전했다.

"유단포 신(神)!!"

장력은 뿌연 기운을 뿜으며 비단이 펼쳐지듯 날카롭고 유려하게 날아가 그대로 호극철의 신형에 부딪쳤다.

파팡!!

가죽 북 터지는 소리가 나며 호극철이 한 걸음 물러났지만 그뿐이었다.

"……!"

그는 자신의 장력을 맞고도 아무런 이상이 없는 호극철을 보고 질렸지만 이내 마음을 다잡으며 다시 공격을 가했다. 신마도가 어느새 신마검으로 바뀌어 있었고, 임사우는 그를 향해 검을 휘둘렀다.

"괴형탈마!"

신마검이 미친 듯이 춤을 추며 검기를 뿌리면서 호극철을 위협해 갔다.

하지만 호극철은 그저 음흉한 미소를 지은 채 그를 향해 장을 내밀 뿐이었다. 옥룡장은 임사우가 펼치는 검을 충분히 막을 수 있는 훌륭한 방어막이 되고 있었다.

"괴형광염(怪形狂炎)!"

신마검에서 검은색 불꽃이 타오르며 사방으로 흩뿌려지고 있었다. 강력한 검염(劍炎)은 옥룡장을 태워 버릴 정도로 위력적이었지만 번번이 그의 강력한 장력에 막히고 있었다.

임사우는 그래도 멈추지 않고 계속하여 검을 시전했고, 호극철은 그를 가지고 노는 듯 여유만만히 막아내고 있었다. 그것이 임사우가 원하는 것이기도 했지만 알면서 따라와 주는 호극철의 자신감에 오히려 불안한 것은 임사우였다.

"……."

검법을 펼치는 것을 그만둔 임사우는 잠시 그를 노려보았다.

"그 검법, 잔인한 것이 매우 마음에 들었는데 왜 그만두지? 다른 거라도 있는 건가? 그나저나 자네가 그렇게 잔인한 무공을 가지고 있다는 것도 의외인데? 하지만 재미있어. 크크크……."

"네가 시원찮게 받아주니 나도 할 맛이 나지 않더군."

그는 그렇게 간단히 말한 뒤 내공을 더욱 끌어올렸다. 무리한 내공 운용에 점점 심맥이 손상되어 가는 것을 느낄 수 있었지만 그는 극도의 인내력으로 참아내고 있었다.

검이 파공성을 내며 강력한 회전하자 이내 검형은 사라지고 원형 검강만이 그의 손바닥 위에 존재하게 되었다.

몇 번 되지 않는 전투 경험으로도 그는 자신이 사용하는 횡회륜광검이 거의 완숙의 경지에 다다랐음을 느낄 수 있었다. 덕분에 완벽하지는 않지만 천섬도마저도 시전하지 않았는가? 어릴 적부터 그의 사부가 말했듯이 그는 무(武)를 위해 태어난 천재였기에 이렇게 빠른 진도가 가능했던 것이다.

"호오, 천섬도라는 것밖에 보질 못했는데 그런 검술도 있었단 말인가?"

"하앗!"

원형 검강은 공기마저 가를 듯이 날카로운 기세로 호극철을 향해 날아갔다. 지독한 회전음과 함께 무서운 위력으로 날아간 원형 검강은 그를 갈라 버리는 듯했지만 놀랍게도 그의 바로 앞에서 무언가에 부딪친 듯이 멈추어 버림과 동시에 강한 반발력을 느낄 수 있었다.

‘호신강기?!’

벽사옥룡공의 진정한 위력은 벽사옥룡강기였다. 그 무엇도 막을 수 있고 그 어떤 무기로도 뚫을 수 없는 무적의 강기라고도 불리는 벽사옥룡강기는 강기류 무공 중에서도 수위에 드는 절학이었다.

임사우는 온몸이 끊어질 듯한 고통에 더 이상 내공을 끌어올리지 못하고 그만 다시 무릎을 꿇고 말았다. 강기의 강력한 저항력이 그의 내부를 다시 뒤흔들어 놓았기 때문이다.

“후후후, 실망이군.”

호극철은 자신의 발 앞에 떨어져 있는 검을 아무렇지도 않게 차버렸다. 놀랍게도 검은 눈이 달린 듯 빠른 속도로 임사우를 향해 날아갔고, 그 검은 그의 어깨에 박혀 버리고 말았다.

“크으윽!!”

“으하하하! 그거 하나도 피하지 못하다니, 이제 완전 힘이 빠져 버린 것 같군! 나의 힘을 시험해 볼 수 있나 해서 약간 기대했건만 실망이도다!”

그는 광오하게 웃었지만 때가 되었음을 느끼고 있어 어떻게 해야 할지 생각하고 있던 임사우의 귀에는 그 웃음과 말이 들려오지 않았다.

임사우는 고통을 참으며 어깨에 박힌 검을 뽑아내었다. 극렬한 고통이 전신을 옭아매었지만 그는 약한 모습을 보여주기 싫어서인지 신음 소리 하나 내지 않았다. 어깨에서 피가 꾸역꾸역 쏟아지며 그의 전신을 적시고 있어 점점 더 끔찍한 모습이 되어가고 있었다.

“이제 끝을 내야겠지? 크크크!”

호극철은 그를 향해 더욱 강력한 옥룡장을 시전했다. 음유한 기운이 사방을 뒤덮을 때 임사우의 손에 있던 신마검은 어느새 신마도로 변해 있었고, 신마도는 이미 그의 손을 떠났다.

파파파팍!!

강렬히 부딪치는 소리가 나면서 신마도는 호극철의 몸 앞에서 튕기며 뒤로 날아올랐고, 임사우는 자신의 전신을 강타하는 강력한 반탄력에 피를 뿜으며 뒤로 나뒹굴었다.

"우에에엑!!"

그의 입에서는 무리한 내공 운용으로 인한 내상과 동시에 강력한 반탄력으로 인한 내상으로 피를 쏟아내고 있었다. 이미 그의 몸은 망가질 대로 망가진 상태였다.

"우에엑!!"

원래대로라면 이미 죽었겠지만 그는 절륜한 무공인 신마공(神魔功)을 익히고 있는데다 강인한 의지력을 지니고 있었기에 간신히 견디고 있었다.

"으하하하!!"

'반탄강기(反彈剛氣)를……! 전설로만 존재한다던!'

그는 호극철이 반탄강기라는 전설의 무공마저 익히고 있음에 이길 자신이 없었기에 이제 자포자기하고 말았다.

호극철은 사악한 웃음을 지으며 쓰러져 있는 임사우의 머리맡으로 걸어왔다.

"마지막 천섬도라는 것이 꽤 쓸 만하기는 했지만 나의 옥룡반탄강기에는 미치지 못한다. 크크큭! 이제 너를 죽이는 것을 시작으로 천하는 나의 발 아래에서 혈세하리라!!"

그가 발을 들 때 임사우는 눈을 감고 죽음을 기다렸다. 두렵지는 않았다. 마지막까지 최선을 다했고 지금 정도면 퇴로를 만들어 퇴각하고 있을 시간으로는 충분하니 그 정도면 자신은 할 일을 다한 것이나 마찬가지였다.

‘여보, 뇌 형님, 관영…….’

그의 뇌리로 자신의 인생에 많은 영향을 끼쳤던 소중한 사람들이 일시지간 하나둘 지나가고 있었다.

“가라.”

퍼퍼퍼펑!!

콰쾅!!

펑펑펑!!

“아앗!!”

그 순간 주위에 있던 무사들은 갑작스럽게 여기저기서 터지는 폭음과 사방을 뒤덮는 연기가 솟아올라 시야가 가려지자 혼란에 빠지기 시작했다.

“미혼향이다!! 모두 숨을 멈춰라!!”

“넌?!”

콰콰쾅!!

“으윽!!”

또다시 호극철이 있는 곳에서 엄청난 폭음이 울리며 다시 돌먼지가 하늘로 치솟아올랐지만 강렬한 기운의 영향으로 인해 그 주변의 연기는 빠른 속도로 다른 곳으로 퍼져 나갔다.

연기가 다 빠져나가자 드러난 상황은 의외였다. 호극철 앞에 엎드려 있던 임사우는 온데간데없었고 멀쩡하던 호극철의 왼팔에서는 피가 흐르고 있었다. 그의 앞에는 피가 묻은 묵빛 철환이 떨어져 있었다.

"호호호, 호호호, 으호호호……."

그는 분노하는 것 같기도 했고 흥미로워하는 것 같기도 하여 정확히 어떤 심정인지는 아무도 알 수 없었다.

"으하하하하!!"

그의 팔에 난 상처는 급속도로 아물고 있었다.

"은마 네가 나를 배신할 줄이야……. 이건 아주 의외인걸! 크크크! 나도 묘계은밀대에서도 예상치 못한 결과이군!"

호극철은 광기 서린 눈빛으로 은마가 사라진 방향을 쳐다보았다.

"혈잠대원 오십 명과 사라마영대(邪羅魔影隊) 열 명은 은마를 쫓아라!!"

그의 명령이 떨어지자마자 사람들 중에서 여러 명의 인영이 은마가 사라진 방향으로 움직였다.

"은마가 그를 데려간 것은 아주 의외이지만 결과는 달라지지 않는다. 내가 무림을, 아니, 이 천하를 가지게 될 것이라는 것은."

그는 독백 후 몸을 돌려 어디론가로 향했다. 그곳은 연합무림맹이 퇴각하고 있는 장소였다.

사라성의 추격은 장장 한 달이나 지속되었다. 사라성 내에서 모였던 임시 연합무림맹원들은 퇴로를 만들어 밖으로 도주하는 것에 성공하였다. 임사우가 조금이나마 사라성주의 발목을 잡은 것이 결정적인 성공 요인이었다. 하지만 사라성의 추격은 마치 그들을 섬멸하려 마음먹은 듯 너무나도 끈질겼다. 덕분에 그들 일행이 둘로 나뉘어져 버렸지만 힘은 약해진 대신 도주하기는 더욱 쉽게 되었다. 그리고 곳곳에 산재해 있던 외부의 연합무림맹 세력에서 적극적으로 도와주었기 때문에 결국 한 달 후에는 사라성이 추격을 멈출 수밖에 없었다.

추격은 끝이 났지만 연합무림맹의 피해는 이만저만이 아니었다. 사라성에서 모은 세력 중 반을 잃어버렸으며 퇴각 시 헤어졌던 비도대의 인원들 또한 어떻게 되었는지 알 수가 없었다.

일단 호사란 일행은 자신들의 본거지인 사천성의 성도에 도착한 후 미완성이었던 그들의 연합무림성(聯合武林城)을 완벽히 재건축, 그리고 흩어져 있던 세력들을 모으기 시작했고, 장장 한 달여가 지나자 모든 세력이 모이게 되었다. 그리고 정식으로 무림맹이 궐기하여 사라성에 대한 입장을 표명, 본격적인 전쟁에 돌입할 준비를 하게 되었다.

"지금은 정식으로 명명하지 않겠습니다. 한동안은 저의 남편을 기리기 위해서, 그리고 그분의 업적을 잊지 않게 하기 위해서 정식 명이 아닌 다른 이름을 쓸 것입니다."

정신없이 바쁘던 지난 한 달간의 준비 기간이 거의 끝나갈 때쯤 죽은 것으로 알려진 남편의 소식에도 아무렇지도 않게 생활하고 사람들을 대하던 호사란이 간부급 회의에서 돌연 꺼낸 말이었다.

군사인 호미란을 보조하면서 동시에 군사 부재 시 군사 대리를 맡게 된 부군사 모용군영이 입을 열었다.

"어떤 이름으로 할 것인가요? 그리고 언제까지 그 이름을 쓸 것인지 말씀해 주십시오."

"이름은 척사비한단(斥邪悲恨團). 기간은 정해지지 않았습니다. 아마 사라성을 완전히 몰아낸 이후에야 무림맹으로 정식 개명을 하겠지요."

단호하여 그 어떤 반론도 허용치 않겠다는 결연한 의지가 그녀의 얼굴에 드러나 있었다. 호사란은 자신을 보고 있는 좌중을 둘러본 뒤 다시 입을 열었다.

"우리의 힘은 아직 그들에게 미치지 못합니다. 이런 상황에서 저희들이 아직 함부로 무림맹이라는 거창한 이름을 사용할 수는 없습니다. 그들을 몰아내고 전 무림으로부터 당당하게 인정을 받은 뒤 무림맹으로 개명을 한다면 무림 전체가 우리들의 건립 의의와 그 의도를 알고는 환영해 줄 것입니다. 지금 이대로 무림맹이라는 이름을 써버린다면 후에 우리는 또 다른 사라성이 될 것이 분명합니다."

"……."

사람들은 그녀의 타당한 말에 꿀 먹은 벙어리처럼 아무 말도 하지 않은 채 그녀의 얼굴만 보고 있었다.

"그리고 이 이름을 쓰면서 임사우 대협에 대한 업적을 기림과 동시에 위대한 영웅이 죽어간 사실에 대한 한을 승화하여 우리의 힘으로 만들어야 할 것입니다!"

그녀의 음성은 잊고 지내려 했던 사실이 상기되자 걷잡을 수 없었는지 점점 고조되어 갔다.

"나 호사란은 지금 이 자리에서 맹세합니다! 반드시, 반드시 사라성을 몰아낼 것임을! 사라성주가 내 아버지임은 결코 부인하지 않겠습니다. 하지만 저는 허식적인 인륜을 따르지 않습니다! 전… 지금 천륜을 따르고 있다고 스스로 여기고 있습니다. 하늘의 도를 따라 정(正)을 실천해야 하는 것이 천륜입니다! 만약 내가 가는 이 길이 천륜에 어긋난다면 전 하늘의 벌을 받아 처참히 죽을 것입니다! 그러나 내가 선택한 이 길이 천륜에 순(順)한다면 사라성은 반드시 패망할 것입니다!"

"오오오오!!"

"우와아아!"

사람들은 그녀에게서 뿜어져 나오는 강렬한 기도와 정의을 위한 의지가 너무도 강하게 느껴져 자신들도 모르게 감탄사를 내었다.

"임시 맹주님의 말에 따르겠습니다!!"

누군가가 이렇게 말하자 그녀에 대한 지지의 말이 폭죽 터지듯 이곳저곳에서 쏟아져 나왔다.

"옳소!! 이제는 맹주가 아니고 단주가 아니겠는가!"

"그녀가 있는 한 척사비한단은 반드시 사라성에 승리할 것이오!!"

"천추에 길이 남을 여장부요!!"

호미란은 자신의 동생을 자랑스럽게 쳐다보고 있었다. 사라성에서 퇴각한 두 달 전과 지금의 그녀는 너무나 많은 변화가 있었다. 두려움 모르고 철없어 보이던 옛날과 결혼한 후에 남편에게 많이 의지하던 연약한 아낙네에서 지금은 죽었을지도 모르는 남편의 빈자리를 딛고 한 단체의 주인으로 당당히 일어선 것이었다.

척사비한단으로 무림에 공표한 후 척사비한단은 사라성에 대한 입장 역시 정식으로 표명하였다. 사라성주 호극철의 갑작스런 변화 이후 그가 행한 악행들, 그리고 앞으로 행할 혈세에 대한 사라성주의 계획 등에 대한 설명과 그녀의 딸이었던 호미란에게 행한 천륜, 인륜을 거스른 패륜적인 행동, 그리고 자신의 사위였던 두 사내의 생사마저 불명하게 만든 악행 등을 말하였다.

동시에 척사비한단은 사라성을 악의 집단으로, 그리고 사라성주를 신지(神知)를 잃은 마인(魔人)으로 규정하였다. 사라성 내에 있는 사람들에게는 빠른 시일 내로 사라성을 떠난다면 아무런 죄도 묻지 않겠지만 그렇지 않으면 후에 있을 신체적, 정신적인 피해에 대해서는 어떤

책임도 지지 않겠다고 발표하였다.

척사비한단은 자신들이 낸 발표문에 신임성을 부여하기 위해 소속되어 있는 명사(名師)와 고수들의 이름을 일부 무림에 공개했고, 그들의 명성과 신임도에 힘입어 척사비한단의 발표문은 무림에 엄청난 반향을 일으키게 되었다.

척사비한단을 적극 지지하며 그들에게 영입되는 부류가 상당수였고 마도를 걷는 자들은 그에 반대하며 외면하였다. 애초에 이런 전쟁에 중립적인 입장을 표명하는 자들도 상당수 있었다.

덕분에 척사비한단은 순식간에 더욱 큰 힘을 얻게 되었지만 그들을 다시 추스르는 데는 얼마간의 기간을 소모하지 않을 수 없었다.

사라성에서는 척사비한단의 발표문에 대한 어떤 입장도 표명하지 않은 채 그들이 애초에 내걸었던 무림 재패라는 목표를 성실히 수행하기 위한 행동을 시작하고 있을 뿐이었다.

차츰차츰 주위에 있던 군소방파들을 멸망시키거나 복종시키며 점점 세력을 확장시켰고, 그럼으로써 드러난 사라성주의 가공할 무공과 치를 떨 수밖에 없는 악행에 무림인들은 그를 사라광마존(邪羅狂魔尊)이라는 새로운 별호를 붙이고 경원시하였다. 이렇게 사라광마존을 필두로 한 사라성은 이제 세인들에게 확실히 마인과 마인성으로서의 인식을 굳혀가고 있었다.

이때는 오패천의 회합 두 달 후쯤이었다.

"오늘 오시는 건가?"

"그래, 어디를 갔다가 오는 건지, 씨발! 중요한 때에 자리 지키면서 지시 내려주면 어디 덧나나! 개새끼!"

“제발 욕 좀 하지 말게나! 자네 위치가 어딘데 말투가 그렇단 말인가.”

이혁신은 질렸다는 듯 간군학을 보고는 고개를 저었다. 도무지 말을 해도 고쳐지지 않는 말버릇이었다. 그것도 아주 고약했다.

“제갈 군사는 어디 있지? 곧 림주께서 오시는데 보이질 않는군.”

“글쎄, 곧 우리 회골림이 정식으로 무림에 출범할 것인데 한참 바쁘겠지. 안 와도 상관없잖아?”

“크크크, 이제 곧 우리 회골림의 세상이 오겠군. 이때를 얼마나 기다렸는가.”

“그래, 그 뭐 같은 두 놈들. 사라성하고 척사비한단? 씨발, 다 짓이겨 줄 테다. 큭큭큭, 그렇지 않아도 쌓인 것이 많았는데 이제 마음껏 그놈들을 유린할 수 있겠군.”

회골림의 출범이 이제 곧 다가온 것이다. 그동안 음지에서만 활약하던 그들은 조금씩조금씩 힘을 축적하고 있었고 지금에서야 완벽에 가까운 세력을 이루어 정식으로 무림에 출두하게 된 것이다.

장담하건대 그 어떤 세력도 회골림을 막을 것은 없다고 그들은 자신하고 있었다. 군사인 제갈강뿐만 아니라 이혁신, 간군학도 그렇게 자신했고 회골림에 그다지 협조적인 사람이 아닌 현천노인도 회골림의 힘을 다 본 후 질렸다는 표정을 지으며 이렇게 말할 정도였다.

“여기 너무 세잖아! 이러면 난 사라성으로 가야 할지도 모르겠군!”

힘의 균형을 중시하는 현천노인이었기에 그렇게 말한 것이었다.

“저기 오시는군.”

회골림의 입구에 펼쳐져 있는 진(陣)이 일순간 풀리며 한 사람이 걸어 들어오고 있었다. 진을 안에서가 아닌 밖에서도 풀 수 있는 신비한 힘을 지닌 사람은 자신들의 림주뿐이었다.

얼굴이 끊임없이 변하여 진면목을 알 수 없는 것이 보통 때 그를 특징 짓는 것이었다. 하지만 오늘은 이상하게도 평소의 그가 아니었다. 얼굴이 변하는 것이 아니라 사내답게 생긴 남자의 얼굴을 드러내 놓고 있었던 것이다.

'얼굴을 항상 가리던 사람이……?!'

두 사람의 공통된 생각이었다.

그가 다가오자 두 사람은 정중히 허리를 숙여 그를 반겼다.

"오셨습니까?"

"그래, 항상 얼굴을 가리다 갑자기 드러내니 이상하게 생각하는군. 큭큭, 너무 이상하게 생각하지 마라. 이제 이렇게 하고 다닐 테니까."

그가 그렇게 말하며 두 사람을 스쳐 지나 계속 걸어가자 두 사람은 허리를 편 뒤 그를 뒤따랐다.

"준비는 다되었겠지?"

"군사가 다 해놓았습니다."

이혁신이 대답하자 회골림주이자 유유객인 그는 고개를 끄덕이며 말했다.

"음, 미리 연락은 받았지만 그 정도면 충분히 무림을 혈세할 것이다. 요즘 사라광마존이란 자가 상당히 날뛰더군. 내 맘에 조금 들기는 하지만 아직 멀었어."

그의 알 수 없는 말에 두 사람은 잠시 의아해했지만 자주 알지 못할 말을 하는 사람이었기에 그냥 넘어갔다.

"우리 회골림의 목적이 무엇이라고 생각하지?"

“무림 재패가 아닙니까?”

간군학이 조심스럽게 말하자 유유객은 나지막이 웃기 시작했다.

“큭큭큭큭……”

“……”

두 사람은 웃음이 그치면 그가 웃음의 이유를 말해 줄 것이라 생각했지만 그는 웃음을 그치고는 아무 말도 없이 그냥 걷기만 할 뿐이었다.

욕이 터져 나오려는 것을 간신히 참은 간군학은 그를 쏘아보며 걸음을 옮겼다.

“후후, 그렇게 쏘아봤자 나오는 것은 없어. 그냥 욕을 하고 싶으면 욕을 해라. 어차피 너희들은 날 원망하게 될 것이니까. 으하하하!”

유유객은 간군학이 뒤에 있음에도 마치 보고 있는 듯이 말하자 두 사람은 자주 있어온 일임에도 질려 버리고 말았다. 세 사람은 아무 말 없이 한동안 걸음을 옮겨 곧 대연무장에 도착하였다. 대연무장의 지휘대에서는 제갈강이 이리저리 움직이고 있는 사람들을 지휘하고 있는 중이었다.

유유객은 멀리 있는 제갈강을 보더니 걸음을 멈추고 평소의 목소리로 제갈강에게 물었다.

“준비는 어느 정도됐지?”

그의 목소리가 제갈강에게 들렸는지 제갈강은 잠시 두리번거리다가 멀리 유유객이 있는 것을 발견하고는 급히 허리를 숙였다.

“미처 영접하지 못해서 죄송합니다. 준비는 구 할쯤 완성되었습니다. 한 시진 후에는 무림에 회골림의 정식 등장에 대한 소문을 퍼뜨릴 것이고 세 시진 후에는 식을 거행할 준비가 완성될 것입니다.”

제갈강은 자신이 평소처럼 말해도 유유객이 들을 수 있다는 것을 알기에 굳이 내공을 사용하지 않았다.

"좋아, 세 시진 후에 모두를 향해 달콤한 거짓말을 해주지. 큭큭큭큭!"

둥! 둥! 둥! 둥!

대연무장을 은은하게 울리는 북소리가 어디선가 들려오고 있었다. 북소리는 결코 시끄럽지 않았지만 사람의 마음을 강하게 두드리면서 계속 이어지고 있었다.

높게 세워진 회골대(灰骨臺) 위에는 유유객, 제갈강, 이혁신, 간군학, 오패마와 여러 시비들이 올라와 있었다.

그중 유유객은 항상 입던 평상 무복을 벗어 던지고 화려한 복장으로 갈아입은 상태였다. 사내다운 멋진 얼굴에 화려한 복장 덕분인지 천자 못지않은 강렬한 위용을 뿜어내고 있어 대연무장에 모여 있는 사천 명에 달하는 회골림 무인들의 가슴에 강하게 인식되고 있었다.

준비된 연설문이나 식순 같은 것은 없었다. 그저 모든 것은 유유객이 알아서 할 것이다. 유유객은 입가에 만족스러워하는 미소 같기도 하고 잔혹스런 미소 같기도 한 애매한 웃음을 짓고 있어 그 마음의 진위를 알기가 어려웠다. 그는 탁자 위에 놓여진 화려한 음식들 중에서 술병을 들더니 통째로 들이마신 후 술병을 흔들어대 주위로 술을 뿌렸다.

"이제 우리 회골림은 정식으로 무림에 나가게 될 것이다."

그의 말은 사천 명의 무인들의 귀에 정확히 들려오고 있었다. 그의 엄청난 무공에 무인들은 한 번도 보지 못하고 오늘 처음 보게 되는 회골림주의 깊은 내공에 매료되기 시작했다.

"다른 것은 필요없다! 너희들을 막는 모든 것들을 처절하게 파괴하면서 앞으로 나아가기만 하면 된다!! 방향은 내가 정해줄 것이다. 너희들은 무조건 전진한다! 그러면 너희들을 막는 것은 종내 없어질 것이다!"

"우와아아아!!"

사천 명이 동시에 내지르는 엄청난 함성은 회골대를 은은히 울릴 정도로 거대했다. 그의 패도적인 말은 사천 무인의 피를 들끓게 하고 있었고, 덕분에 그들의 함성은 그칠 줄을 몰랐다.

"사라성과 척사비한단 따위는 결코 우리의 적이 아니라는 것을 잊지 마라! 그들은 가벼운 장애물일 뿐이다! 진짜 적은 중원 자체라는 마음을 가지고 나아가야 한다!"

"우오오오!!"

"회골림주 만세!!"

"회골림주 만세!!"

"오늘은 내일부터 있을 처절한 피의 길에 대한 휴식이다! 마음껏 놀고 마셔라! 마시다 정신을 잃어도 좋다! 내일부터 이런 휴식은 가질 수 없을지도 모르니까!"

유유객이 그렇게 말한 뒤 거침없이 신형을 돌려 단 아래로 내려갔음에도 그를 향하는 칭송의 외침은 여전히 회골림 전체를 울리고 있었다.

"크크크, 정말 못해먹겠군. 그 따위 닭살 돋는 말이나 해야 하다니……."

"……."

유유객이 있는 방에는 제갈강, 이혁신, 간군학, 그리고 오패마가 한자리에 모여 있었다. 그들은 화려한 음식을 앞에 두고 있었지만 그 음식들을 손에 대는 사람은 없었다.

술을 한 잔 마신 유유객은 그의 앞에 쌓여 있는 닭다리를 손으로 집어서는 게걸스럽게 뜯어 먹기 시작했다. 유유객과의 음식 자리가 처음인 그들은 의외인 유유객의 모습에 할 말을 잃고 있었다.

"뭐 하는 거지? 내가 먹는 것을 구경만 할 건가? 어서 먹으라구. 정말 이번이 마지막일지도 모를 테니까 말이야. 큭큭큭큭!"

"……."

유유객의 말에 간군학이 먼저 수저를 들었다. 그러자 이혁신이 따라 했고 제갈강도 머뭇거리다 따랐다. 하지만 오패마는 여전히 아무 것도 먹지 않은 채 유유객만 보고 있었다.

"림주."

"…왜?"

묵성 호철호는 입맛을 다시며 그에게 말했다.

"우리는 당신의 의도가 궁금하오. 대체 무엇을 위해 회골림을 세웠고 그 많은 돈을 투자했는지."

"왜 궁금하지?"

"이유도 모른 채 행동하는 것만큼 무인에게 수치스러운 것도 없으니까 말이오. 우리는 비록 원치 않아 이렇게 왔지만 일단 회골림이 활동하게 되면 우리 또한 활동을 하지 않을 수가 없지 않소. 그런데 이유도 없이 움직인다면 꼭두각시가 아니고 무엇이겠소? 우리는 무인 대 무인의 약속으로 이곳에 왔다는 것을 잊지 마시오."

"……."

유유객은 잠시 아무 말도 하지 않은 채 닭다리를 먹기만 했다. 그렇게 먹은 것이 세 개째가 되었을 때 그의 입이 다시 열렸다.

"후후, 이유? 글쎄… 그냥 무림 재패라고 해두지."

"흥! 우리도 나이를 먹어 눈치가 있기 때문에 림주가 거짓말을 하고 있다는 것은 알 수가 있소.”

“으하하하! 거짓말이면 또 어때? 이미 회골림 자체는 무림 재패를 위해 움직이고 있는 것을. 이미 그렇게 움직이고 있는데 굳이 무얼 알고 싶은 거지? 큭큭큭!”

“겨우 그런 이유라면 우리는 진심으로 따를 생각이 없소.”

“큭큭! 진심으로 따를 필요는 없어. 그저 내가 하라는 대로 조금만 해주면 될 뿐.”

“……!!”

그의 막 가자는 식의 말에 사람들은 놀랄 수밖에 없었다. 평소의 완벽한 모습과는 너무나 다른 말에 큰 충격을 받은 것이다.

“그런 식으로 나온다면 우리는 떠날 수밖에 없소.”

“나와의 약속을 잊지 마라. 아직 다섯 달이 남아 있으니 그때까지는 나의 말을 들어야 해. 어디까지나 무인 대 무인으로서의 약속이었으니까.”

“음…….”

호철호는 침음성을 흘릴 뿐 더 이상 말을 할 수가 없었다. 그의 말대로 자신들은 그와의 약속을 이행하고 있는 것일 뿐이었으니 마음에 들지 않아도 어쩔 수 없이 그의 말을 들어야만 했다.

“아주 재미있을 거야. 삼파전이라구. 회골림, 사라성, 척사비한단. 내가 원하는 대로 척척 일이 진행되어 아주 기쁘군. 이제 얼마 있지 않으면 아주 재미있게 일이 돌아갈 것이야. 큭큭큭.”

그의 마지막 말이 왠지 쓸쓸하다는 느낌을 받은 호철호였지만 착각이라 생각했다. 자신의 앞에 있는 사내는 잘 웃고 사람 좋아 보이지만 누구보다 냉혹하고 섬뜩할 정도의 이성과 두뇌를 지닌 사내였다. 무공은 두말할 나위도 없었으니 그는 말 그대로 완벽한 사람인 것이다. 그런 사람이 그러한 감정을 가지고 있을 리가 없었다.

그가 음식을 먹는 것을 가만히 지켜보고 있던 섬전검 간훈은 아무 감정 없는 눈빛으로 말했다.

"림주가 말한 것처럼 우리는 마지막 남은 다섯 달의 약속을 채운 뒤에 떠나겠소. 그렇게 미리 알아두고만 있으시오."

"……!"

그의 말에 놀란 것은 오히려 간군학이었지만 아무 말도 하지 않았다. 이미 간훈과 자신 사이에는 세월의 격차가 너무 컸기에 비록 혈연지간이라고는 해도 그 격차를 좁히는 방법이라던가 그를 붙잡는 방법은 없었다. 그 정도로 둘 사이는 남이라 해도 좋았다.

"마음대로 해. 큭큭큭. 하나 과연 그럴 수 있을까? 하하하하!"

"약속을 어기겠다는 말이오?"

"누가 그런 말을 했나? 그런 의미는 아니니 걱정 마."

"……."

"큭큭큭, 이거 왜 이러지? 오늘은 마음껏 먹고 마시는 날이야. 아무 생각도 하지 않았으면 좋겠군."

"알겠소."

간훈은 간단히 대답하고는 수저를 들었다. 그가 들자 나머지 네 사람도 음식을 먹기 시작했다.

"나는 내일 다시 나간다."

"……!"

"아니, 회골림의 첫 싸움이 있는 중요한 날에 어디를 가신단 말입니까?!"

간군학은 차마 조상 앞이라 욕은 하지 못하고 따지는 수준에서 그치고 말았다.

“싸움이라고? 아니야. 일방적인 살육이지. 내가 없어도 충분히 잘 해낼 수 있을 거야.”

“젠장! 림주라는 작자가!”

“그만 해!”

제갈강이 가볍게 소리치자 간군학은 어쩔 수 없다는 듯 일으켰던 몸을 다시 앉혔다.

“죄송합니다, 림주. 용서하여 주십시오.”

“됐어. 하루 이틀 일도 아니고. 좋아, 내일 하루는 내가 참관을 해주지. 하지만 내 마음에 들지 않으면 계획을 다시 세울 테니까 그렇게 알고 있어라.”

“네, 알겠습니다.”

“이제 됐는가?”

“돼, 됐습니다.”

간군학은 마지못해 간신히 대답했지만 분위기는 그렇지 않아도 별로였는데 그로 인해 더욱 이상하게 되어버리고 말았다. 다들 음식만 묵묵히 먹는 상황이 되고 만 것이다.

이런 상황에서 음식이 잘 넘어갈 리 없었지만 유유객은 정말 맛있게 잘 먹고 있었다. 그 모습이 영 마음에 들지 않았지만 간군학도 어쩔 수 없이 조금씩조금씩 삼킬 뿐이었다.

‘제길…….’

◆제8장 ◆ 신검마도객(神劍魔刀客) 1

회골림이 정식으로 무림 재패를 선언했다!

회골림이 무림에 정식으로 등장한 것에 무림은 발칵 뒤집혔다. 그동안 회골림은 드러내 놓고 활동한 것이 아니라 귀계, 모략 등을 사용해 사라성을 공략해 갔었다. 그 예로 가장 유명했던 것이 바로 문학문과 간도민의 결혼 사건으로 회골림의 첩자인 간도민은 문학문과 결혼하는 척하면서 그를 독살시킨 사건은 너무나 유명했다. 그 덕분에 신비천장(神秘天掌)이라는 새로운 고수를 등장시키기도 했지만 현재 그는 활동이 전무해 일 년이 지나면서 서서히 잊혀져 가고 있었다.

회골림의 정식 등장은 전 무림을 긴장시키기에 충분했다. 세력을 겉으로 드러냈다는 것은 그만큼 실력에 자신이 있어서라는 반증이 되기 때문이었다.

그동안 회골림이 활동한 내역을 본다면 결코 좋은 단체는 아니었다. 그런 그들이 만약 무림을 재패하려 한다면 그 후의 일은 불을 보듯 뻔한 결과였다.

무림은 사라성이 회골림의 횡포를 막아주길 원했지만 사라성은 이미 예전의 사라성이 아니었다. 예전에 무림 위를 군림하던 단체가 아니라 단지 한 마리의 늑대처럼 피를 갈구하며 회골림과 같이 무림을 재패하기 위해 날뛰는 마도 단체가 되어 있었던 것이다.

이에 사람들은 아직은 조용하지만 조금씩 그 이름을 드높이고 있는 척사비한단의 존재에 눈을 돌리기 시작했다. 이미 그 위상이야 높았지만 회골림의 정식 등장으로 인해 그들이 받는 기대는 예전보다 무척 높아질 수밖에 없었다. 하나 척사비한단은 사라성과 회골림이라는 두 단체를 동시에 적으로 가지게 된 것이라 매우 곤란한 처지에 빠지게 되었다.

"으아악!!"

"끄악!!"

"컥!!"

사방은 아비규환이었다. 하늘을 물들이듯이 튀어 오르는 피, 공기를 갈라 버릴 듯한 처절한 비명, 질식시킬 듯 가득 메운 살기들. 처절한 살육극이 이곳에서 벌어지고 있었다.

황색 무복을 입고 있는 무인들은 속절없이 흑색 무복을 입은 무인들에게 죽임을 당하고 있었다. 황색 무복을 입은 자들은 하나둘 무기를 버리고 도망가고 있었지만 흑의무인들은 잔인하게도 그들의 도주를 용납하지 않았다. 이렇듯 일방적인 살육은 그 전투를 더욱 잔혹하게 비줘주었다.

왼쪽 가슴에 해골 문양을 한 흑의무복을 입고 있는 일단의 무리들이 그러한 살육전을 가만히 지켜보고 있었다. 그들은 유유객, 제갈강, 이혁신, 간군학, 그리고 오패마로 회골림의 아홉 명의 수뇌부였다.

특히 제갈강과 이혁신, 간군학은 그들의 살육전을 매우 만족스러운 듯 지켜보고 있었다. 벌써 하루 만에 제법 큰 방파 다섯 곳을 무너뜨린 그들의 위력에 만족스러웠고 이 정도면 충분히 림주의 마음에 들 것이라 생각하면 또한 만족스러웠다.

애초의 목표대로 한동안 항복이란 없었다. 철저한 괴멸이 그들의 목적이었다. 그것은 유유객이 바라던 것이었고 또한 제갈강도 원했던 것이다. 처음에 벌이는 잔인하고도 철저한 살육은 후에 완벽한 항복을 받아들이기 위한 희생이었다. 아무리 자신들이라도 모두 죽이고서는 무림을 재패할 수 없는 것이지만 초반에 이렇게 함으로써 이후의 행보가 더욱 편해질 수 있다면 충분히 할 가치가 있었다.

처음 맛보기를 보여준 뒤 그 소문이 널리 퍼진다면 자신들에게 함부로 대항할 방파는 얼마 되지 않을 것이다. 그것을 노리고 이들은 첫날의 싸움을 잔인하게 몰아가고 있는 중이었다.

"좋아, 여기가 무슨 방파라고 했지?"

유유객이 고개를 끄덕이며 제갈강에게 묻자 그는 공손히 허리를 숙이며 말했다.

"도가(道家)를 뿌리로 두고 있는 황선문(黃仙門)입니다."

"그래? 무림에 이름 나지 않은 방파치고는 상당한 고수가 있는데?"

"그렇습니까?"

제갈강이 조사하기로는 황선문주도 그렇게 강하지는 않은 자였다.

그런데 림주는 이곳에 상당한 고수가 있다고 하니 의아해하지 않을 수가 없었다.

'은거하던 전대 고수라도 있는 것인가?'

"저기 오는군."

유유객의 말에 시선을 돌리자 그들은 한 사내가 자신을 향해 공격하는 회골림원들을 간단하게 죽이며 자신들을 향해 오고 있는 것을 볼 수 있었다.

그의 검이 휘둘러질 때마다 화려한 검강이 사방으로 춤을 추었고 좌장을 내밀면 강력한 장력이 쏟아져 나오고 있었다.

"음, 저런 고수가 있었다니 의외입니다."

"나이도 보아하니 서른도 안 된 것 같은데 실력이 거의 부림주(이혁신)와 대등한데?"

간군학은 놀란 표정으로 사내를 보며 말했다.

"어디나 별종은 있는 법이니까. 큭큭큭!"

젊은 사내와 그들과의 거리는 이제 십 장도 채 남지 않았지만 계속하여 회골림의 무인들이 그를 끈질기게 공격하며 그의 접근을 막으려 했기에 속도가 조금씩 더뎌지고 있었다.

"됐어. 그냥 놔둬."

유유객의 말이 나오자마자 순식간에 회골림원들의 공격이 멈추어졌다. 그런 그를 놀란 눈빛으로 보던 사내는 이내 침착한 걸음으로 그들의 오 장 앞까지 다가갔다.

"오늘로써 황선문은 무너졌소. 패배를 인정하지. 회골림이 악독하고 강하다는 것은 들었지만 이 정도일 줄은 몰랐소."

그의 음성에는 쓸쓸함과 비통함, 체념 같은 복합적인 감정이 들어 있었지만 크게 분개하지 않고 있는 모습은 그의 차분하고도 온화한 심성을 보여주고 있었다.

"꽤 인물이군. 큭큭, 아깝군. 조금만 더 있으면 가능했을 텐데."

유유객의 알 수 없는 말에 사내는 의아해하며 물었다.

"무슨 말이오?"

"더 높은 경지, 아무나 이룰 수 없는 하늘만이 선택한 그 경지."

"당신도 그런 것을 알고 있소?"

"하하하! 너도 어렴풋이 알고 있나 보군! 아주 좋다! 간혹 너같이 그 경지에 대해 본능적으로 희미하게나마 알고 있는 사람이 있지! 가능성이 있군!"

유유객은 아주 기쁜 표정으로 말하고 있었다. 지금의 그의 표정은 정말 만나고 싶었던 사람을 만난다는 듯이 밝아 보였다.

"……."

"좋아, 넌 죽이지 않겠다. 간군학."

"네."

"죽이지 말고 사로잡아라."

"네, 알겠습니다."

간군학은 내심 불만이었지만 그래도 이혁신 못지않은 고수와 싸운다는 것에 조금은 위안을 삼고 있었다. 그도 무인이었기에 자신의 진짜 실력을 가늠할 수 있는 고수와 싸운다는 것이 나쁘지는 않았다. 간군학이 앞으로 나서며 태양선심공을 일으키자 사내는 매우 놀란 표정으로 간군학을 바라보았다.

"태양천의 무공?! 당신들은 태양천의 인물인가?!"

"쓸데없는 소리는 뒷간에 얼굴 처박고 해라."

간군학의 나지막한 독설에 사내는 얼굴을 찌푸렸다. 상대의 생김새와 입에서 나오는 말이 너무나 어울리지 않는 것에서 오는 당혹감이었다.

"오늘 이 양 모가 사람에 대해 개안하는군. 당신들은 우리를 마음대로 하려고 하지만 그렇게 쉽지는 않을 것이오. 내 한 몸 살자고 했으면 충분히 도망갔겠으나 그렇게 하지 않은 것은 우리 황선문이 치졸하게 당하지 않았다는 것을 알리기 위함이었으니 난 내 목숨을 걸고 당신을 상대할 것이오."

"내가 바라는 바다. 크크크!"

간군학은 기분 나쁘게 웃으며 그를 향해 몸을 날렸다. 그 웃음소리가 왠지 자신을 닮았다는 생각을 하던 유유객은 씨익 미소 지으며 말했다.

"오늘은 수확도 있고 괜찮군. 회골림 살마대원(殺魔隊員)들의 무공도 만족스럽다. 내일부터는 폭마대(瀑魔隊)도 같이 살육을 시작한다. 기간은 정확히 일주일이다. 일주일간 아무도 살리지 말고 모두 죽여라. 절대 살아나가는 사람이 있어서는 안 된다. 만약 저 녀석과 같은 녀석이 또다시 있다고 할지라도 살아서 나가는 것은 용납이 안 돼. 알았지?"

"네, 알겠습니다."

제갈강과 이혁신은 고개를 숙이며 그의 명령에 대답했다. 그의 명령은 곧 천명과도 같을 정도로 그에 대한 존재는 그들에게 절대적이었기에 그런 공손함이 저절로 묻어 나올 수 있는 것이었다.

"그리고… 일주일이 지나면 그 다음부터는 너희들이 알아서 하면 돼. 내가 신경 쓸 필요 없을 테니까."

격전은 초반부터 치열했다. 사내는 목숨을 걸고 상대방을 죽이려 했고 간군학 역시 사로잡으라는 명을 잊은 지 오래였다. 그의 성격상 유유객의 명령을 귀담아듣는 일은 별로 없었던 것이다. 사내와의 치열한 싸움으로 모든 것을 잊고 있다는 것이 더욱 정확한 말이겠지만.

사내의 도가의 선기(仙氣)가 포함된 무공은 대단한 것이라 간군학과 대등하게 싸우고 있었지만 역시 태양선인의 천존십이해는 가공할 수법이었다. 역으로 행해지는 살기(殺技) 파천십이해와 천존십이해의 적절한 사용은 사내의 무공을 철저히 파고들고 있었고 태양선심공의 강력한 화기 또한 사내가 감당하기엔 점점 힘에 부쳤기에 조금씩 밀리고 있었다.

"하아앗!!"

순간 간군학의 손에서 엄청난 화기가 폭발할 듯 모이기 시작했다. 회오리치듯 모이던 화기들은 이내 동그란 모양을 이루어갔다.

"태양인이라……. 큭큭큭큭!"

유유객은 간군학의 손에서 이루어지고 있는 태양인을 보고 묘한 미소를 지었다.

"저런 무공이?!"

사내는 간군학의 손에서 점점 커지고 있는 거대한 태양에 질린 듯한 표정으로 바라보았지만 이대로 죽어줄 수는 없는 노릇인지라 사내 역시 온몸의 내공을 모두 끌어올리기 시작했다. 한계를 넘어간 내공 운용 때문에 그의 몸에서 솟아오르는 기운 또한 무시하지 못할 정도로 강력했다.

"천… 강… 수(天剛手)……!"

사내는 무공의 이름을 외치며 팔 전체를 뒤덮은 황색 운무를 간군학을 향해 내뻗었고 간군학 역시 그를 향해 태양인을 쏟아내었다.

불꽃처럼 활활 타오르는 거대한 태양이 앞으로 나아가는 장엄한 광경은 모두의 시선을 단숨에 빼앗을 정도로 대단했다. 그 절대적인 태양 앞에서는 모든 것이 한낱 미물에 불과할 뿐이었다. 사내의 천강수의 기운은 태양인에 의해 너무나 쉽게 소멸되어 버렸고, 이내 사내를 삼키기 직전이었다.

"죽이지 말라고 했거늘."

제갈강이 눈살을 찌푸리며 중얼거렸지만 이미 벌어진 일이라 그도 어찌할 방법이 없었다.

그때 제갈강의 앞에 있던 유유객의 신형이 사라짐과 동시에 곧바로 사내의 앞에 나타나자 모두들 어이없는 상황에 놀랄 수밖에 없었다. 하지만 놀람은 이에 그치지 않았다.

유유객의 손이 앞으로 내밀어지며 태양인과 부딪치자 태양인은 유유객의 팔을 삼켜 버릴 듯이 감싸 버렸다. 그때 유유객의 손에서 투명에 가까운 흰색의 빛이 반짝거렸고, 이내 그의 손을 감싸 녹여 버릴 듯 타오르던 태양인은 사방으로 터져 나가듯이 소멸되어 버렸다.

"이럴… 수가……!"

놀란 것은 유유객의 뒤에 있던 사내가 아니라 간군학이었다. 다른 일곱 명도 놀라긴 했지만 누구보다 당사자가 더욱 놀랄 수밖에 없었다.

자신이 일생에 걸쳐 익힌 최강의 무공이라 자부하던 태양인이 유유객 앞에서는 너무나 간단하게 소멸되어 버린 것이다. 비록 완전한 경지는 아니지만 자신의 경지에 이른 태양인이라면 누구에게도 밀리지 않을 것이란 자신이 있었기에 그 충격은 더할 수밖에 없었다. 그 상대가 비록 넘을 수 없는 벽이라 여기고 있던 림주라 하더라도.

“으으!!”

유유객은 간군학을 보지 않고 있었다. 그는 몸을 돌려 무리한 내공 운용으로 심한 내상을 입어 자리에 주저앉아 있던 사내를 한 손으로 들어 올리더니 이혁신이 있는 곳으로 집어 던졌다.

맥없이 날아간 사내는 바닥에 세게 부딪치며 더 심한 내상을 입었지만 그에 신경 쓰는 사람은 아무도 없었다.

“데려가서 살려라. 그리고 가두어놔. 이십 일 뒤에 찾아가겠다.”

“네, 알겠습니다.”

제갈강은 유유객이 그 사내를 데리고 무엇을 하려는지는 알 수 없었지만 그의 명령에 무조건 따르기만 하면 되었기에 아무런 토를 달지 않았다.

여덟 명 중 유유객에게 가장 충성심이 강한 사람이 제갈강이었다. 원래 제갈강이 회골림을 세웠지만 후에 유유객이 나타나 회골림을 삼켜 버리게 되었다. 그러나 이는 제갈강에게 전화위복이나 마찬가지였다. 유유객이 오기 전 회골림은 재정적으로나 인원적으로나 한계에 다달아 제갈강을 비롯한 다른 사람들의 원(願)을 이루기는 불가능했지만 그것을 유유객이 가능하게 해주었고, 동시에 대부분의 재량권을 제갈강에게 보존시켜 두었던 것이다.

그런 유유객이었기에 제갈강이 그에게 충성을 다하지 않을 수 없었다. 아니, 그것은 제쳐 두고 그의 무공만 보아도 충분히 다른 사람들의 두려움과 존경을 받을 만했다.

“자아, 슬슬 살육전도 다 끝났는가?”

그는 장내를 둘러보며 상황을 확인했다. 거의 끝나가고 있었는지 비명 소리는 아주 간헐적으로 들려오고 있을 뿐이었다.

여기저기 누워 있는 처참한 상태의 시체들과 온전하게 보이는 시체에 대한 확인 사살의 장면에 유유객은 자신도 모르게 눈살을 찌푸렸지만 사람들에게 등을 돌리고 있었기 때문에 아무도 그의 표정을 볼 수는 없었다.

"큭큭, 재미있군."

그는 앞으로 걸어가며 뒤의 사람들에게 말했다.

"난 이제 갈 것이다. 다음부터는 알아서 해라. 이십 일 뒤에 올 테니 나 없다고 울지 말고. 흐흐흐!"

그의 음산한 웃음이 끝나자 그의 신형은 이미 사라지고 없었다.

항상 봐왔던 그의 비정상적인 경신술이었지만 볼 때마다 소름이 끼치는 것은 어쩔 수가 없었다. 애초에 없었다는 듯이 사라져 버리는 귀신같은 움직임 때문에 때로는 꿈을 꾸고 있는 것은 아닌가 하고 여겨지기도 했었다.

"오늘은 이곳이 마지막이니 돌아가서 재정비를 해야겠군. 총사(總師), 이리 오게."

제갈강은 간군학을 불렀지만 간군학은 여전히 제자리에서 숨을 헐떡이며 분노의 표정으로 유유객이 사라진 자리를 노려보고 있을 뿐이었다. 손이 부들부들 떨리고 있는 것이 분한 마음을 가까스로 참고 있는 것 같았다.

"으아아!! 이 개자식 림주!!"

간군학은 고개를 젖혀 소리를 지르고는 바닥을 발로 찍었다.

쿵!

"개자식!"

"큭큭큭! 겨우 그 따위 태양인으로 무얼 할 생각은 하지 마라. 진정한 태양인은 십성을 이루어도 이룰 수가 없지. 진정한 태양인을 이루기 위해서는 생명을 담아야 한다. 생명을 담아 자신을 산화시킬 때만이 진짜 태양을 만들 수가 있지. 모든 것을 불살라 버리는 태양을. 하지만 넌 아직 멀었다."

유유객이 사라지면서 간군학에게만 들리도록 하고 간 말로 인해 더욱 분노하는 그였다.

"생명을 담는다……."

그의 중얼거림은 허탈하게 공중으로 떠다니고 있을 뿐이었다.

일주일간 한 사람도 남기지 않고 처절히 말살시키는 회골림의 처참한 살육극에 전 무림은 분노했다.

그들에게 항복을 받아주는 아량이란 전혀 없는 듯 패도적인 발걸음의 연속이었다. 일주일 동안 무너진 방파만 해도 육십여 개에 이르렀다. 엄청난 수의 방파가 흔적도 없이 사라져 버렸으며 그에 속한 방파원들을 합하면 어림잡아 칠천여 명에 달하였는데 이들 모두가 대지의 품으로 돌아가 버렸다.

뿐만 아니라 그 주변의 일반인들조차 하나도 남김없이 죽이고 있어 이미 무림뿐만 아니라 황실의 공적도 되어 있었다. 그들은 사람 한 명 남기지 않으려 했던지 하나하나 찾아가며 죽이고 또 죽이는 짓을 철저히 진행하고 있었다. 그들이 가는 곳에는 끝없는 정적만이 남아 있을 뿐이었다. 이런 그들의 살육행에 백성들은 두려움에 떨며 다른 곳으로 피신하는 행렬이 줄지었고 관마저도 그들을 피해 피신 행렬에 몸을 맡길 정도였다.

전국 시대에 있었던 혼란기 이후 생긴 최초의 대량 살육이었다. 그

들의 잔혹한 보행은 무림인들의 공분을 샀지만 그들은 무림의 시선에
무심한지 무림의 공적이 된다는 것에 어떠한 거리낌도 없었다.

회골림은 주변에 산재했던 문파들을 모두 멸망시켰지만 결코 세력
을 분산시키지 않았다. 그들이 점령한 곳에 인원을 배치해야 그곳을
차지했다고 보는 것이 보통인데 그들은 그러지 않았던 것이다.

하지만 그들은 계속 전진하였고, 그들을 받쳐 주는 막강한 본부가
있었다. 일주일이 지나자 회골림이 가는 곳에는 비굴하면서도 처절한
항복을 자처하는 방파가 부지기수였고 다행히도 회골림은 애초의 행로
를 바꾸어 그들의 항복을 하나하나 받아주기 시작했다.

그들의 전진은 매우 신속했고 항복한 세력을 재배치하는 일 또한 마
치 원래 이랬다는 듯 매우 능수능란했다. 회골림의 확장은 놀라울 정
도로 빨랐으며 한 달이 조금 지나자 한 개의 성을 차지해 버리는 믿지
못할 기적을 이루게 되었다.

무림인들은 그들의 준비된 사업에 숨죽일 수밖에 없었다. 그들의 잔
임함과 놀라운 준비성, 그리고 철벽같은 힘. 이에 사람들은 회골림이
얼마 지나지 않아 정말 무림을 피로 재패할지도 모른다고 생각했다.

하지만 사라성 또한 만만치 않았다. 사라성주인 사라광마존의 행보
또한 사라성 못지않게 잔인하기 그지없었으며 그 행위는 그들을 믿고
의지하던 민심마저 떠날 지경이었다. 사라성은 원래 거대한 단체였지
만 사라광마존이 무림재패를 위해 그동안 키워온 세력으로 인해 더욱
거대해졌다. 거기에다 주위의 무림 세력을 흡수하여 감당하지 못할 정
도로 방대해진 상태였다.

그런 사라성의 행보를 막는 것은 척사비한단뿐이었지만 계속하여
커져 가는 사라성의 세력에 그들의 저항은 힘겨울 수밖에 없었다. 더

구나 척사비한단 쪽은 사라광마존만한 절대고수가 없었다. 특히 청풍룡 임사우와 천풍공자 뇌운성의 부재로 젊은 영웅을 꿈꾸는 초보 무인들에게는 그 정신적 지주를 잃어버린 것이나 마찬가지라 사기 측면에서도 치명적이었다.

근 한 달간의 기간 동안 사라성과 척사비한단이 벌인 전투는 크고 작은 것을 합해 열 번도 되지 않지만 척사비한단이 모두 패하는 불운한 결과를 맺고 말았다. 사라성의 압도적인 승리. 그것은 척사비한단의 비참한 패배를 의미하는 것이기도 했다. 승리한 쪽의 가공할 힘, 그리고 패배한 쪽의 고수의 부재 이 두 가지를 의미함과 동시에 앞으로의 일에 대한 불길한 예측을 가르쳐 주는 싸움이었다.

그동안 사라성과 척사비한단의 싸움은 한 달간 열 번이 있었으며 그 열 번 모두 척사비한단 쪽에서 먼저 건 싸움이었다. 고수도 부족한 데다 본지에서 멀리 떨어진 장소에서 싸움이 있었기에 후방에서의 빠른 지원이 부족했던 척사비한단 측에서는 여태껏 힘든 싸움일 수밖에 없었다.

사라성에서는 사라성주가 직접 나타나지 않고 그 밑의 수하들만으로도 척사비한단을 충분히 쉽게 물리쳤다. 그렇다고 척사비한단 쪽의 절대고수 모두가 나온 것은 아니었지만 그것은 상대방 쪽도 마찬가지였다. 그렇게 비교해 본다면 실력 면에서나 세력 면에서나 부족한 쪽은 척사비한단 쪽임이 확실히 드러난 것이다.

한밤중에 수풀을 헤치며 거침없이 앞으로 전진하고 있는 일단의 세력이 있었다. 등에 새겨져 있는 자색(紫色)의 '사(邪)' 자는 그들이 사라성 소속의 무인들임을 확신시켜 주는 것이었다. 천여 명에 달하는 사라성의 무사들은 일정한 정렬한 채 밀물이 밀려오듯 앞으로 나아가고 있었다.

이 행렬의 가장 뒤쪽에는 이들을 뒤따라가고 있는 한 대의 큰 가마가 있었다. 여섯 명의 사내가 그 가마를 든 채 경공술을 시전하여 이동하고 있는 모습이었는데 가마에 흔들림이 전혀 없는 것을 보면 그들이 얼마나 혹독한 훈련을 받았는지를 짐작할 수 있었다.

그들의 움직임은 아주 조용했다. 최대한 기습의 효과를 내기 위하여 경공술을 시전함에 있어 많은 신경을 쓰고 있었던 것이다. 천여 명에 달하는 인원이 소리없이 움직이는 모습은 누가 봐도 전율을 느끼게 할 정도로 일사불란했다.

가마 안에 편히 누워 있던 사라광마존은 갑자기 감고 있던 눈을 떴다.

"후후후, 내가 직접 올 줄은 몰랐을 것이다. 내가 직접 움직이는 것은 비밀 중의 비밀이지. 큭큭큭, 삼마(三魔)까지 데려가는 것은 내가 너희들을 완전히 몰살시켜 버리기 위함이다."

그의 사악한 눈빛은 가마로 가려져 있는 하늘을 향해 있었다.

"밀부대장."

"네."

그의 귀로 전음성이 들려왔다. 밀부대장은 묘계은밀대의 서열 이위를 지칭하는 호칭이었다. 묘계은밀대주 문극문의 바로 밑 자리를 차지하고 있는 자로 문극문 못지않은 뛰어난 지략의 소유자였다.

"얼마나 남았지?"

"내일 아침이면 척사비한단의 영역 경계선 지역에 도착할 것입니다. 그리고 은신 후 내일 밤에 전투를 시작할 예정입니다."

척사비한단은 그동안 사천성을 경계로 그들의 영역을 구축한 상태
였다. 지금 이들이 향하고 있는 곳은 척사비한단이 가장 많은 세력을
구축해 둔 붕철문(崩鐵門)으로 사천과 호북의 경계에 있는 시막(示莫)
이란 곳에 위치한 문파였다.

이곳을 급습하여 소탕한다면 척사비한단의 힘 중 사 할을 없앨 수
있음은 묘계은밀대에서 얻은 정보를 분석하여 얻은 결과였다.

"확실히 없앨 것이다. 그리고 다른 쪽 일은?"

"회골림과 같은 방법으로 아주 신속하게 세력을 확장하고 있습니다.
겉으로 보면 사라성주님께서 세력 확장에 모든 신경을 쓰고 있는 것으
로 보일 정도일 것입니다. 그러므로 아무도 이곳으로 오고 있다는 것
을 모를 것입니다."

"그래, 그리고 회골림 쪽은 일단 방치해 두는 것으로 한다. 큭큭큭!
언젠가는 만나겠지."

"네, 알겠습니다."

"큭큭큭……."

사라광마존은 이미 마음속에서 계속 싹트고 있는 악의 본능에 자신
을 모두 맡겨 버린 후였다. 끝없는 파괴의 본능, 피를 갈구하는 본능,
모든 것을 처참히 짓밟으며 점령하고픈 본능. 이것은 이미 그의 뇌리
를 파고들어 모두가 하나가 된 지 오래였다.

그는 이미 충실한 마의 추종자였다. 아니, 추종자가 아니라 창조자
였다. 그는 뛰어난 두뇌를 지니고 있었고 가공할 무공을 지니고 있는
창조자로 충분히 불릴 만했다.

"모두… 죽일 테다……."

그의 살기 짙은 마지막 말은 입속에서 맴돌고 있었기에 아무도 들을

수가 없었다.

　다음날 아침, 사라성에서는 다섯 개의 세력이 각기 다섯 방향으로
세력을 이동시키기 시작했다. 그리고 외부 세력 중 큰 세력을 지니고
있는 다섯 군데에서도 타 세력을 흡수하기 위한 정벌을 시작하려 하고
있었다.
　엄청난 세력의 이동은 발빠른 무림의 소문에 의해 급속도로 전역으
로 퍼지고 있었다. 동시에 그들이 이번에는 엄청난 세력을 동시다발로
일으켜 무시무시한 살육극을 벌일 것에 대한 공포도 퍼져 가고 있었다.

『그림자 호수』 6권에 계속…